W SIUDMAK

LES JOUEURS
DE TITAN

ŒUVRES DE PHILIP K. DICK
DANS PRESSES POCKET

LE GUÉRISSEUR DE CATHÉDRALES
GLISSEMENTS DE TEMPS SUR MARS
LE TEMPS DÉSARTICULÉ
LES DÉDALES DÉMESURÉS
LES JOUEURS DE TITAN

LA PLANÈTE IMPOSSIBLE (Grand Temple
de la S.-F.)

SCIENCE-FICTION
Collection dirigée par Jacques Goimard

PHILIP K. DICK

LES JOUEURS
DE TITAN

Traduit de l'américain
par Maxime Barrière

PRESSES POCKET

Titre original :
THE GAME-PLAYERS OF TITAN

Publié avec l'accord de Scott MEREDITH
Literary Agency, Inc. New York.

CHAPITRE PREMIER

Il venait de connaître une nuit éprouvante, et, quand il voulut rentrer chez lui, il eut une dispute avec sa voiture.

– Mr. Garden, lui dit-elle, vous n'êtes pas en état de conduire. Branchez le pilotage automatique et reposez-vous sur le siège arrière.

Mais Pete Garden s'assit au volant d'un air buté et répliqua d'une voix aussi claire que possible :

– Mais si, je peux conduire! Un petit verre... ou même plusieurs réveillent au contraire. Cesse de me chercher des histoires!

Il appuya sur le bouton du démarreur, mais il ne se passa rien.

– Tu vas démarrer, bon sang!

– Vous n'avez pas mis la clé de contact, lui fit remarquer sa voiture.

Humilié de s'être fait prendre en défaut, il inséra la clé. Le moteur partit, mais les commandes ne réagissaient toujours pas. Il comprit que l'Effet Rushmore était en train d'opérer et qu'il ne servait à rien de s'obstiner.

– C'est bon, conduis puisque ça t'amuse!

Il s'installa à l'arrière d'un air résigné, et la voiture s'éleva en douceur dans la nuit, tous feux de signalisation clignotant. Sapristi! qu'il se sentait mal! Il avait l'impression que sa tête allait éclater. Et, comme toujours, ses pensées le ramenaient immanquablement vers le Jeu.

Pourquoi les choses avaient-elles mal tourné? C'était la faute de Silvanus Angst, cet abruti – son beau-frère, ou plutôt son *ex*-beau-frère. « Oui, c'est vrai », se dit-il, « je ne suis plus marié à Freya maintenant : Freya et moi avons perdu et notre mariage a été dissous. Elle est mariée à Clem Gaines et moi je ne suis plus marié à personne, tout ça parce que je n'ai pas encore réussi à sortir un trois. Mais j'en ferai un demain, et ils seront obligés de me faire venir une femme de l'extérieur parce que j'ai déjà eu toutes celles du groupe. »

La voiture poursuivait sa route en ronronnant doucement, survolant la partie centrale de la Californie, région désolée des villes abandonnées.

– Tu te rends compte, lui dit-il, que j'ai été marié à toutes les femmes du groupe, et sans avoir de *chance* jusque-là? Ça doit venir de moi, tu ne crois pas?

– Certainement, répondit la voiture.

– Oui, mais, même si ça vient de moi, ce n'est pas de ma faute : c'est celle des Chinois Rouges. Je les déteste.

Il était vautré sur son siège, contemplant les étoiles à travers la coupole transparente de la voiture.

– N'empêche que toi, je t'aime énormément. Ça fait des années que je t'ai et tu ne t'useras jamais. – Il sentait les larmes lui monter aux yeux. – C'est vrai ce que je dis?

– Cela dépend si vous suivez scrupuleusement les consignes d'entretien, répondit la voiture.

– Je me demande quel genre de femme ils vont me trouver, réfléchit-il tout haut.

– Je me le demande, fit la voiture en écho.

Avec quel autre groupe son groupe à lui, *Pretty Blue Fox*, avait-il les contacts les plus étroits? Probablement avec *Straw Man Special*, qui représentait les Possédants du Nevada, de l'Utah et de l'Idaho. Fermant les yeux, il

6

essaya de se souvenir comment étaient les femmes de Straw Man Special.

« Quand je serai arrivé chez moi, à Berkeley... » se dit-il.

Mais alors un souvenir affreux lui revint : il ne pouvait plus revenir à Berkeley, parce qu'il venait de perdre Berkeley au Jeu cette nuit. Walt Remington le lui avait pris en demandant à voir son *bluff* sur la case trente-six.

— Changement de direction, lança-t-il à l'adresse du servo-circuit de sa voiture. Nous allons à San Rafael.

Il lui restait encore le titre de propriété portant sur la majeure partie de Marin County.

— Mrs. Gaines ? fit une voix d'homme.

Freya, qui était en train de se coiffer devant sa glace – elle avait des cheveux blonds très courts – fit semblant de ne pas entendre. Ce devait être ce raseur de Bill Calumine.

— Je vous ramène chez nous ? insista la voix.

Alors Freya réalisa que c'était son nouveau mari, Clem Gaines. Il traversa la salle du Jeu et s'approcha d'elle. Il était massif, bedonnant, et ses yeux bleus ressemblaient à deux morceaux de verre pilé qu'on aurait collés un peu de travers sur les orbites. Il était visiblement heureux d'être marié avec elle.

« Cela ne durera certainement pas longtemps », songea Freya. « A moins que nous n'ayons de la *chance*, évidemment... » Et elle continua à se coiffer sans faire attention à lui.

Elle ne se trouvait pas trop mal pour une femme de cent quarante ans, tout en sachant qu'elle n'y était pour rien. En effet, l'ablation de la Glande de Hynes à l'âge de la maturité faisait que chez tout le monde le processus du vieillissement était à peine sensible.

— Vous me plaisez, Freya, dit Gaines. J'aime aussi votre manière franche de me faire comprendre que moi, je ne vous plais pas. – Il ne semblait pas contrarié le moins du monde, en effet. – Venez avec moi, Freya, et voyons sans tarder si la *chance* nous...

Il s'interrompit car un Vug venait de faire son entrée dans la pièce.

– Regardez-le, il essaie d'être gentil, fit Jean Blau hargneusement en enfilant son manteau. Ils se croient tous obligés d'être gentils.

Et elle s'éloigna du nouveau venu d'un air dégoûté. Son mari, Jack Blau, chercha des yeux la canne-à-Vug du groupe :

– Attendez, je vais le piquer un peu et il va s'en aller.

– Pourquoi? protesta Freya. Il ne fait aucun mal.

– Elle a raison, intervint Silvanus Angst, qui était en train de se préparer un verre devant le buffet. Verse-lui seulement un peu de sel dessus.

Et il se mit à rire de sa bonne plaisanterie. Pendant ce temps, le Vug semblait avoir porté son dévolu sur Clem Gaines. « Il lui plaît », songea ironiquement Freya. « Il n'a qu'à l'emmener avec lui, au lieu de moi. »

Ironie mise à part, aucun d'entre eux ne frayait avec leurs anciens ennemis; cela ne se faisait pas, en dépit des efforts des Titaniens pour guérir la plaie béante laissée par la guerre. Les Vugs étaient des structures cytoplasmiques à base de silicium, dont le cycle était beaucoup plus lent que celui du carbone et impliquait le rôle du méthane, et non de l'oxygène, comme catalyseur métabolitique. Ils étaient bissexués.

– Pique-le un peu, dit Bill Calumine à Jack Blau.

Avec la canne-à-Vug, Blau fit un creux dans la masse cytoplasmique visqueuse du Vug.

– Rentre chez toi! lui ordonna-t-il. – Se retournant vers Calumine – : Attends, on va essayer de le faire parler pour s'amuser. Hé, Vuggy, toi aimer faire conversation?

D'un seul coup les pensées du Titanien leur parvinrent. Elles s'adressaient à tous les humains qui se trouvaient dans la salle en ce moment :

— Des grossesses enregistrées parmi vous ? Si tel est le cas, nos services médicaux sont à votre disposition, et nous ne saurions trop vous conseiller de...

— Ecoute, Vuggy, l'interrompit Calumine, si quelqu'un a eu de la *chance* parmi nous, figure-toi que nous garderons la nouvelle pour nous. Ça porte malheur de vous en parler, à vous, les Vugs, tu ne le sais pas encore ?

— Il serait temps que vous vous mettiez dans la tête que nous ne vous aimons pas, ajouta Jack Blau. — A sa femme — : Viens, rentrons.

Les uns après les autres, les membres du groupe sortirent et allèrent prendre leurs voitures garées devant l'immeuble communautaire. Freya se retrouva seule avec le Vug.

— Non, il n'y a aucune grossesse chez nous, lui dit-elle. Mais il y en aura. Je sais que nous aurons de la *chance* bientôt.

— Pourquoi votre groupe nous est-il hostile ? interrogea mentalement le Vug.

— Parce que nous vous tenons pour responsables de notre stérilité, vous le savez bien.

« Surtout notre Croupier, Bill Calumine », ajouta-t-elle pour elle-même.

— Mais c'est la faute de votre arme militaire, protesta le Vug.

— Non, pas de la nôtre : de celle des Chinois Rouges.

Le Vug ne saisit pas la nuance.

— Quoi qu'il en soit, nous faisons tout ce que nous pouvons pour...

— Je préfère ne pas en discuter, l'interrompit Freya. S'il vous plaît.

— Laissez-nous vous aider... implora le Vug.

— Oh, allez au diable !

Sur ces mots, Freya sortit pour aller prendre à son tour sa voiture.

La fraîcheur de la nuit noire qui enveloppait Carmel, en Californie, la revigora. Elle respira profondément, les yeux levés vers les étoiles, appréciant toutes ces odeurs nouvelles qui lui parvenaient, assainies par le froid.

– Ouvre la portière, ordonna-t-elle à sa voiture.

– Oui, Mrs. Garden.

La portière s'ouvrit.

– Je ne suis plus Mrs. Garden : je suis Mrs. Gaines. – Freya s'installa devant le volant de direction manuelle. – Tâche de t'en souvenir.

– Oui, Mrs. Gaines.

Elle scruta l'obscurité. Pete Garden devait être parti car sa voiture n'était plus là. Elle se sentait triste : elle aurait aimé bavarder un peu à cette heure avancée de la nuit, sous les étoiles; ç'aurait été un peu comme s'ils étaient toujours mariés...

« Maudit Jeu et ses caprices! Maudite *chance* qui ne veut jamais tourner! Ce doit être notre race qui est maudite, finalement. »

Elle porta sa montre à son oreille, et la montre lui dit, d'une toute petite voix :

– Deux heures du matin, Mrs. Garden.

– Mrs. *Gaines*! maugréa-t-elle.

« Combien de gens vivent sur la surface de la Terre en ce moment? » se demanda-t-elle. Un million? Deux millions? Combien de groupes en train de jouer au Jeu? Sûrement pas plus d'une centaine de milliers. Et chaque fois que se produisait un accident mortel, la population diminuait irrémédiablement d'autant.

D'un geste machinal elle prit dans la boîte à gants de la voiture une petite bande de papier soigneusement enveloppée. Du papier révélateur de grossesse, du papier-chance, comme on l'appelait. Cette bande-ci était l'ancien modèle. Elle la décacheta, la plaça entre ses lèvres et mordit dedans. Puis elle l'examina à la lumière. Le papier, blanc, n'était pas devenu vert : elle n'était pas enceinte. Elle froissa le papier et le jeta dans le vide-

ordures de la voiture, où il fut instantanément brûlé.
« Qu'est-ce que j'espérais donc? » se dit-elle avec amertume.

Elle inséra la clé de contact et le moteur démarra aussitôt. Puis la voiture décolla et prit la direction de son domicile de Los Angeles. « Peut-être aurai-je plus de *chance* avec Clem », se dit-elle sans trop y croire.

« Pauvre Pete, il n'a même pas réussi à faire un trois... Est-ce que je passe le voir à sa propriété de Marin County, s'il y est? Mais il était de si mauvaise humeur ce soir, si désagréable même... En principe il n'y a aucune loi qui nous empêche de nous voir à l'extérieur, mais à quoi bon? Nous n'avons pas eu de *chance*, lui et moi. Malgré les sentiments que nous éprouvions l'un pour l'autre. »

La radio de sa voiture diffusa subitement un message. Elle entendit énoncer l'indicatif d'un groupe de l'Ontario, au Canada, et quelqu'un déclarer avec exaltation : « Ce soir, à dix heures, heure locale, nous avons eu de la *chance*! Une femme de notre groupe, Mrs. Don Palmer, a mordu dans son papier-chance et... »

Freya coupa la radio.

A peine arrivé à son ancien appartement de San Rafael, qui n'avait pratiquement jamais servi, Pete Garden se dirigea immédiatement vers l'armoire à pharmacie de la salle de bains pour voir quel somnifère il allait pouvoir prendre. Sinon, il ne dormirait pas de la nuit, il le savait. Du Snoozex? Non, celui-là ne lui faisait plus d'effet; il lui fallait quelque chose de plus fort. Il les passa tous en revue avant de s'arrêter sur l'un deux : de l'Emphytal. Trois comprimés, et il ne se réveillerait plus. Il considérait les capsules dans sa main. « Personne ne m'ennuierait plus, personne ne se mêlerait plus de... »

— Mr. Garden, dit l'armoire à pharmacie, en raison de votre état, j'entre en contact avec le docteur Macy, à Salt Lake City.

— De quel état parles-tu? — Il s'empressa de remettre

11

les capsules dans leur tube. – Tu vois? C'était juste un geste passager. Alors, tu es satisfaite?

Un déclic: l'Effet Rushmore de son armoire à pharmacie s'était tu. Pete poussa un soupir de soulagement. Au même moment la sonnette de la porte retentit. «Allons bon! qu'est-ce que c'est encore?» Il traversa l'appartement, qui sentait un peu le moisi, cherchant toujours ce qu'il pourrait bien prendre comme somnifère sans activer le circuit d'alarme de l'Effet Rushmore. Il ouvrit la porte.

Devant lui se tenait son ex-femme Freya. Avec un petit «Hello!» elle entra et commença à évoluer dans l'appartement avec une parfaite décontraction, comme s'il était tout à fait normal qu'elle vienne le voir alors qu'elle était mariée avec un autre.

– Qu'est-ce que tu tiens dans la main? lui demanda-t-elle.

– Sept comprimés de Snoozex.

– Je vais te donner quelque chose de bien mieux. Tout le monde ne jure que par ça. – Elle fouilla dans son sac. – Un tout nouveau produit fabriqué par un servo-laboratoire du New Jersey. – Elle lui tendit une grosse capsule bleue. – Ça s'appelle Placebo.

Et elle se mit à rire. Pas lui:

– Si c'est pour ça que tu es venue, je te signale que je n'ai pas tellement envie de plaisanter.

Ayant été sa femme et sa partenaire au Bluff, elle était naturellement au courant de son insomnie chronique.

– J'ai mal à la tête, ajouta-t-il. Et puis, je te rappelle que j'ai perdu Berkeley cette nuit, alors...

– C'est bon, je vais te préparer du café.

Elle enleva sa veste doublée de fourrure, qu'elle posa sur un fauteuil, et le regarda d'un air plus compatissant:

– C'est vrai que tu n'as pas l'air bien.

– Berkeley!... Mais pourquoi ai-je mis cette propriété en jeu? Je ne m'en souviens même plus. Sans doute un geste d'autodestruction... – Il resta silencieux un moment, puis : – En revenant tout à l'heure, j'ai entendu un message en provenance de l'Ontario...

– Je l'ai entendu aussi.

– La grossesse des autres te rend heureuse ou te déprime?

– Je ne sais pas, fit-elle d'un air grave, arpentant la pièce les bras croisés.

– Moi, ça me déprime, dit-il.

Il alla mettre en marche la bouilloire dans la cuisine.

– Merci, fit l'Effet Rushmore de la bouilloire d'une voix flûtée.

– Tu sais que nous pourrions avoir des rapports en dehors du Jeu? Ça s'est déjà fait.

– Ce ne serait pas très gentil pour Clem.

Sans trop savoir pourquoi, il se sentait momentanément de la sympathie pour Clem Gaines. En réalité il attendait surtout avec impatience de connaître sa future femme. Tôt ou tard il finirait bien par sortir un trois...

CHAPITRE II

Le lendemain matin, Pete Garden fut réveillé par un bruit tellement insolite qu'il bondit de son lit et écouta, tendu. C'étaient des enfants. Ils étaient en train de se disputer, quelque part dehors. Un garçon et une fille, apparemment.

Ainsi il y avait eu des naissances dans ce comté depuis son dernier séjour à San Rafael. Et de parents non-P, non-Possédants, c'est-à-dire n'ayant pas de propriété leur permettant de jouer au Jeu. Il ne parvenait pas à y croire. « Il faut absolument que je cède une petite ville aux parents : ils méritent d'avoir l'occasion de jouer. Mais peut-être ne veulent-ils pas... »

– Tu es l'un, disait la petite fille sur le ton de la colère.

– Tu es l'autre, répondait le garçon sur un ton accusateur.

Il y eut encore un « Donne-moi ça! » suivi d'un bruit de lutte. Garden alluma une cigarette et commença à s'habiller. Son regard se posa alors sur le fusil MV-3 appuyé contre le mur dans un coin de la pièce, et en un éclair lui revint le souvenir de cette sinistre période. Le fusil était alors destiné à servir contre les Chinois Rouges, mais en réalité il n'avait jamais servi, parce que les Chinois Rouges ne s'étaient jamais montrés. Du moins, physiquement... Par contre ils s'étaient fait représenter par une bonne dose de Radiations Hinkel, contre lesquelles les malheureux MV-3 des citoyens de Californie ne pouvaient pas grand-chose. Les radiations, émises d'un certain satellite *Wasp-C,* avaient fait le travail attendu et les États-Unis avaient perdu. Mais la Chine Populaire n'avait pas gagné pour autant. En fait, personne n'avait gagné : les ondes radioactives Hinkel, réparties sur toute la planète, y avaient veillé...

Garden alla prendre le fusil et le tint exactement comme il l'avait fait autrefois, dans sa jeunesse. Ce fusil avait près de cent trente ans; une véritable antiquité! Tirait-il encore? Quelle importance?... Personne ne s'en servirait pour tuer aujourd'hui, dans les cités quasiment vides de la Terre. Même pas un fou. Après tout, avec moins de dix mille habitants en Californie... Il reposa le fusil soigneusement.

A l'origine, d'ailleurs, cette arme avait été conçue pour percer la carapace des chars TL-90 soviétiques. Et puis Bernhardt Hinkel était venu mettre tout le monde d'accord, rendant à tout jamais caduc le spectacle des fameuses « mers humaines », chinoises ou autres. Hinkel, l'inventeur de la dernière des armes indolores. « C'est vrai, tu avais raison, Hinkel, nous n'avons pas souffert! Nous n'avons rien senti, ni même rien su. Et voilà le résultat... »

L'ablation de la Glande de Hynes avait été effectuée chez autant d'individus que possible, et pas totalement en vain : grâce à cette initiative il y avait des gens vivants aujourd'hui. Et la combinaison mâle-femelle n'était pas stérile dans tous les cas. Certes, ce n'était pas une condition absolue, seulement relative. « En théorie, nous pouvons avoir des enfants; en pratique, peu d'entre nous en ont. »

Des enfants comme ceux en train de jouer dehors, par exemple.

Dans la rue, un véhicule d'entretien homéostatique était en train de ramasser les ordures et de veiller à l'état des pelouses. Le ronronnement régulier de l'appareil couvrait la voix des enfants, et Garden le vit s'arrêter et allonger un pseudopode pour rectifier la tenue d'un massif de camélias. Car la ville devait conserver sa propreté, et ce, bien qu'elle fût pratiquement inhabitée – une douzaine d'habitants non-P au dernier recensement.

Derrière le véhicule d'entretien venait un autre appareil, plus élaboré celui-ci, et qui, tel un gros coléoptère, se propulsait à l'aide de ses vingt pattes : le véhicule de réfection, qui reconstruisait tout ce qui tombait en ruine; il pansait les plaies de la cité et en empêchait la détérioration avant qu'elle se déclare. Mais pour quoi? Pour qui? Sans doute les Vugs préféraient-ils avoir sous les yeux, depuis leurs satellites d'observation, une civilisation apparemment intacte plutôt que des ruines.

Jetant sa cigarette, Garden alla dans la cuisine dans l'espoir de trouver quelque chose à manger. Cela faisait plusieurs années qu'il n'habitait plus cet appartement, mais il n'en trouva pas moins, dans le réfrigérateur maintenu sous vide, du bacon, du lait, des œufs et du jambon, le tout en parfait état de conservation. C'était Antonio Nardi, son prédécesseur dans les lieux, qui l'avait laissé, ignorant alors qu'il perdrait son titre de propriété au Jeu par la suite.

Mais, avant de prendre son petit déjeuner, Garden avait quelque chose de plus important à faire. Ayant allumé le vidéophone, il dit :

– Je voudrais Walt Remington, Contra Costa County.

– Bien, Mr. Garden, fit le vidéophone.

Au bout d'un instant l'écran s'éclaira, faisant apparaître un visage allongé, aux traits durs. Walt Remington regardait vers Garden d'un air sinistre. Il ne s'était visiblement pas encore rasé et ses yeux, petits et cernés de rouge, étaient tout bouffis par le manque de sommeil. Il était encore en pyjama.

– Pourquoi m'appelez-vous si tôt?

– Vous vous souvenez de ce qui s'est passé cette nuit?

– Oui, naturellement, fit Remington en se passant la main dans les cheveux.

– Vous m'avez pris Berkeley. Je ne sais pas ce qui m'est passé par la tête de le mettre en jeu. C'était ma propriété, ma résidence, vous le savez.

– Oui, je le sais.

Garden prit sa respiration :

– Je vous offre en échange trois villes de Marin County : Ross, San Rafael et San Anselmo. Mais je veux récupérer Berkeley, je veux y habiter.

– Vous pouvez toujours habiter Berkeley, vous le savez bien. En tant que non-P, évidemment, pas en tant que Possédant.

– Non, je ne veux pas y habiter dans ces conditions. Je veux en avoir la propriété, pas être un simple occupant. Allons, Walt, vous n'avez pas l'intention d'habiter Berkeley, je vous connais : il y fait trop froid et humide. Vous préférez les climats chauds, comme Sacramento, ou encore là où vous êtes actuellement, Walnut Creek.

– C'est vrai, mais... Je ne peux plus vous échanger Berkeley, Pete. – Un temps d'hésitation, puis – : Ça ne m'appartient plus. En rentrant chez moi cette nuit, j'ai trouvé un agent immobilier qui m'attendait. Ne me demandez pas comment il a su que j'avais acquis Berkeley, en tout cas il était au courant. C'est un gros brasseur d'affaires de l'Est, *Matt Pendleton Associates*.

– Et vous leur avez vendu Berkeley?

Garden n'en croyait pas ses oreilles. Cela signifiait clairement que quelqu'un qui ne faisait pas partie de leur groupe avait réussi à mettre un pied en Californie.

– Mais pourquoi avez-vous fait ça?

– Ils me donnaient Salt Lake City en échange, je n'allais tout de même pas refuser. A présent, je peux entrer dans le groupe du colonel Kitchener; ils jouent à Provo, dans l'Utah. – Remington prit un air penaud. –

Désolé, Pete. J'ai bien eu quelques scrupules au début, mais je ne pouvais pas laisser passer pareille occasion.

– Pour le compte de qui *Pendleton Associates* a-t-il acheté?

– Ils ne me l'ont pas dit.

– Et vous ne le leur avez pas demandé?

– Non, répondit Remington qui se sentait pris en faute. Je me rends compte que j'aurais dû.

– Je veux récupérer Berkeley, dit Garden. Je retrouverai l'acquéreur et je le lui reprendrai, dussé-je lâcher tout Marin County en échange. En attendant, Walt, comptez sur moi pour vous ratiboiser tout ce que vous avez à notre prochaine confrontation au Jeu. Et peu importe qui sera votre partenaire à ce moment-là...

Là-dessus, il coupa le vidéophone d'un geste rageur.

« Comment Walt a-t-il pu faire ça? Transférer le titre à quelqu'un d'étranger au groupe, quelqu'un de l'Est! Il faut à tout prix que je sache qui *Pendleton Associates* représentait dans cette affaire. »

Mais il avait le triste sentiment de connaître déjà la réponse.

CHAPITRE III

La journée commençait bien pour Mr. Jerome Luckman, de New York City. En effet, sa première pensée en
se réveillant fut qu'il était devenu propriétaire de Berkeley, Californie. Traitant par l'intermédiaire de *Matt
Pendleton Associates*, il avait enfin réussi à mettre la
main sur une pièce de choix dans le patrimoine immobilier de la Californie. En outre, il pouvait désormais
s'asseoir à la même table de jeu que Pretty Blue Fox, dont
les rencontres avaient lieu tous les soirs à Carmel. Et
Carmel était une ville presque aussi jolie que Berkeley.

Il demanda par l'interphone à Sid Mosk, son secrétaire
non-Possédant, de venir le rejoindre dans son bureau et
s'installa douillettement dans son fauteuil pour savourer,
comme chaque matin après le petit déjeuner, une bonne
delicado – une cigarette mexicaine. A Sid Mosk, dont la
tête apparut bientôt dans l'entrebâillement de la porte, il
dit :

– Allez me chercher ce prescient... Comment s'appelle-
t-il déjà?... Bref, j'ai finalement trouvé comment l'employer. « Un risque », ajouta-t-il pour lui-même, « qui
justifie celui de me faire éliminer du Jeu. »

Luckman se souvenait vaguement d'avoir eu une entrevue avec le prescient en question, mais un homme de son
importance voyait tellement de gens tous les jours. Et,
après tout, New York City était une ville assez peuplée :

pas loin de quinze mille habitants, dont beaucoup étaient des enfants.

– Ah oui, son nom me revient : Dave Mutreaux. Arrangez-vous pour qu'il passe par une porte dérobée, je ne tiens pas à ce qu'on le voie.

Luckman avait en effet une réputation à préserver, et l'affaire dont il s'agissait était plutôt délicate. Car il était illégal, naturellement, de faire participer au Jeu une personne dotée de pouvoirs psioniques, parce que le Psi constituait, selon les règles du Jeu, une forme de tricherie pure et simple. Pendant des années, des EEG – des électro-encéphalogrammes – avaient été pratiqués régulièrement par beaucoup de groupes, mais cette pratique était tombée en désuétude. Du moins Luckman l'espérait-il. En tout cas, cela ne se faisait plus dans l'Est, où tous les Psis étaient connus, et l'Est ne lançait-il pas la mode pour tout le pays ?

L'un des chats de Luckman, un matou gris et blanc au poil court, sauta sur son bureau, et il le caressa d'un air absent, car il pensait : « Si je ne parviens pas à faire entrer ce prescient dans le groupe Pretty Blue Fox, j'irai moi-même. » Certes, il n'avait pas joué au Jeu depuis plus d'une année, mais il était certainement le meilleur Joueur existant actuellement. Autrement, comment aurait-il pu devenir propriétaire de la Grande New York City ? Et la compétition se faisait de plus en plus âpre de nos jours, compétition que Luckman avait réussi à étendre tout seul aux non-Possédants.

« Personne ne peut me battre au Bluff, *et tout le monde le sait.* » Mais, avec un prescient, la garantie était totale, et Luckman aimait bien s'entourer du maximum de garanties parce qu'il n'aimait pas le Jeu pour le jeu : il jouait pour gagner. C'est ainsi, par exemple, qu'il avait rayé Joe Schilling de la liste des grands Joueurs au Jeu. Aujourd'hui Schilling tenait une petite boutique au Nouveau-Mexique où il vendait de vieux disques très rares. Sa carrière au Jeu était terminée.

Luckman avait encore en tête tous les détails de cette nuit mémorable où il avait battu Schilling. Celui-ci avait tiré un cinq aux dés et pris sa carte dans le cinquième distributeur. Au temps qu'il avait mis à la regarder, Luckman avait tout de suite senti qu'il allait bluffer. Finalement il avait fait avancer son pion de huit cases pour tomber sur celle qui rapportait le gain maximum : un héritage de cent cinquante mille dollars d'un oncle. « J'ai regardé la case, et c'est comme si je lisais dans l'esprit de Schilling. J'étais sûr qu'il n'avait pas tiré un huit. »

Il avait alors dit « bluff », demandé à voir. A cette époque, Schilling, Possédant de New York City, pouvait battre n'importe qui, et il était rare qu'un joueur demande à voir la carte qu'il avait tirée. Un grand silence s'était fait dans la salle, tout le monde attendait avec anxiété la suite. Si lui, Luckman, s'était trompé, si la carte était bien un huit, Schilling gagnait et affermissait encore son emprise sur New York City.

Après un long moment d'attente insoutenable, Schilling avait retourné sa carte : c'était un six. Il avait bluffé, et le titre de propriété de New York City était passé à Luckman.

Le chat miaula et Luckman, prenant conscience de sa présence sur son bureau, l'en chassa. Mais il aimait bien les chats ; il était sûr qu'ils portaient bonheur – il en avait deux avec lui la nuit où il avait battu Joe Schilling.

– J'ai Dave Mutreaux au vidéo, lui signala son secrétaire. Désirez-vous lui parler personnellement ?

– Si c'est un vrai prescient, il doit déjà savoir ce que je veux. Coupe le circuit, Sid. S'il ne vient pas me trouver ici, ça prouvera qu'il ne vaut rien.

Mosk obéit et l'écran s'éteignit. Mais le secrétaire tint néanmoins à faire remarquer :

– Vous ne lui avez jamais parlé de votre affaire, donc en principe il ne doit pas savoir ce qu'il a à prévoir, vous ne croyez-pas ?

– Il peut au moins prévoir l'entrevue qu'il va avoir avec moi, non? Ici dans mon bureau, quand je vais lui donner mes instructions.

– Vous avez raison, fit Mosk.

– Berkeley..., dit Luckman sur le ton de la rêverie. Je n'y ai pas mis les pieds depuis quatre-vingts ou quatre-vingt-dix ans au moins.

Comme beaucoup de Possédants, il n'aimait pas pénétrer dans les secteurs dont il n'était pas propriétaire : peut-être était-ce de la superstition, mais il considérait que ça portait malheur.

– Je me demande s'il y a toujours autant de brouillard. Enfin, nous verrons bien... – Du tiroir de son bureau il sortit l'acte de propriété que l'agent immobilier lui avait remis. – Voyons qui était le dernier Possédant... Walter Remington est celui qui l'a gagné la nuit dernière au Jeu et qui l'a revendu aussitôt. Avant lui, c'était un dénommé Pete Garden. Je parierais fort que ce Pete Garden va l'avoir mauvaise quand il l'apprendra. Peut-être s'imagine-t-il pouvoir encore le récupérer. Mais il ne le récupérera jamais. En tout cas, pas tant que c'est moi qui le détiendrai.

– Vous comptez vous rendre sur la Côte? interrogea Mosk.

– Oui. Je compte même installer une résidence d'été à Berkeley, à condition que je m'y plaise et que ce ne soit pas en trop mauvais état. S'il y a bien une chose que je ne peux pas supporter, ce sont les villes qui tombent en ruine. Qu'elles soient quasiment inhabitées, ça m'est égal, on peut difficilement l'éviter. Mais en ruine...

Il frissonna. Les villes en ruine aussi portaient malheur, à son avis; c'était le cas de beaucoup de villes du Sud. Il n'oublierait jamais cette sinistre expérience qu'il avait vécue à l'époque où il était Possédant pour plusieurs villes de Caroline du Nord.

La position importante qu'il occupait aujourd'hui, il la devait en grande partie à son grand projet social d'amélioration du milieu naturel. Lorsqu'il avait pris possession du titre de propriété de New York City, il n'y avait que quelques centaines d'habitants dans cette zone; aujourd'hui ils étaient près de quinze mille. C'était parce qu'il avait encouragé les non-Possédants à jouer au Jeu, leur donnant l'occasion de trouver des partenaires pour s'accoupler. C'est ainsi qu'un bon nombre de couples s'étaient révélés fertiles, qui autrement l'auraient ignoré.

– J'emporterai probablement cinq ou six chats avec moi, dit-il à son secrétaire. Pour qu'ils me portent chance.

« Et aussi pour qu'ils me tiennent compagnie », ajouta-t-il pour lui-même. Car personne ne l'aimait sur la Côte Ouest, et il n'aurait pas tous ces visages familiers qu'il avait ici pour le saluer dès qu'il s'aventurait dehors. « Mais, après tout, dès que j'aurai transformé les choses là-bas sur le modèle de New York, le passé n'existera plus. »

Le passé, c'était cette période où la population de la Terre se répandait sur la Lune et même sur Mars... juste avant que les Radiations Hinkel n'accomplissent leur sinistre besogne.

Pour Pete Garden, une personne au moins devait savoir pour le compte de qui traitait Pendleton Associates. « Ça vaut le coup d'aller faire une petite virée à Albuquerque, Nouveau-Mexique, ville du Colonel Kitchener », se dit-il en sortant prendre sa voiture. « De toute façon, j'ai besoin d'acheter un disque. »

Deux jours auparavant il avait reçu une lettre de Joe Schilling, le plus célèbre marchand de vieux disques rares existant sur la place. Un disque de Tito Schipa, qu'il avait commandé, l'y attendait.

Sa voiture lui souhaita le bonjour et il lui répondit machinalement. C'est alors qu'il vit sortir de l'allée qui longeait l'immeuble en face les deux enfants qu'il avait

entendus dans la rue il y avait quelques heures de cela. Ils
le regardèrent avec de grands yeux.

– Vous êtes le Possédant? interrogea la petite fille, l'air
fortement impressionnée. – Ils avaient vu son insigne, le
brassard aux couleurs vives. – Nous ne vous avons jamais
vu avant, Mr. le Possédant.

Elle devait avoir huit ans à peu près. Il lui expliqua :

– C'est parce que je ne suis pas venu dans le Marin
County depuis des années. – Il s'approcha d'eux.
Comment vous appelez-vous?

– Moi, c'est Kelly, fit le garçon. – Il semblait plus
jeune que la fillette, peut-être six ans au maximum. – Ma
sœur s'appelle Jessica. Nous avons aussi une sœur plus
vieille qui n'est pas ici : elle va à l'école à San Francisco.

Trois enfants pour une seule famille! Impressionné,
Pete demanda :

– Quel est votre nom de famille?

– McClain, répondit Jessica. – Elle ajouta fièrement
– : Mon père et ma mère sont les seuls de toute la
Californie à avoir trois enfants.

Il n'avait aucun mal à le croire.

– J'aimerais les rencontrer, dit-il.

– Nous habitons dans cette maison là-bas, fit la petite
en montrant du doigt. C'est drôle que vous ne connaissiez
pas mon père puisque vous êtes le Possédant. C'est mon
père qui a fait installer les machines qui nettoient la rue.
Il en a parlé aux Vugs et ils ont été tout de suite
d'accord.

– Vous n'avez pas peur des Vugs, vous?

– Non, répondirent en chœur les deux enfants.

– Nous avons été en guerre avec eux pourtant, leur
rappela-t-il.

– Oui, mais c'était il y a longtemps, dit Jessica.

– C'est vrai. Eh bien, j'approuve votre attitude.

En réalité il aurait bien aimé pouvoir la partager.

Venant de la maison que lui avait indiquée Jessica, une jeune femme mince se dirigeait vers eux.

— Maman! cria la fillette. Regarde, c'est le Possédant!

La jeune femme s'approcha. Elle était brune, jolie et portait un pantalon et une chemise à carreaux; sa démarche était souple et élégante.

— Bienvenue dans le Marin County, dit-elle à Pete en lui serrant la main. On ne vous voit pas souvent, Mr. Garden.

— Permettez-moi d'abord de vous féliciter.

— D'avoir trois enfants? — Elle sourit. — Comme on dit, c'est la *chance*; il n'y a aucun mérite à cela. Venez prendre une tasse de café avant de quitter Marin County. Après tout, vous ne reviendrez peut-être jamais.

— Si, je reviendrai, dit Pete.

La jeune femme n'avait pas l'air très convaincue et son sourire avait quelque chose d'ironique:

— On dit ça... Vous savez, vous êtes presque une légende pour nous autres, non-Possédants de cette zone, Mr. Garden. Autant vous dire qu'après notre rencontre d'aujourd'hui nous allons avoir de quoi alimenter les conversations pour les quelques semaines à venir!...

Pete n'aurait pas su dire si Mrs. McClain maniait vraiment le sarcasme, comme ses paroles l'auraient laissé supposer, car en réalité son ton était assez neutre. Il se sentait tout déconcerté:

— Je reviendrai, sûrement. J'ai perdu Berkeley, où je...

Le sourire un peu hautain de Mrs. McClain s'accentua:

— Oh, je vois: malchance au Jeu? Voilà pourquoi vous venez ici nous rendre visite.

— Je vais au Nouveau-Mexique, tout de suite, dit Pete en montant dans sa voiture. Nous nous verrons peut-être plus tard.

Et il donna l'ordre à la voiture de décoller. En regardant en bas, il vit les deux enfants agiter la main, mais pas leur mère. Pourquoi manifestait-elle tant d'animosité à son égard? Était-ce seulement une idée? Peut-être n'appréciait-elle pas la séparation de la population en deux groupes, Possédants et non-P. Peut-être trouvait-elle injuste que si peu de gens aient la possibilité de jouer au Jeu.

« Je ne la critique pas », se dit-il. « Mais elle ne comprend pas qu'à tout moment n'importe lequel d'entre nous peut devenir non-P du jour au lendemain. Il n'y a qu'à se rappeler l'exemple de Joe Schilling : hier le plus grand Possédant du Monde Occidental et aujourd'hui non-P probablement pour le restant de ses jours. La division n'est pas aussi immuable qu'elle semble le croire. »

Après tout, lui-même n'avait-il pas été non-P autrefois? Il n'avait obtenu son premier titre de propriété qu'en passant par la seule voie légale possible : il s'était inscrit et avait attendu ensuite qu'un Possédant quelconque meure. Mais il avait dû suivre les règles établies par les Vugs, deviner le jour, le mois et l'année où se produirait l'événement. Son pari avait été bon : le 4 mai 2143, un Possédant du nom de William Rust s'était tué dans un accident de voiture en Arizona. Pete était devenu son héritier et il était entré en possession de tous ses biens, s'incorporant du même coup à son groupe de Jeu. Les Vugs, joueurs dans l'âme, aimaient ce genre de système de succession basé sur la chance. Ils avaient horreur de tous les systèmes basés sur les relations de cause à effet.

Il se demanda quel pouvait être le nom de jeune fille de Mrs. McClain. Elle était jolie, incontestablement, en dépit de son attitude plutôt sèche. Il aimerait bien en savoir un peu plus sur la famille McClain. Peut-être étaient-ils Possédants autrefois, des Possédants aujourd'hui déchus? Ce qui expliquerait certaines choses.

« Je pourrais me renseigner, dans le fond. Après tout, s'ils ont trois enfants, ils doivent être assez connus. Je demanderai à Joe, il est au courant de tout. »

CHAPITRE IV

– Bien sûr que je connais Patricia McClain.

Joe Schilling guida Pete à travers le capharnaüm de sa boutique pour l'emmener dans l'arrière-boutique qui lui servait d'appartement. Pete se fraya un passage entre les piles de disques, cartons d'emballages, lettres, catalogues et affiches concernant le passé. Il s'était toujours demandé comment Schilling arrivait à retrouver quelque chose dans ce fouillis.

– C'est amusant que vous vous soyez rencontrés comme ça, reprit Schilling. Je vais te dire pourquoi elle est si hargneuse : elle était Possédante, avant, mais elle a été exclue du Jeu.

– Pourquoi?

– C'est une télépathe.

Schilling fit un peu de place sur la table de la cuisine, disposa deux tasses qui avaient perdu leur anse et commença à verser du thé.

– J'ai ton *Don Pasquale,* dit-il, passant du coq à l'âne. L'aria par Schipa, c'est grandiose.

Tout en fredonnant le début de l'air en question, il prit du sucre et du citron dans le placard au-dessus de l'évier et ajouta en baissant la voix :

– Regarde, j'ai un client.

En effet, Pete vit dans la magasin un jeune garçon grand et maigre qui était en train de consulter un vieux catalogue de disques qui partait en miettes.

– Celui-ci mange des yaourts et pratique le yoga. Il prend aussi de la vitamine E à forte dose, contre l'impuissance. J'en vois de tous les genres ici, tu sais.

Le garçon demanda à la cantonade d'une voix bégayante :

– A-avez-vous d-des disques de Claudio Murzo, Mr. Sch-Schilling?

– Seulement la Scène de la Lettre de *la Traviata*. répondit Schilling sans bouger de sa place.

– Je trouve Mrs. McClain pas mal physiquement, dit Pete.

– Oh, oui, elle est pleine de vie. Mais ce n'est pas le genre de femme pour toi. Elle appartient à la catégorie des introvertis, selon la classification de Jung : ce sont des gens qui ont une tendance caractérisée à l'idéalisme et à la mélancolie, bref qui ressentent les choses un peu trop fortement. Ce qu'il te faut, toi, c'est une gentille blonde pas trop profonde, quelqu'un de gai qui te distraie de tes obsessions suicidaires où tu patauges les trois quarts du temps.

La voix du garçon leur parvint de nouveau depuis le magasin. Cette fois, il demandait la permission d'écouter un disque. Schilling la lui donna et fredonna un instant l'air correspondant en se grattant la joue d'un air pensif.

– Dis-moi, reprit-il, j'ai appris que tu as perdu Berkeley?

– Oui. Et Matt Pendleton Associates...

– Ça, c'est un coup de Lucky Jerome Luckman, si tu veux savoir. Un sacré client au Jeu, j'en sais quelque chose. A présent il va jouer avec votre groupe, et bientôt il possédera toute la Californie.

– Personne ne peut donc jouer contre Luckman et le battre?

– Si, moi.

Pete le regarda avec de grands yeux :

– Tu parles sérieusement? Mais il t'a complètement

balayé! C'est bien pour ça que personne n'ose plus l'affronter maintenant.

– Un coup de malchance, simplement. Si j'avais eu davantage de titres à mettre en jeu pour tenir un petit peu plus longtemps... – Un sourire énigmatique se dessina au coin de sa bouche. – Le Bluff est un jeu fascinant. Comme le poker il combine à parts égales la chance et l'intelligence; l'une comme l'autre peuvent te faire gagner ou perdre. La chance m'a fait perdre sur un seul coup... En fait, il a suffi que Luckman ait du nez cette unique fois. On ne peut pas parler d'intelligence de sa part. Et si seulement j'avais de quoi recommencer...

– Je te fournirai l'enjeu, lâcha Pete spontanément.

– Tu ne pourrais pas : je suis trop cher. Parce que je ne gagne pas tout de suite. Si Luckman marche à la chance, moi je compte sur l'intelligence et il faut du temps avant que le facteur intelligence rétablisse l'équilibre avec le facteur chance et prenne ensuite le dessus. Lorsque Luckman m'a eu, je n'ai pas eu assez de temps.

Depuis le magasin leur parvint la voix superbe du ténor Benjamino Gigli dans *Una Furtiva Lacrima*. Schilling s'arrêta un instant pour écouter, jetant en même temps un regard réprobateur à son énorme perroquet à moitié déplumé, Iore, qui s'agitait, irrespectueux de l'art, dans sa cage.

– Un disque exceptionnel, dit-il pour finir. Tu devrais l'avoir dans ta collection.

– Je n'aime pas tellement Gigli, je préfère Schipa.

– Ce n'est pas la même école...

Le jeune garçon vint les trouver dans l'arrière-boutique, tenant le disque de Gigli à la main :

– Je v-vais prendre celui-ci, Mr. Sch-Schilling. Co-combien?

– Cent vingt-cinq dollars.

– Hou la-la!

Malgré sa mine déconfite, le garçon paya et emporta son acquisition, que Schilling lui avait enveloppée sommairement dans du carton.

– Très peu de ces disques ont survécu à la guerre avec les Vugs, commenta Schilling.

Deux nouveaux clients venaient d'entrer dans le magasin, un homme et une femme, tous deux petits et trapus. Schilling se leva pour les accueillir :

– Bonjour Les, Es. – A Pete – : Voici Mr. et Mrs. Sibley. Comme toi, ce sont des grands amateurs de belles voix. Ils sont de Portland, Oregon. – Faisant les présentations – : Le Possédant Pete Garden.

Pete se leva et serra la main de Les Sibley.

– Bonjour, Mr. Garden, fit celui-ci, du ton plein de déférence qu'employaient les non-P à l'égard des Possédants. Où possédez-vous, Monsieur?

Pete le lui indiqua. Es Sibley, la femme de Les avait la même attitude servile, attitude que Pete avait du mal à supporter. Ils commencèrent à échanger leurs impressions sur les disques figurant dans leurs collections respectives, Schilling venant leur rappeler avec un clin d'œil qu'il existait un accord tacite entre lui et ses clients selon lequel ceux-ci pouvaient traiter directement entre eux.

Après le départ des Sibley, Pete paya son disque de Schipa, que Schilling lui enveloppa avec plus de soin que pour les autres. Puis il en vint à la question cruciale :

– Joe, pourrais-tu me regagner Berkeley?

Il attendit la réponse avec anxiété. Au bout d'un instant de réflexion, Schilling répondit :

– Peut-être. Si quelqu'un peut y arriver, je pense que c'est moi. La règle permet, bien que ce soit très rarement pratiqué, à deux personnes du même sexe d'être partenaires au Bluff. Nous pouvons toujours voir si Luckman accepte, et nous demanderons au Commissaire vug de ton secteur de donner son avis.

Le Vug en question s'appelle U.S. Cummings.

Pete avait eu maille à partir à plusieurs reprises avec ce Vug, qui s'avérait être particulièrement tatillon.

– L'autre solution, dit Schilling d'un air pensif, serait

que tu me cèdes provisoirement l'une des Possessions qui te restent, mais je ne sais pas...

— Est-ce que tu ne te sens pas un peu rouillé? interrogea Pete qui suivait une autre idée. Ça fait des années que tu n'as pas joué au Jeu.

— Peut-être. Enfin, nous aurons très vite l'occasion de le savoir. A temps, j'espère... En tout cas, je...

Il s'interrompit, car un client venait d'entrer dans la boutique. C'était une charmante jeune fille rousse, qui fit provisoirement oublier aux deux hommes le thème de leur conversation. Visiblement perdue au milieu du capharnaüm du magasin, la jeune fille errait de pile de disques en pile de disques.

— Tiens, je ne l'ai jamais vue, celle-ci, fit Schilling qui, cette fois, s'empressa d'aller l'aider.

— Avez-vous des disques de Nats Katz? demanda la jeune fille d'une voix timide, évitant d'un air gêné le regard insistant de Schilling.

— Sapristi, non, mademoiselle! – Schilling se tourna vers Pete. – C'est bien ma veine : une jolie fille vient me demander si je n'ai pas de disques de Nats Katz!

— Qui est Nats Katz? demanda Pete.

La timidité céda la place à la stupeur chez la jeune fille :

— Comment, vous ne connaissez pas Nats Katz? – De toute évidence elle n'en croyait pas ses oreilles. Mais il passe à la TV tous les soirs! C'est la plus grande vedette de pop-musique de tous les temps!

— Mr. Schilling ne vend pas de pop-musique, mademoiselle, expliqua Pete. Mr. Schilling ne vend que de vieux disques classiques.

Il lui fit un grand sourire. Avec cette ablation de la Glande de Hynes, il était devenu difficile d'évaluer l'âge de quelqu'un, mais, à son avis, cette jeune fille ne devait pas avoir plus de dix-neuf ans.

— Excusez Mr. Schilling, crut-il bon d'ajouter. A son âge on a ses habitudes.

– Allons! grogna Schilling. Je n'aime pas tous ces braillards d'aujourd'hui, c'est tout.

– Mais *tout le monde* connaît Nats! dit la jeune fille, qui lâchait à présent la bonde à l'indignation. Même mon père et ma mère, et pourtant ils sont plutôt *attards* dans ce domaine. Le dernier disque de Nats, *Walkin' the Dog*, s'est vendu à plus de cinq mille exemplaires. Vous êtes vraiment attards, tous les deux. – Puis de nouveau gênée – : Je crois qu'il vaut mieux que je m'en aille. Au revoir.

Et elle fit mouvement vers la porte.

– Attendez! lui cria Schilling en la rejoignant. Il me semble que je vous connais... Vous êtes Mary Anne McClain. – Se tournant vers Pete : C'est la troisième enfant de la jeune femme que vous avez rencontrée aujourd'hui. C'est amusant qu'elle soit passée ici justement le même jour. – A la jeune fille – : Voici le Possédant de votre secteur, Mary Anne : Pete Garden.

– Hello, fit-elle, visiblement peu impressionnée. Il faut que je m'en aille.

Elle sortit et monta dans sa voiture. Pete et Schilling la regardèrent partir.

– Quel âge penses-tu qu'elle a? demanda Pete.

– Dix-huit ans. Je me souviens d'avoir vu son âge quelque part. C'est l'un des vingt-neuf étudiants du Collège d'État de San Francisco; elle prépare une licence d'histoire. Mary Anne est le premier enfant né à San Francisco au cours de ces cent dernières années. – Prenant un air grave – : Dieu nous aide, s'il lui arrive quoi que ce soit, un accident ou une maladie quelconque...

Tous deux restèrent un moment silencieux.

– Elle ressemble un peu à sa mère, dit Pete.

– C'est vrai, c'est un beau brin de fille. – Considérant Pete d'un air entendu – : J'ai compris, tu as changé d'avis : c'est elle que tu veux comme partenaire à ma place.

– Je ne pense pas malheureusement qu'elle fasse une

bonne partenaire : elle n'a probablement jamais eu l'occasion de jouer au Jeu.

— Exact. Allez, oublie-la. Quelle est ta situation conjugale en ce moment?

— Quand j'ai perdu Berkeley, Freya et moi nous sommes séparés. Elle est devenue Mrs. Gaines. Je cherche une femme, donc. Une femme qui puisse jouer, naturellement, une Possédante. — Un silence, puis — : Tu sais, si je perdais Marin County, si je ne pouvais plus jouer, je me ferais fermier. Sérieusement. A Sacramento Valley. Je cultiverais de la vigne, pour faire du vin.

Il en avait réellement discuté avec le Commissaire vug U.S. Cummings. Les autorités vugs le financeraient certainement, car c'était le genre de projets auxquels ils étaient favorables en principe.

— J'échangerais mon vin contre tes disques, ajouta-t-il.

— Non, parlons sérieusement, si tu veux bien, dit Schilling. Si Luckman entre dans ton groupe et que tu aies à jouer contre lui, je serai ton partenaire. — Il lui donna une tape amicale sur l'épaule. — Allez, ne t'en fais pas : à nous deux nous finirons bien par l'avoir. Seulement, il faudra que tu me promettes de ne pas boire en jouant. J'ai entendu dire que tu étais ivre quand tu as misé Berkeley. Il paraît que tu n'arrivais même plus à monter dans ta voiture.

— J'ai bu *après* avoir perdu, rectifia Pete avec dignité. Pour me consoler.

— Peu importe, pas d'alcool si nous jouons ensemble. Pas de tranquillisants non plus, surtout du groupe phénothiazine : je m'en méfie comme de la peste, et je sais que tu en prends régulièrement.

Pete se contenta de hausser les épaules sans rien dire et commença à consulter oisivement les piles de disques du magasin. Il se sentait déprimé.

Schilling se versa une tasse de thé :

— Quant à moi, je m'entraînerai dur, pour être dans ma

meilleure forme au jour J. – Il considéra un moment Pete en silence, puis, comme si le problème le tracassait vraiment – : Ce qui m'inquiète le plus chez toi, finalement, ce n'est pas l'alcool, ce sont plutôt... tes idées de suicide.

Pour se donner une contenance et éviter le regard inquisiteur de son ami, Pete sortit un disque d'une pile et commença à l'examiner.

– Ne serait-ce pas mieux si tu revenais avec Freya ? insista Schilling.

Pete fit un geste de la main :

– Non. Je ne saurais pas expliquer exactement pourquoi. D'un point de vue rationnel, nous formions un couple qui s'entendait bien, mais il y avait quelque chose qui faisait que ça ne marchait pas. C'est pour cette raison que nous avons perdu l'autre nuit. Nous n'avons jamais réussi à prendre réellement le dessus en tant que couple.

Il se rappelait sa femme, avant Freya, Janice Marks, aujourd'hui Janice Remington. Apparemment aussi leur entente avait été une réussite. Mais évidemment ils n'avaient pas eu de *chance*. En fait, Pete n'avait jamais eu de *chance*, pas de progéniture à lui. « Ces saletés de Chinois Rouges ! » se dit-il une fois de plus. Et pourtant...

– Schilling, dit-il brusquement, tu as des enfants ?

– Oui. Je croyais que tout le monde était au courant. Un garçon de onze ans, en Floride. Sa mère était ma... Il se livra à un rapide calcul mental. – Ma seizième femme. J'en avais seulement eu deux autres avant que Luckman m'élimine.

– Combien d'enfants a Luckman exactement ?

– Onze, je crois.

– Fichtre !

– Oui, il faut nous rendre à l'évidence : Luckman est à pas mal d'égards l'être humain qui a le plus de valeur sur cette planète. C'est lui qui a la progéniture la plus florissante et le plus de succès au Bluff. A son actif également, l'amélioration qu'il a apportée au statut des non-P dans son secteur. Enfin, ce qui n'est pas négligeable, les Vugs l'aiment bien. En fait, presque tout le monde l'aime bien. Tu ne l'as jamais rencontré?

– Non.

– Tu comprendras ce que je veux dire quand il viendra sur la Côte Ouest pour jouer avec Pretty Blue Fox.

– Je suis heureux de constater que vous êtes venu jusqu'ici, dit Luckman à Dave Mutreaux.

Il était heureux en effet de constater la réalité des dons du prescient. C'était en somme la preuve par neuf de la nécessité de faire appel à ces dons.

Le Psi, homme entre deux âges, grand, maigre, bien habillé, faisait partie de la catégorie des Possédants mineurs, car il n'était propriétaire que d'un petit comté dans le Kansas Occidental. Il se laissa tomber dans le fauteuil profond qui faisait face au bureau de Luckman et déclara d'une voix traînante :

– Il nous faut être très prudents, Mr. Luckman, extrêmement prudents. J'ai dû personnellement me limiter sévèrement et m'arranger pour que mon don passe pratiquement inaperçu. Je sais ce que vous attendez de moi, comme je savais que j'allais venir ici. Franchement, je suis surpris qu'un homme qui a votre stature et votre chance, fasse appel à mes services.

Un sourire ironique se dessina sur le visage du prescient.

– Je crains, expliqua Luckman, que les Joueurs de la Côte ne veuillent plus jouer quand ils me verront m'asseoir à la même table qu'eux. Ils se ligueront contre moi et s'arrangeront tous pour laisser leurs titres de propriété dans leurs coffres au lieu de les mettre en jeu. Vous comprenez, David, ils ne savent peut-être pas que c'est moi qui ai acquis le titre de Berkeley, parce que je...

– Ne vous inquiétez pas, ils le savent, dit Mutreaux

toujours avec le même sourire. La nouvelle a déjà circulé. J'ai entendu y faire allusion au cours de l'émission télévisée de ce fameux Nats Katz. Ça remue pas mal de gens que vous ayez réussi à devenir propriétaire sur la Côte Ouest. Oui, croyez-moi, la nouvelle fait grand bruit. « Attention, voici Lucky Luckman qui arrive! » Je me souviens encore des paroles de Nats.

Luckman ne disait rien; il paraissait assez déconcerté.

– Je vais vous dire autre chose, poursuivit le prescient, en croisant ses longues jambes et en s'enfonçant encore davantage dans son fauteuil. Je vois déjà deux versions de ce qui va se passer. Dans la première, je suis à Carmel, Californie, en train de jouer avec les gens de Pretty Blue Fox; dans l'autre, c'est vous qui y êtes. – Il partit d'un petit rire. – Je vois aussi les gens de Pretty Blue Fox envoyer chercher un électro-encéphalographe. Ne me demandez pas pourquoi. Ils n'en ont jamais à demeure, normalement : ce doit donc être un indice.

Luckman émit un grognement en guise de commentaire.

– Si je vais là-bas, dit Mutreaux, et qu'ils me soumettent à un EEG, ils vont s'apercevoir que je suis un Psi et vous savez ce que ça signifie? Je perds tous les titres que je possède. Seriez-vous d'accord pour me dédommager dans cette hypothèse?

– Naturellement, répondit Luckman.

Mais lui-même avait déjà réfléchi à la question de son côté. Si Mutreaux était soumis à un électro-encéphalogramme, le titre de Berkeley serait perdu et qui serait capable de le récupérer? « Peut-être ferais-je mieux d'y aller moi-même », se dit-il. Mais, en même temps, quelque chose, comme une intuition quasi psionique, lui disait de n'en rien faire. « Ne va pas sur la Côte Ouest! » lui criait une voix dans son subconscient.

Pourquoi éprouvait-il de si fortes réticences à l'idée de s'éloigner de New York City? Était-ce simplement la vieille superstition qui voulait qu'un Possédant restât dans son fief? *Ou était-ce autre chose?*

– Je vais quand même vous envoyer là-bas, Dave, dit-il. Malgré le risque de l'EEG.

– Non, Mr. Luckman, répondit Mutreaux de sa voix traînante. Je refuse d'y aller; je ne tiens pas à courir ce risque en ce qui me concerne. – Il se leva et adressa un sourire ironique à son interlocuteur. – J'ai bien peur que vous ne soyez obligé d'y aller vous-même.

« Bon sang », maugréa Luckman en lui-même, « tous ces petits Possédants ne se prennent pas pour rien! »

– Qu'avez-vous à perdre en y allant vous-même? interrogea Mutreaux. D'après ce que je prévois, vous jouez avec Pretty Blue Fox et votre chance vous suit, du moins dans la limite où ma prévision peut porter. Je vous vois gagner un second titre californien le premier soir où vous jouez. En tout cas cette prévision ne vous coûte rien, je vous en fais cadeau.

Il ponctua ses paroles par le même sourire ironique que tout à l'heure.

– Merci, lâcha Luckman entre ses dents.

« Merci pour rien », songea-t-il. Parce qu'il se sentait toujours habité par cette peur irraisonnée, cette appréhension d'un voyage hors de New York City. « Et puis, non, c'est stupide à la fin », raisonna-t-il. « J'ai des obligations après tout : j'ai payé pour avoir Berkeley. Je *dois* y aller! Mes craintes sont ridicules. »

Son regard se posa sur l'un de ses chats, un matou orange, qui était justement en train de le regarder après s'être interrompu dans sa toilette. « Je t'emmènerai, toi », se dit Luckman. « Tu dois porter chance, avec tes neuf ou dix vies dont parle la croyance populaire. »

Dave Mutreaux lui tendit la main :

– Content de vous avoir revu, camarade Possédant Luckman. Peut-être pourrai-je vous être utile une autre fois. Je retourne dans le Kansas maintenant. – Jetant un coup d'œil à sa montre – : Il est tard. Presque l'heure de commencer la partie de ce soir.

Luckman le regarda d'un air insistant en lui serrant la main :

– Vous croyez que je dois commencer avec Pretty Blue Fox si tôt ? Dès ce soir ?

– Pourquoi pas ?

– Prévoir l'avenir doit vous apporter pas mal de confiance en vous, constata Luckman avec envie.

– C'est utile en effet.

– J'aimerais en avoir autant pour le voyage que je vais faire...

« Et puis, songea-t-il, je vais cesser d'entretenir toutes ces superstitions ridicules ! Je n'ai besoin d'aucun pouvoir psionique pour me protéger : j'ai bien plus que cela. »

A ce moment-là Sid Mosk entra dans le bureau et, après un bref coup d'œil lancé en direction de Mutreaux, demanda à son employeur :

– Vous partez ?

– Oui. Prépare mes valises et mets-les dans la voiture. J'ai l'intention d'installer ma résidence provisoire à Berkeley avant que le Jeu commence ce soir. Ainsi je me sentirai plus à l'aise, comme si j'étais de là-bas.

« Avant d'aller me coucher cette nuit », songea-t-il, « j'aurai déjà joué une fois avec Pretty Blue Fox. Pour moi commencera une nouvelle vie... Je me demande ce qu'elle me réservera... »

Mais encore une fois il souhaitait ardemment avoir pu posséder les dons de Dave Mutreaux.

CHAPITRE V

Dans l'appartement communautaire de Carmel, dont les Possédants-Joueurs de Bluff du groupe de Pretty Blue Fox étaient copropriétaires, Freya Gaines, qui s'était déjà installée – mais pas trop près de son mari Clem – regardait les autres arriver un par un.

Bill Calumine, avec sa chemise et sa cravate criardes, entra le premier de sa démarche nerveuse et salua le couple. Sa femme et partenaire au Bluff, Arlène, le suivait; son air préoccupé contribuait à ajouter quelques rides sur un visage qui en était déjà passablement pourvu. Arlène avait profité plus tard que les autres des bienfaits de l'opération de la Glande de Hynes.

Walt Remington jeta des regards furtifs autour de lui en entrant; il était accompagné de sa femme Janice.

– Je crois savoir que nous avons un nouveau membre, dit-il sur un ton gêné.

Les remords de conscience se lisaient sur son visage, tandis qu'il enlevait son manteau et le posait sur une chaise.

– Oui, dit Freya.

« Tu es bien placé pour le savoir », ajouta-t-elle pour elle-même.

Ce fut au tour du benjamin du groupe, le blond Stuart Marks de faire son entrée, avec sa femme, la grande, masculine et austère Yules, qui portait une veste de daim noire et un jean.

– J'étais en train d'écouter Nats Katz, dit Stuart, et je l'ai entendu dire...

– Ce qu'il disait est exact, le coupa Clem Gaines. Lucky Luckman est déjà sur la Côte Ouest. Il s'est installé à Berkeley.

Tenant dans la main une bouteille de whisky enveloppée dans un sac en papier, apparut Silvanus Angst. Rayonnant de bonne humeur comme d'habitude, il adressa un large sourire à chacun. Il avait sur ses talons Jack Blau, dont les yeux sombres au milieu de son visage basané se déplaçaient nerveusement de l'un à l'autre. Il salua sans rien dire. Jean, sa femme, s'approcha pour dire bonjour à Freya :

– Si cela t'intéresse... Nous nous sommes occupés de chercher une nouvelle femme à Pete. Nous avons passé deux bonnes heures avec Straw Man Special aujourd'hui.

– Et vous avez trouvé? demanda Freya en s'efforçant de prendre le ton le plus détaché possible.

– Oui. Une femme du nom de Carol Holt doit venir ce soir de la part de Straw Man Special. Elle ne devrait pas tarder à arriver.

– Comment est-elle?

– Intelligente.

– Je veux dire physiquement.

– Brune, petite. Il est difficile de la décrire, tu verras par toi-même.

Jean Blau se retourna vers la porte, où se tenait Pete Garden. Il était déjà entré depuis quelques instants et écoutait.

– Bonjour, lui dit Freya. Il t'ont trouvé une femme.

– Merci, dit Pete à Jean sur un ton bourru.

– Il te faut bien une partenaire pour jouer, lui fit remarquer la femme de Jack Blau pour se justifier.

– Ce n'est pas ça qui me chagrine, répondit Pete.

Lui aussi avait apporté une bouteille de whisky, qu'il posa sur le buffet à côté de celle de Silvanus Angst avant d'enlever son pardessus.

– En fait, j'en suis très heureux, ajouta-t-il.

Silvanus Angst se mit à rire :

– Ce qui ennuie Pete, c'est cet homme qui a pris possession de Berkeley. Hein, Pete? Il paraît que c'est Lucky Luckman. – Court sur pattes et rondouillard, Angst s'approcha en se dandinant de Freya et lui caressa les cheveux. – Toi aussi tu es ennuyée?

Écartant la main de Angst, Freya répondit :

– Bien sûr, cela m'ennuie. C'est grave.

– En effet, fit Jean Blau. Nous ferions mieux d'en discuter avant que Luckman arrive. Il doit y avoir quelque chose à faire.

– Refuser de le laisser jouer? interrogea Angst.

– Il ne faut surtout pas mettre en jeu des titres vitaux au cours de la partie. Le pied qu'il a déjà réussi à mettre en Californie est suffisamment ennuyeux comme ça. S'il en gagne encore...

– Nous ne devons pas le lui permettre, approuva Jack Blau. – Il lança un regard furieux à Walt Remington. – Comment as-tu pu?... Nous devrions t'exclure. Mais je parie que tu ne te rends même pas compte de ce que tu as fait.

– Si, il s'en rend compte à présent, intervint Bill Calumine. Sur le coup il ne savait pas : il a simplement vendu à un agent immobilier qui, lui, a aussitôt...

– Ce n'est pas une excuse.

– Ce que nous pouvons faire, suggéra Clem Gaines, c'est l'obliger à se soumettre à un EEG. J'ai pris la liberté d'apporter un appareil. Cela pourrait nous permettre de le faire éliminer. Nous devrions parvenir à l'écarter *d'une manière ou d'une autre*.

– Et si nous demandions son avis à U.S. Cummings? proposa à son tour Jean Blau. Il a peut-être une idée. Je sais en tout cas qu'ils n'aiment pas tellement voir un seul homme régner sur les deux côtés. Ils étaient très ennuyés lorsque Luckman a évincé Joe Schilling de New York, je m'en souviens très bien.

– Je préférerais ne pas faire appel aux Vugs, dit Calumine. – Regardant chaque membre du groupe l'un après l'autre – : Quelqu'un d'autre a une idée?

Un silence embarrassé lui répondit.

– Est-ce qu'on ne pourrait pas..., commença Stuart Marks. – Il fit un geste comme pour s'aider à parler. – Enfin... lui faire peur physiquement. Nous sommes six hommes ici. Contre un.

Au bout d'un moment Calumine reprit la parole :

– Je suis pour cette solution : utiliser la force. En tout cas, nous pourrions au moins nous mettre d'accord pour nous entendre contre lui pendant le Jeu proprement dit, et si...

Il s'interrompit car quelqu'un venait d'entrer.

Jean Blau se leva :

– Mes amis, voici le nouveau joueur qui nous est envoyé par Straw Man Special : Carol Holt.

Jean s'avança et prit la jeune fille par la main pour faire les présentations. Arrivée devant Pete, elle dit :

– Et voici votre partenaire au Bluff, Pete Garden. Pete, voici Carol Holt. Nous avons passé deux heures à te la choisir.

– Et moi, je suis Mrs. Angst, fit Patience Angst, l'épouse de Silvanus Angst qui venait d'entrer juste derrière Carol Holt. Mon Dieu, mais nous allons passer une soirée passionnante! Nous avons deux nouveaux membres, si je comprends bien.

Freya examina Carol Holt puis se tourna vers Pete pour voir quelle était sa réaction. Mais il n'en manifestait aucune à première vue et se contentait d'observer une courtoisie neutre en saluant la jeune fille. Il semblait d'ailleurs absent ce soir. Peut-être ne s'était-il pas encore bien remis de sa déception de la veille. Freya, elle, ne s'en était certainement pas remise.

Son premier jugement sur la jeune fille de Straw Man Special était que, sans être d'une très grande beauté, elle semblait avoir une certaine personnalité. Ses cheveux étaient joliment ramenés en un chignon crêpé à la mode et son maquillage était de bon goût. Carol Holt portait des ballerines, pas de bas et une chemise en madras assez serrée qui lui faisait paraître, au goût de Freya, la taille un peu forte. Mais elle avait une jolie peau, et sa voix était très agréable.

« Mais elle ne plaira pas à Pete », conclut-elle. « Ce n'est pas son genre. Je me demande d'ailleurs quel est le genre de Pete! En tout cas pas moi, non plus. » Leur mariage avait été bancal : si elle-même s'y était totalement investie, Pete n'avait fait plus ou moins depuis le début que prévoir le coup du sort qui allait mettre fin à leur union : la perte de Berkeley.

– Pete, je te rappelle que tu dois toujours sortir un trois lui dit-elle.

Pete se tourna vers Bill Calumine, leur Croupier :

– Donne-moi la roulette, je vais commencer. A combien de coups ai-je droit?

La règle étant assez compliquée en l'occurrence, Jack Blau préféra consulter le manuel. Après s'être concertés, Calumine et Blau décidèrent que Pete avait droit à six coups.

– Je ne savais pas qu'il n'avait pas encore sorti de trois, dit Carol. J'espère ne pas avoir fait tout ce déplacement pour rien.

Elle s'assit sur le bras du canapé, tira sa chemise sur ses genoux – de jolis genoux bien lisses, nota Freya – et alluma une cigarette. Son visage exprimait un ennui profond.

Pete fit rouler les dés. Son premier coup fut un neuf.

– Je fais tout ce que je peux, dit-il à Carol.

Le ton de sa voix recelait du dépit. Freya ne pouvait s'empêcher d'éprouver une joie méchante dans de telles circonstances. Fronçant les sourcils, Pete fit une nouvelle tentative. Cette fois ce fut un dix.

– Nous ne pouvons pas commencer à jouer de cette

façon, fit remarquer Janice Remington. Nous devons attendre Mr. Luckman.

Carol Holt rejeta la fumée de sa cigarette par le nez :

– Mon Dieu, Lucky Luckman fait partie de Pretty Blue Fox? Personne ne me l'avait dit!

Elle lança un regard furieux en direction de Jean Blau.

– Ça y est, je l'ai eu! fit Pete, et il se leva lentement.

Calumine se pencha au-dessus de la table :

– C'est bien vrai. Un beau trois tout ce qu'il y a de plus authentique. – Il reprit la roulette. – A présent, la cérémonie, et, quand Mr. Luckman sera là, nous pourrons commencer.

Patience Angst s'empressa :

– C'est moi qui suis officiante cette semaine, Bill. Je vais célébrer la cérémonie.

Elle sortit l'alliance du groupe, qu'elle donna à Pete. Il avait Carol à côté de lui, Carol qui semblait ne pas encore s'être remise de la nouvelle concernant Luckman.

– Carol et Pete, commença Patience Angst, nous sommes réunis ici pour témoigner de votre entrée dans les liens sacrés du mariage. De par la loi terrienne et la loi titanienne, conjointement, j'ai pouvoir de vous demander si vous adhérez de votre plein gré à cette union. Pete, acceptes-tu de prendre Carol pour épouse légitime dans le mariage?

– Oui, répondit Pete.

Comme à regret, fut l'impression de Freya.

– Carol, veux-tu...

Patience Angst s'interrompit, car un nouvel arrivant venait de faire son apparition dans l'appartement. Il était là, dans l'encadrement de la porte, observant en silence.

Lucky Luckman, l'homme qui avait gagné New York, le plus grand Possédant du Monde Occidental, était arrivé. Tout le monde dans la pièce tourna instantanément les yeux vers lui.

– Je ne veux pas vous interrompre, dit Luckman qui ne bougeait pas d'où il était.

Patience Angst poursuivit à voix basse la cérémonie jusqu'à son terme.

« Ainsi donc, voilà le grand Luckman ! » se dit Freya. Brun, massif, un visage tout rond et un teint d'une pâleur un peu jaune, comme un légume élevé en serre. Ses cheveux, extrêmement fins, laissaient voir son crâne rose. Au moins Luckman faisait-il net et soigné ; ses vêtements, de qualité ordinaire et de style neutre, témoignaient d'un certain bon goût. Mais ses mains... Freya se surprit en train de regarder ses mains. Luckman avait les poignets épais et couvert de poils très clairs, comme ses cheveux ; ses mains, elles, étaient petites, ses doigts courts et la peau à proximité de ses phalanges toute piquée de petites taches de rousseur. Sa voix avait une tonalité très haute, mais assez douce.

Il ne lui plaisait pas. Il y avait quelque chose en lui qui, spontanément, la rebutait. Ce côté onctueux, cette douceur hypocrite qui ne cadrait pas avec le personnage.

« Et nous n'avons même pas mis de stratégie au point contre lui », songea-t-elle. « Nous ne savons même pas comment nous allons pouvoir unir nos efforts. Et à présent il est trop tard. »

« Je me demande combien d'entre nous seront encore dans cette pièce en train de jouer dans une semaine. *Il faut absolument trouver un moyen de faire échec à cet homme !... »*

– Et voici ma femme Dotty, fit Jerome Luckman en présentant au groupe un spécimen de femme luxuriant, de type italien, avec une espèce de coiffure en forme de crête, et qui distribuait les sourires à la ronde.

Pete Garden ne lui accorda même pas son attention. S'approchant de Bill Calumine, il lui dit :

– Il faut amener l'EEG. Tout de suite.

Calumine hocha la tête et, sans un mot, disparut dans

la pièce à côté en compagnie de Clem Gaines. Bientôt il revint avec l'appareil Crofts-Harrison, une espèce d'œuf sur roues avec des câbles enroulés et des rangées de cadrans scintillants. Il n'avait pas servi depuis longtemps : le groupe était très stable. Jusqu'à aujourd'hui...

« Mais aujourd'hui tout est différent », songea Pete. « Nous avons deux nouveaux membres, dont l'un est une inconnue, et l'autre un ennemi patenté que nous devons combattre par tous les moyens en notre pouvoir. » Lui-même ressentait l'aspect personnel de cet antagonisme parce que le titre de propriété lui avait appartenu. Luckman, installé au Claremont Hotel à Berkeley, demeurait-il aujourd'hui dans le propre fief de Pete. Existait-il invasion plus directe que celle-là ?

Il regarda Luckman, et le petit bonhomme et gros Possédant venu de l'Est le regarda à son tour. Ils se regardaient tous les deux sans rien dire. Il n'y avait rien à dire.

– Un EEG ? dit Luckman, dont les yeux venaient de tomber sur l'appareil. – Un sourire en forme de rictus déforma ses traits. – Pourquoi pas ? – Se tournant vers sa femme – : Nous n'y voyons aucun inconvénient, n'est-ce pas ?

Il tendit son bras, autour duquel Bill Calumine attacha solidement la sangle portant l'anode. Et, tandis que l'embout de cathode était fixé à sa tempe, il dit, sans cesser de sourire :

– Vous ne trouverez aucun pouvoir psionique chez moi.

L'appareil Crofts-Harrison dévida sa bande-graphique, la vérifia, la passa à Pete, et tous les deux l'examinèrent en silence.

Aucune activité encéphalo-psionique, constata Pete. Du moins au moment du test. Cela pouvait varier, évidemment, mais, en attendant, il n'était pas possible d'éliminer Luckman de ce chef. Dommage ! Pete passa la bande-graphique à Calumine, qui à son tour la fit circuler à la ronde.

— Eh bien, suis-je lavé de tout soupçon? demanda Luckman sans se départir de son sourire.

Il avait l'air très sûr de lui. Pourquoi ne le serait-il pas? Ce sont eux, au contraire, qui devraient être ennuyés, et Luckman qui en était conscient.

D'une voix étouffée, Walt Remington prit la parole :

— Mr. Luckman, c'est moi qui suis personnellement responsable de l'occasion qui vous a été donnée de vous infiltrer dans Pretty Blue Fox...

— Oh, Remington! — Luckman lui tendit la main, mais l'autre ignora délibérément son geste.

— Ne vous faites pas de reproche, j'y serais parvenu tout seul un jour ou l'autre.

— Ne vous tracassez pas pour cela, Mr. Remington, fit Dotty Luckman. Mon mari entre dans n'importe quel groupe qu'il veut.

Ses yeux brillaient de fierté en prononçant ces paroles.

— Mais quelle sorte de monstre suis-je donc enfin pour justifier pareille hostilité? interrogea Luckman qui ne souriait plus maintenant. Je joue franc jeu, que je sache; personne ne m'a jamais accusé de tricher. Je joue exactement dans le même but que vous : gagner.

Son regard passa de l'un à l'autre, comme s'il attendait une réponse. Mais en réalité il ne semblait guère troublé. Il n'espérait nullement changer leurs sentiments à son égard et ne le souhaitait peut-être pas.

— Nous estimons que vous avez déjà eu plus que votre part, Mr. Luckman, dit Pete. Le Jeu ne doit pas servir de prétexte pour réaliser un monopole économique, et vous le savez bien.

Il s'en tint à cette explication, et ses compagnons hochèrent la tête en signe d'approbation.

— Je vais vous dire ma pensée, dit Luckman. J'aime voir tout le monde heureux autour de moi, et je ne comprends pas la raison de votre suspicion et de votre ressentiment à mon égard. Peut-être cela vient-il du fait que vous n'avez pas confiance en vos propres capacités, c'est fort possible. Quoi qu'il en soit, voici ce que je suggère : pour chaque titre californien que je gagne... – Il s'interrompit un instant pour jouir de leur impatience à entendre la suite. – Je ferai don au groupe d'une ville dans un autre État. Ainsi, quoi qu'il arrive, vous resterez Possédants. Peut-être pas sur la Côte, évidemment, mais ailleurs...

Il ponctua par un sourire qui révéla des dents tellement régulières qu'elles donnaient à Pete l'impression d'être fausses.

– Merci! dit Freya sur un ton éloquent.

Personne n'ajouta rien.

« Est-ce une insulte de la part de Luckman? » se demanda Pete. Peut-être parle-t-il sérieusement; peut-être manque-t-il réellement à ce point de psychologie concernant les sentiments humains. »

A ce moment-là la porte s'ouvrit et un Vug fit son entrée. C'était le Commissaire de District U.S. Cummings. « Que veut-il? » s'interrogea Pete. Les Titaniens étaient-ils au courant de la venue de Luckman sur la Côte Ouest?

Le Vug salua les membres du groupe à la manière de sa planète.

– Que voulez-vous? lui demanda Bill Calumine hargneusement. Nous étions juste sur le point de commencer à jouer.

Les pensées du Vug leur parvinrent par la transmission mentale :

– Je suis désolé pour cette intrusion. Mr. Luckman, comment devons-nous interpréter votre présence ici? Voulez-vous, je vous prie, me montrer le titre de validation qui vous autorise à entrer dans ce groupe.

– Allons donc! fit Luckman. Vous savez très bien que je l'ai. – Il fouilla dans sa poche et en sortit une grande enveloppe. – C'est une plaisanterie ou quoi?

Prenant le document avec son pseudopode, le Vug l'examina et le rendit à son titulaire.

– Vous avez omis de nous notifier votre entrée dans ce groupe, fit-il remarquer.

– Pourquoi? répondit Luckman. Ce n'est pas obligatoire.

– Le protocole l'exige néanmoins, fit U.S. Cummings. Qu'avez-vous l'intention de faire ici, chez Pretty Blue Fox?

– J'ai l'intention de gagner, répondit Luckman.

Le Vug n'émit aucune pensée pendant un moment; il semblait étudier son interlocuteur.

– C'est mon droit le plus strict, ajouta Luckman, qui semblait de plus en plus nerveux. Vous n'avez absolument aucun pouvoir pour intervenir dans ce genre d'affaires. Vous n'êtes pas nos maîtres, à cet égard je vous renvoie au concordat de 2095 signé entre vos autorités militaires et les Nations Unies. La seule chose que vous pouvez faire est d'émettre des recommandations et de nous prêter assistance lorsque nous la demandons. Je n'ai entendu personne demander votre présence ici ce soir.

Il se tourna vers les membres du groupe en quête d'une approbation.

– Nous pouvons régler cette affaire entre nous, dit Calumine au Vug.

– C'est ça, ajouta Stuart Marks. Alors taille-toi, Vuggy, allez!

Tout en parlant il se dirigea vers un coin de la pièce où se trouvait la canne-à-Vug. Sans émettre aucune autre pensée à leur adresse, U.S. Cummings s'en alla. Dès qu'il fut parti, Jack Blau déclara :

– Commençons à jouer.

Calumine alla ouvrir le placard avec sa clé et, quelques instants après, il étalait le grand tableau du Jeu sur la table qui se trouvait au centre de la pièce. Aussitôt tous les membres du groupe s'installèrent autour de la table après s'être réparti les places selon les convenances de chacun.

Carol Holt, qui s'était assise à côté de Pete, lui dit :

– Nous aurons probablement des difficultés au début, Mr. Garden, tant que nous ne serons pas habitués à nos styles respectifs.

Pete jugea qu'il était temps de lui parler de Joe Schilling :

– Écoutez, cela ne m'enchante guère de vous le dire, mais vous et moi n'allons peut-être pas être partenaires très longtemps.

– Pourquoi? fit-elle avec un petit haut-le-corps.

– Honnêtement, j'éprouve plus d'intérêt à récupérer Berkeley qu'à toute autre chose... y compris la *chance,* comme on dit. Au sens biologique, j'entends.

Pete savait pourtant que les autorités terriennes et titaniennes avaient conçu le Jeu à l'origine comme un moyen d'arriver à cette fin plutôt qu'à des fins économiques.

– Vous ne m'avez jamais vue jouer, objecta Carol en le fixant avec intensité. Je suis très forte.

– Peut-être, mais certainement pas assez pour battre Luckman, et c'est cela l'important. Je jouerai avec vous ce soir, mais demain j'amènerai quelqu'un d'autre. N'y voyez aucune offense de ma part.

– Je me considère néanmoins comme offensée. Qui est cette personne par qui vous voulez me remplacer?

– Joe Schilling.

Les yeux couleur de miel de la jeune fille s'agrandirent sous l'effet de la surprise :

– Le marchand de disques rares? Mais...

– Je sais que Luckman l'a déjà battu, mais je ne crois pas qu'il soit capable de recommencer. Schilling est un ami, j'ai confiance en lui.

– Et vous ne pouvez pas en dire autant de moi, n'est-ce pas? Vous ne voulez même pas voir comment je joue parce que vous avez déjà pris votre décision. Je me demande bien pourquoi vous vous êtes embarrassé d'une cérémonie de mariage.

– Pour ce soir...

Les joues de Carol Holt s'empourprèrent; la jeune femme était très en colère à présent :

– Pourquoi vous inquiétez-vous pour ce soir? Vous ne vous rendez pas compte que vous m'avez blessée? A Straw Man Special, mes amis avaient autrement plus d'égards pour moi. – Battement de cils effarouché – : Je n'ai pas été habituée à ce genre de traitement!

– Pour l'amour du ciel! s'exclama Pete.

La prenant par la main, il l'entraîna dehors :

– Écoutez, je voulais seulement vous préparer au cas où je ferais entrer Joe Schilling. Berkeley était ma Possession et je veux la récupérer, vous comprenez? Cela n'a rien à voir avec vous et avec la façon dont vous jouez au Bluff. – Il l'empoigna par les épaules. – Maintenant, cessez de faire la tête et retournons jouer : ils sont en train de commencer.

En effet, Bill Calumine les appelait depuis l'intérieur. Tous les deux regagnèrent leur place.

– Nous étions en train de discuter stratégie, dit Pete.

– Quel genre de stratégie? fit Janice Remington d'un air entendu.

Freya se contenta de regarder tour à tour Pete et Carol sans rien dire. Les autres étaient déjà trop occupés à surveiller Luckman pour s'intéresser à quoi que ce soit d'autre. Les titres de propriété commençaient à être mis à contrecœur dans la cagnotte.

– Mr. Luckman, dit Yules Marks sèchement, vous devez mettre le titre de Berkeley en jeu : c'est la seule propriété que vous possédez en Californie.

Tous regardèrent avec anxiété Luckman déposer la grande enveloppe dans la corbeille de la cagnotte.

– J'espère, ajouta Yules Marks, que vous perdrez et que vous ne remettrez jamais les pieds ici.

– Je vois que vous n'êtes pas hypocrite, Madame, fit remarquer Luckman avec un petit sourire en coin.

Mais en même temps son expression se durcit, et au bout d'un moment il ajouta :

– Je retire mon offre. Celle de vous concéder quelques villes en dehors de la Californie. – Il rassembla le paquet de cartes numérotées et commença à les battre d'un air supérieur. – Cette décision est due à votre hostilité flagrante, et il est clair que, dans ces conditions, il ne peut y avoir entre nous le moindre semblant de cordialité.

– En effet, confirma Walt Remington.

Il fut le seul à donner son opinion, mais il était évident pour Luckman, comme ce l'était pour Pete, que chaque personne présente dans la pièce pensait la même chose.

– Je commence, annonça Bill Calumine en tirant une carte du sabot.

Pendant ce temps, Luckman se jurait en lui-même de faire payer à ses adversaires leur comportement à son égard. Quand vint son tour, il tira une carte. C'était un dix-sept. Satisfait, il alluma une *delicado* et s'enfonça dans son fauteuil en regardant les autres jouer.

Il se rendit compte que c'était une bonne chose que Dave Mutreaux ne soit pas venu. Le prescient avait raison : ils avaient supporté l'appareil à EEG ; il avait donc échappé au piège.

– Naturellement, Luckman, avec votre dix-sept vous jouez le premier, lui dit Calumine d'un air résigné.

Luckman fit tourner la roulette de métal.

Observant Pete du coin de l'œil, Freya essayait d'imaginer ce qui s'était passé entre lui et Carol, dehors. Ils avaient dû se disputer, car la jeune fille avait l'air d'avoir pleuré. Freya était sûre qu'ils n'arriveraient pas à s'entendre comme partenaires ; Carol ne pourrait jamais s'accommoder de la mélancolie à laquelle Pete était sujet, de son hypocondrie. Et lui ne trouverait pas en elle une femme qui le supporte. « Je sais qu'il me reviendra ; nous aurons nos relations en dehors du Jeu. Il ne peut pas faire autrement, sinon il ne tiendra jamais le coup. »

C'était son tour de jouer. Le premier tour se jouait sans l'élément essentiel du Bluff : on utilisait la roulette visible, pas les cartes. Freya tira un quatre. Elle vit avancer son pion de quatre cases, ce qui l'amena sur une case tristement familière : *Contributions Indirectes. Payez 500 $.*

Elle paya sans rien dire. Janice Remington, qui faisait office de banquier, encaissa.

Freya se sentait terriblement tendue, comme l'était visiblement chaque joueur, y compris Luckman. « Qui aura le premier le courage de demander à voir le jeu de Luckman ? » s'interrogea-t-elle. « Pas moi, en tout cas. Mais Pete, oui. Il le déteste tellement. »

C'était au tour de Pete à présent. Il tira un sept et commença à faire avancer son pion. Son visage était vide de toute expression.

CHAPITRE VI

N'ayant pas les moyens de se payer une voiture neuve, Joe Schilling en possédait une vieille qu'il appelait Max et qui avait très mauvais caractère. Max rechignait systématiquement à exécuter les instructions que son chauffeur lui donnait, prétextant qu'elle avait besoin d'être retapée avant d'entreprendre de longs trajets, comme ce voyage sur la Côte Ouest que devait effectuer Schilling.

Finalement, après des palabres interminables, Schilling réussit à lui faire prendre la direction de San Rafael, en Californie. Il n'avait pas oublié d'emmener avec lui son fidèle perroquet Iore.

Il était tôt dans la matinée, ce qui lui permettrait certainement de trouver Pete Garden à son appartement provisoire. Pete avait appelé la nuit dernière pour le tenir au courant de la première rencontre avec Lucky Luckman, et il avait suffi à Schilling d'entendre le ton de sa voix pour deviner quel avait été le résultat. Luckman avait gagné.

Et le plus ennuyeux, c'était qu'il possédait maintenant deux titres de propriété en Californie, ce qui le dispensait désormais de mettre Berkeley en jeu : il pouvait se servir de l'autre titre.

Voilà pourquoi Joe Schilling faisait route en ce moment vers la Côte, emportant quelques effets personnels et son perroquet. Il était en train de réfléchir sur les inconvénients que représentait l'intervention des femmes dans le Jeu, car, au cours de son entretien vidéophonique avec Pete, celui-ci avait évoqué le cas de Carol Holt Garden, sa nouvelle femme et partenaire. Pour Schilling, la confusion entre l'aspect économique et l'aspect sexuel de leur existence ne faisait que compliquer les choses, et il maudissait les Titaniens d'avoir voulu résoudre les problèmes des Terriens au moyen d'une solution unique et simpliste qui ne réglait rien, au contraire.

Schilling survolait le Nouveau Mexique, toujours perdu dans ses pensées. Le mariage avait toujours été une notion essentiellement économique. A cet égard, les Vugs n'avaient rien inventé, mais seulement intensifié une situation qui existait déjà. Le mariage était lié à la transmission de la propriété, des droits de succession, et aussi des conditions de carrière. Tout ceci transparaissait clairement dans le Jeu et en commandait les règles. Le Jeu ne faisait que traiter ouvertement ce qui l'était avant implicitement.

La radio de la voiture s'alluma et Schilling entendit une voix d'homme s'adresser à lui :

— Ici Kitchener. On m'a dit que vous aviez quitté ma Possession. Pourquoi?

— Une affaire qui m'appelle sur la Côte Ouest.

Cela l'agaçait que le Possédant vienne interférer dans ses affaires. Mais c'était bien dans les habitudes du Colonel Kitchener, un vieil officier célibataire à la retraite et au caractère de cochon, de fourrer son nez partout.

— Je ne vous ai pas donné l'autorisation, récrimina Kitchener. Je pourrais fort bien vous interdire de revenir chez moi, Schilling. Je sais que vous allez jouer à Carmel, mais si vous êtes encore capable de jouer, c'est pour moi que vous devriez le faire.

Schilling maudit le Colonel en silence. Il était évident que l'affaire avait transpiré. C'était l'inconvénient avec une planète réduite à l'état d'une population de petite ville, où n'importe qui savait ce que faisait l'autre.

– Pourquoi ne vous exerceriez-vous pas dans mon groupe? continua Kitchener. Vous pourriez de la même façon jouer contre Luckman une fois que vous seriez revenu en forme. Vous risquez de rendre un mauvais service à vos amis en rejouant du jour au lendemain après une si longue interruption, vous ne trouvez pas?

– C'est possible, mais je ne suis pas aussi rouillé que vous le pensez.

– Je constate en tout cas que vous l'êtes lorsqu'il s'agit de jouer pour moi. Enfin... Je vous donne l'autorisation de partir, mais, si vous retrouvez votre talent passé, je compte bien que vous en ferez profiter votre Possédant attitré, ne serait-ce que par simple loyauté. Bonne journée!

– Bonne journée! répondit Schilling en coupant le circuit.

Son voyage sur la Côte lui avait déjà valu deux ennemis : sa voiture et le Colonel Kitchener. Mauvais présage! S'il pouvait se permettre d'être en conflit avec la première, c'était plus délicat avec un homme aussi puissant que Kitchener. Dans le fond, le Colonel avait raison : s'il lui restait encore quelque talent, il devait le mettre d'abord au service de son propre Possédant.

D'un seul coup, Max s'adressa à lui sur un ton de reproche :

– Vous voyez dans quel pétrin vous vous êtes fourré? Vous vous imaginiez peut-être pouvoir quitter le Nouveau-Mexique sans vous faire remarquer?

Schilling hocha la tête d'un air contrit. Sa voiture avait raison. Décidément, cela commençait mal.

Lorsqu'il se réveilla dans cet appartement de San Rafael qui ne lui était pas encore très familier, Pete Garden eut une réaction de surprise en voyant à côté de lui la masse de cheveux en désordre, les épaules nues et lisses qui ressemblaient à une invitation, avant de se rappeler à qui ils appartenaient et ce qui s'était passé la veille au soir. Il sortit du lit sans la réveiller et alla dans la cuisine chercher un paquet de cigarettes.

Un second titre californien avait été perdu et Joe Schilling était en route pour venir le rejoindre, voilà ce dont il se souvenait. Et il avait maintenant une femme qui... Comment déterminer exactement ses rapports avec Carol Holt Garden?

Il alluma une cigarette et brancha la bouilloire pour le thé. Comme celle-ci commençait à le remercier, il la fit taire pour qu'elle ne réveille pas sa femme. La bouilloire se contenta de chauffer en silence.

Il aimait bien Carol : elle était jolie et, ce qui ne gâtait rien, excellente partenaire au lit. Toutefois il trouvait sa façon de ressentir les choses excessive. Pour Carol, ce nouveau mariage stimulait son sens de l'identité par le biais du prestige. En tant que femme, épouse et partenaire de Jeu. C'était beaucoup.

Dehors, dans la rue, les deux enfants McClain jouaient plus calmement que la veille; il entendait leurs voix tendues et assourdies. Il regarda par la fenêtre de la cuisine et les vit, le garçon Kelly et la petite Jessica, en train de jouer à une sorte de jeu de couteau. Ils étaient tellement absorbés qu'ils ne semblaient conscients de rien d'autre ni de sa présence, ni du vide qui les entourait.

« Je me demande comment est leur mère », se dit Pete. « Patricia McClain, dont je connais l'histoire... »

Il alla prendre ses vêtements dans la chambre et retourna dans la cuisine pour s'habiller sans risquer de réveiller Carol.

— Je suis chaude! annonça la bouilloire.

Au moment de se faire du café, Pete se ravisa. « Voyons si Mrs. McClain va préparer le petit déjeuner au Possédant », se dit-il.

Après s'être assuré devant la glace qu'il était, sinon irrésistible, du moins présentable, il sortit sans faire de bruit et descendit les marches qui menaient à la rue.

— Bonjour, les enfants! lança-t-il à Kelly et Jessica.

— Bonjour, Mr. le Possédant! lui répondirent-ils sans lever la tête, car ils étaient toujours accaparés par leur jeu.

— Où puis-je trouver votre mère?

Ils lui montrèrent la direction. Respirant une bonne bouffée d'air matinal, Pete traversa résolument la rue à grandes enjambées. Il se sentait un appétit féroce, mais sur divers plans...

Max, l'automobile de Schilling, vint se ranger le long du trottoir devant l'immeuble, à San Rafael. Schilling s'extirpa laborieusement de son véhicule.

Il appuya sur le bouton qui l'intéressait et un bourdonnement lui répondit en ouvrant la lourde porte de l'immeuble. Une porte destinée à empêcher d'entrer les cambrioleurs qui n'existaient plus, se fit-il la réflexion en montant l'escalier jusqu'au quatrième étage.

La porte de l'appartement était ouverte, mais ce n'était pas Pete Garden qui l'attendait : c'était la jeune femme brune aux cheveux ébouriffés et à l'expression ensommeillée.

— Qui êtes-vous? demanda-t-elle.

— Un ami de Pete, répondit Schilling. Vous êtes Carol?

Elle hocha la tête en ramenant sa robe de chambre contre elle d'un air gêné.

— Pete est sorti. Je ne sais pas où il est allé.

— Puis-je entrer et l'attendre ici?

— Si vous voulez. Je vais préparer le petit déjeuner.

Schilling entra et la suivit dans la cuisine. La bouilloire annonça :

— Mr. Garden était ici, mais il est sorti.

— A-t-il dit où il allait? interrogea Schilling.

— Il a regardé par la fenêtre et il est sorti.

L'Effet Rushmore incorporé à la bouilloire n'était pas d'un grand secours pour avoir des informations.

Schilling s'assit à la table de la cuisine pendant que Carol était en train de préparer le petit déjeuner.

– Comment ça va entre Pete et vous? demanda-t-il.

– Notre premier soir n'a pas été très réussi : nous avons perdu. Pete en était très affecté. Il n'a pas desserré les dents en revenant ici, et c'est tout juste s'il m'a adressé la parole depuis. Comme s'il me rendait responsable de cet échec. – Elle se tourna vers Schilling d'un air triste. – Je ne sais vraiment pas comment cela va pouvoir se passer entre nous; Pete me semble avoir des obsessions presque... suicidaires.

– Vous n'y êtes pour rien, vous savez : il a toujours été comme ça.

– Merci de me rassurer. Oh... est-ce vous l'ami qu'il a vidéophoné la nuit dernière après le Jeu?

– Oui.

Il se sentait très gêné : c'était cette jeune femme qu'il était venu remplacer à la table du Jeu. Connaissait-elle exactement les intentions de Pete? Force était d'admettre que celui-ci se montrait souvent rustre à propos des femmes.

– Je sais pourquoi vous êtes venu, Mr. Schilling.

Schilling émit un borborygme embarrassé.

– Je n'ai pas l'intention de me laisser évincer, dit-elle en mettant quelques cuillerées de café dans la cafetière. Je connais votre histoire et je crois que je peux faire mieux que vous.

Nouveau borborygme de Schilling, accompagné cette fois d'un hochement de tête indulgent.

Il but le café qu'elle lui avait préparé, et elle-même commença à manger. Tous deux observaient un silence gêné en attendant le retour de Pete.

Patricia McClain était en train de passer le chiffon à poussière dans son living. En voyant Pete, elle sourit, d'un petit sourire énigmatique. Pete lui dit bonjour d'un air gêné.

– Je lis dans votre esprit, Mr. Garden. Vous savez pas mal de choses à mon sujet, et c'est Joe Schilling qui vous les a révélées. Vous avez donc rencontré Mary Anne, ma fille aîné, et vous la trouvez « formidablement attirante », d'après Schilling. Comme moi, paraît-il... – Elle leva vers lui des yeux étincelants. – Ne croyez-vous pas que Mary Anne est un peu jeune pour vous? Vous avez cent quarante ans, ou approximativement, et elle dix-huit.

– Depuis l'opération de la Glande de Hynes...

– Peu importe. Et vous pensez aussi que la vraie différence entre ma fille et moi, c'est que je suis aigrie alors qu'elle est encore fraîche et féminine. Cela surprend de la part d'un homme qui rumine sans arrêt des idées de suicide!

– C'est plus fort que moi, expliqua Pete. Cliniquement parlant, c'est une obsession involontaire; j'aimerais pouvoir m'en débarrasser. Le docteur Macy connaît bien mon cas. J'ai pris tous les tranquillisants existant sur le marché; ça disparaît pendant un temps et puis ça revient. – Entrant complètement dans l'appartement des McClain – : Vous avez déjà pris votre petit déjeuner?

– Oui. Et il n'est pas question que vous-même le preniez ici : ce n'est pas convenable, d'une part, et en outre je n'ai nullement l'intention de vous le préparer. Je vais vous parler très franchement, Mr. Garden . je ne tiens pas du tout à avoir le moindre rapport affectif avec vous. L'idée même m'en paraît insupportable.

– Pourquoi? dit-il sur le ton le plus détaché qu'il put.

– Parce que je ne vous aime pas beaucoup.

– Et pourquoi cette aversion à mon égard?

– Parce que vous pouvez jouer au Jeu et pas moi. Et aussi parce que vous avez une femme, une nouvelle, et que vous êtes ici au lieu d'être auprès d'elle.

– Être télépathe est très utile lorsqu'il s'agit d'apprécier les faiblesses ou les vices des autres, n'est-ce pas?

– En effet.

– Mais qu'y puis-je si vous m'attirez, et pas Carol?

– Vous ne pouvez peut-être pas vous empêcher d'éprouver certains sentiments, mais par contre vous pourriez éviter de faire ce que vous faites. Je sais très bien pourquoi vous êtes venu ici ce matin, Mr. Garden. Mais n'oubliez pas que *je suis mariée moi aussi*. Et moi, je prends le mariage au sérieux, contrairement à vous. Comment pourriez-vous le prendre au sérieux, il est vrai, vous qui changez de femme toutes les semaines ou à peu près? Chaque fois que vous essuyez un sérieux échec au Jeu.

Elle parlait presque entre ses dents et ses yeux noirs lançaient des éclairs. Sa répulsion était manifeste. Pete se demandait comment elle pouvait être avant que la découverte de ses dons psioniques ne la condamne à ne plus pouvoir participer au Jeu.

– Exactement comme je suis maintenant, répondit-elle à ses pensées.

– J'en doute.

Il se prit à songer à la fille de Patricia McClain. Avait-elle le même don télépathique que sa mère? Si oui...

– Non, Mary Anne n'est pas télépathe, dit Patricia McClain. Aucun des enfants n'a de don psionique, nous avons déjà vérifié.

« Elle ne finira pas comme sa mère, alors », se dit-il à lui-même.

– Peut-être pas, fit Patricia songeusement. – D'un seul coup son expression redevint dure. – Vous ne pouvez pas rester ici, Mr. Garden, mais, par contre, vous pouvez me conduire à San Francisco si vous désirez vous rendre utile : j'ai quelques courses à faire. Et nous pouvons prendre le petit déjeuner dans un restaurant si vous n'y voyez pas d'inconvénient.

Il était sur le point d'accepter la proposition quand il se rappela Joe Schilling.

– Non, je ne peux pas. J'ai une affaire à voir.

– Une discussion stratégique concernant le Jeu. Je constate que vous faites passer cela avant toute autre chose. Malgré vos soi-disant « sentiments profonds », à mon égard!

– J'ai demandé à Joe Schilling de venir; je dois être là pour l'accueillir.

Apparemment, ce qui lui paraissait évident à lui ne le paraissait pas autant à elle, mais qu'y faire? Le cynisme affecté par la jeune femme n'y pouvait rien changer.

– Ne me jugez pas, dit-elle. Vous avez peut-être raison, mais... – Elle s'écarta de lui portant la main à son front comme si elle éprouvait une douleur physique. – Je ne peux vraiment pas le supporter.

– Désolé. Je m'en vais.

– Écoutez, dit-elle. Donnons-nous rendez-vous à une heure et demie en ville, à San Francisco. Au Market and Third. Nous pourrons déjeuner ensemble. Pensez-vous pouvoir vous dégager de vos obligations envers votre femme et votre ami?

– Oui.

– Alors, c'est entendu.

Et elle retourna à son ménage.

– Puis-je savoir pourquoi vous avez brusquement changé d'avis? Vous ne vouliez plus me voir tout à l'heure. *Qu'avez-vous lu dans mon esprit?* Ce devait être rudement important.

– Je préférerais ne rien vous dire.

– S'il vous plaît.

– La faculté télépathique comporte un inconvénient majeur, que vous ignorez peut-être : elle a tendance à saisir trop de choses. Elle est trop sensible aux pensées marginales ou simplement latentes qui existent chez les gens, ce que les anciens psychologues appelaient « l'esprit inconscient ». Il y a une relation entre la faculté télépathique et la paranoïa, celle-ci étant l'assimilation involontaire des pensées hostiles et agressives qui sont refoulées chez les autres.

– Qu'avez-vous vu dans mon inconscient, Pat?

– J'ai... j'ai vu un syndrome d'action potentielle. Si j'étais presciente, je pourrais vous en dire davantage. Vous pouvez accomplir l'acte en question, comme vous pouvez ne pas l'accomplir, mais... – Elle leva les yeux vers lui. – c'est un acte violent, et qui a un rapport avec la mort.

– La mort... répéta-t-il.

– Peut-être essaierez-vous de vous suicider, je ne sais pas. Ce que je vois n'est pas encore très clair. Cela a un rapport avec la mort et... et avec Jerome Luckman.

– Et c'est si grave que cela vous a fait complètement revenir sur votre décision de ne plus jamais avoir affaire à moi?

– Il serait mal de ma part, après avoir perçu un tel syndrome, de vous abandoner purement et simplement à votre sort.

– Vous êtes trop aimable, dit-il sur un ton aigre.

– Je ne veux pas avoir cela sur la conscience. Je n'aimerais pas du tout apprendre demain ou après-demain, dans l'émission de Nats Katz, que vous avez pris une *overdose* d'Emphytal, comme vous ne cessez d'y songer.

Elle lui sourit mais lui offrait un visage impavide, sinistre.

– Je vous verrai donc à une heure et demie au Market and Third, dit-il.

« A moins, ajouta-t-il pour lui-même, que ce fameux syndrome avant-coureur de violence, de mort, et qui concerne Luckman, se soit réalisé entre-temps. »

– C'est possible, dit-elle d'un air grave. L'inconscient a un autre avantage : il est hors du temps. On ne peut pas dire si l'acte que l'on y voit se situe à quelques minutes, quelques jours, ou même à des années de sa réalisation. Tout est trop brouillé.

Pete sortit sans un mot de l'appartement des McClain.

La première chose dont il fut conscient ensuite fut qu'il était dans sa voiture en train de survoler le désert à haute altitude. Alors il réalisa qu'il était beaucoup plus tard.

Allumant le transmetteur-radio, il demanda :

– Quelle heure est-il ?

– Six heures du soir, lui répondit la voix mécanique du servo-circuit de la voiture, Heure Standard des *Mountain States*, Mr. Garden.

– Qu'est-ce que c'est que ce désert ? On dirait le Nevada.

– Vous êtes en train de survoler l'Utah Occidental.

– Quand ai-je quitté la Côte ?

– Il y a deux heures, Mr. Garden.

– Qu'est-ce que j'ai fait pendant les cinq dernières heures ?

– A neuf heures et demie vous avez quitté Marin County pour Carmel, dit la voiture. Pour la salle du Jeu.

– Qui y ai-je vu ?

– Je l'ignore.

– Continue, dit-il, la respiration oppressée.

– Vous y êtes resté une heure. Ensuite vous êtes parti pour Berkeley.

– Berkeley ?

– Vous vous êtes arrêté au Claremont Hotel. Très peu de temps, peut-être quelques minutes seulement. Ensuite vous êtes reparti pour San Francisco. Là, vous vous êtes arrêté au *State College* et vous êtes entré dans le bâtiment de l'administration.

– Pour y faire quoi, tu ne sais pas non plus ?

– Non, Mr. Garden. Vous y êtes resté une heure. Puis vous êtes reparti, et cette fois vous vous êtes posé sur un parking du centre de San Francisco, au Market and Third. Vous m'avez laissée là et vous êtes parti à pied.

– Dans quelle direction ?

– Je n'ai pas fait attention.

– Continue.

– Vous êtes revenu à deux heures et quart et vous m'avez dit de prendre la direction de l'Est. C'est ce que je fais depuis deux heures.

– Et nous n'avons atterri nulle part depuis San Francisco?

– Non, Mr. Garden. A propos, je n'ai presque plus d'essence : nous devrions nous poser à Salt Lake City, si c'est possible.

– D'accord, vas-y.

La voiture remercia et modifia son itinéraire. Pete resta un moment à réfléchir, puis il vidéophona à son appartement de San Rafael.

Le visage de Carol Holt Garden apparut sur l'écran.

– Oh, hello! lui dit-elle. Où es-tu? Bill Calumine a appelé : il réunit le groupe tôt ce soir pour mettre au point une stratégie. Il voulait être sûr que nous y soyons bien tous les deux.

– Joe Schilling est passé?

– Mais... où as-tu la tête? Tu es repassé à l'appartement tôt dans la matinée et vous êtes allés discuter tous les deux dans ta voiture pour que je n'entende pas.

– Que s'est-il passé après? interrogea-t-il d'une voix étouffée.

– Je ne comprends pas ce que tu veux dire.

– Qu'est-ce que j'ai fait? Je suis allé quelque part avec Joe Schilling? Où est-il en ce moment?

– J'ignore où il est, mais... qu'est-ce que tu as? Tu ne te souviens même plus de ce que tu as fait aujourd'hui? Il t'arrive souvent d'avoir des périodes d'amnésie comme ça?

– Dis-moi simplement ce qui s'est passé, insista Pete sèchement.

– Eh bien, tu as discuté dans la voiture avec Joe Schilling, donc, et après il est parti, je crois. En tout cas tu es remonté seul et tu m'as dit... Une seconde, je te prie, j'ai quelque chose sur la cuisinière.

Elle disparut de l'écran et il attendit en comptant les secondes. Bientôt elle revint :

— Excuse-moi. Où en étais-je ? Oui : tu es remonté... — Elle réfléchit un instant. — Nous avons parlé. Ensuite tu es ressorti et je ne t'ai plus revu jusqu'à ce que tu m'appelles maintenant.

— De quoi avons-nous parlé tous les deux ?

— Tu m'as dit que tu voulais jouer avec Joe Schilling comme partenaire ce soir. — La voix de Carol était devenue plus froide. — C'est de cela que nous avons discuté. Nous nous sommes disputés, plus exactement. Finalement... — Elle lui adressa un regard dur. — Si tu ne te souviens vraiment pas...

— Non, je ne me souviens de rien.

— Alors je ne vois pas pourquoi je te le dirais. Tu n'as qu'à demander à Joe si tu tiens à le savoir. Je suis sûre que c'est toi qui le lui as dit.

— Où est-il ?

— Je n'en ai aucune idée.

Et là-dessus Carol coupa la communication. Pete regarda son image s'effacer lentement sur l'écran.

« L'inquiétant, songea-t-il, c'est que je ne me souvienne de rien. Je n'ai peut-être rien fait du tout, finalement ; du moins rien d'exceptionnel ou d'important. Sauf d'être allé à Berkeley... Peut-être était-ce simplement pour récupérer des affaires que j'y avais laissées. »

Mais, selon l'Effet Rushmore de sa voiture, il n'était pas passé à son ancien appartement : il était allé au Claremont Hotel, là où Lucky Luckman était installé.

De toute évidence, il avait vu, ou essayé de voir, Luckman.

« Je ferais mieux d'essayer de retrouver Joe pour lui en parler. Pour lui dire que, pour quelque raison mystérieuse, toute une journée se trouve rayée de ma mémoire. Serait-ce l'émotion après ce que Pat McClain m'a annoncé ? »

Et, de toute évidence également, il avait été au

rendez-vous de Patricia en ville. Mais alors qu'avaient-ils fait?

Quelles étaient ses relations avec elle à présent? Peut-être avait-il réussi; peut-être au contraire n'avait-il fait qu'envenimer leurs rapports. Comment savoir? Et cette visite au *State College* de San Francisco?...

Manifestement, il était allé y chercher la fille de Pat, Mary Anne. Fichtre, quel dommage de ne plus se souvenir d'une journée pareille!

Par l'intermédiaire du transmetteur de la voiture, Pete appela le magasin de Joe Schilling au Nouveau-Mexique et eut droit aux réponses d'un servo-répondeur Rushmore lui indiquant que Mr. Schilling était absent et qu'on pouvait le contacter chez le Possédant Pete Garden à San Rafael, sur la Côte Pacifique. Pete coupa la communication. Puis il vidéophona Freya Garden Gaines.

Freya avait l'air contente de l'entendre, mais elle aussi ignorait où pouvait être Joe Schilling. Après avoir raccroché, il interrogea sa voiture:

— Penses-tu avoir suffisamment d'essence pour aller directement jusqu'à San Rafael sans t'arrêter à Salt Lake City?

— Non, Mr. Garden, répondit la voiture.

— Alors prends ta satanée essence et regagne la Californie le plus vite possible.

— Bien. Mais ce n'est pas la peine de vous mettre en colère après moi: c'est sur vos instruction que nous sommes ici.

Pete pesta après la voiture mais dut se résigner à passer préalablement par Salt Lake City.

CHAPITRE VII

Quand il arriva finalement à San Rafael, il faisait déjà presque nuit et il dut allumer les lumières d'atterrissage de l'automobile pour se poser le long du trottoir. Au moment où il descendait de voiture, une forme émergea de l'obscurité et courut vers lui :

– Pete!

C'était Patricia McClain. Elle portait un manteau long très épais et ses cheveux étaient ramenés en arrière en chignon. Elle arriva tout près de lui, la respiration haletante, les yeux agrandis par la peur.

– Juste une seconde, fit-elle. Je voudrais scruter votre esprit.

– Que s'est-il passé?

– Mon Dieu, vous ne vous souvenez pas! Une journée entière oblitérée de votre esprit. Pete, *soyez prudent!* Il faut que je m'en aille maintenant, mon mari m'attend. Je vous ferai signe dès que je pourrai; n'essayez pas d'entrer en contact avec moi, c'est moi qui vous appellerai.

Elle le regarda encore un instant d'un air effrayé puis s'éloigna dans la rue et disparut de nouveau dans l'obscurité.

– Pete monta l'escalier jusqu'à son appartement. Dans le living l'attendait Schilling. En le voyant, ce dernier se leva. Son visage exprimait l'inquiétude :

– Où étais-tu?

Pete regarda autour de lui :

– Carol est ici?

– Je ne l'ai pas vue depuis ce matin, depuis que nous étions tous les trois réunis dans cet appartement. Je discutais avec ton ex-femme Freya, et elle me disait que tu...

– Comment es-tu entré si Carol n'est pas là? demanda Pete.

– L'appartement n'était pas fermé à clé.

– Écoute, Joe, il s'est passé quelque chose aujourd'hui.

– Tu veux parler de la disparition de Luckman?

Pete le regarda comme pétrifié de surprise :

– Je ne savais pas que Luckman avait disparu.

– Mais si, tu le sais : c'est toi-même qui me l'as appris.

C'était au tour de Schilling de considérer son ami d'un drôle d'air. Tous deux restèrent silencieux pendant un moment, et Schilling reprit :

– Tu m'as appelé depuis ta voiture et tu es passé me prendre au Q.G. de Carmel. J'étais en train d'étudier les enregistrements des dernières parties jouées par votre groupe. Plus tard, j'ai eu confirmation de la nouvelle dans l'émission de Nats Katz de l'après-midi : Luckman a disparu ce matin.

– Et on ne l'a pas retrouvé?

– Non. – Schilling posa sa main sur l'épaule de Pete. – *Pourquoi ne te souviens-tu de rien?*

– J'ai fait une rencontre. Avec une télépathe.

– Pat McClain? Je sais, tu me l'as dit. Tu avais même l'air drôlement bouleversé, je peux te le dire. Tu as fait allusion à quelque chose qui avait un rapport avec tes obsessions suicidaires, m'as-tu dit. Et puis tu t'es brusquement arrêté de parler. Nous en sommes restés là.

– Je viens juste de la revoir, dit Pete.

L'avertissement qu'elle lui avait lancé avait certainement un rapport avec la disparition de Luckman. Patricia pensait-elle que lui, Pete, avait quelque chose à voir dans cette affaire?

Schilling lui prépara un verre en se servant dans l'une des nombreuses vitrines du living. En attendant Pete, il avait eu le temps de dénicher l'endroit où se trouvaient les boissons, notamment le whisky. Mais Pete avait plutôt faim, n'ayant pas mangé de la journée et il alla voir ce qu'il y avait dans le réfrigérateur de la cuisine. Schilling lui recommanda le *corned-beef* et le pain noir qu'il avait dégottés dans une boutique de San Francisco.

– Nous n'avons plus beaucoup de temps pour nous rendre à Carmel, dit-il. Nous sommes supposés y être tôt. Mais si Luckman ne vient pas...

– La police le recherche? Est-ce qu'ils ont été prévenus?

– Je ne sais pas. Tu n'as rien dit à ce sujet, ni Katz non plus.

– T'ai-je dit comment j'étais parvenu à l'apprendre?

– Non.

– C'est inquiétant, décidément, fit Pete dont les mains tremblaient en coupant deux tranches de pain. Tu ne trouves pas?

Schilling haussa les épaules :

– Peut-être serait-ce une bonne chose si quelqu'un l'avait tué. Sa femme serait obligée de prendre sa place, et nous pourrions battre facilement Dotty Luckman : je connais son système de jeu, il n'est pas très bon.

Sur ce, il se coupa à son tour du pain et se servit du *corned-beef*. A ce moment-là le vidéophone sonna.

– Réponds, dit Pete, qui se sentait inquiet.

Schilling alla répondre, et Pete entendit la voix de Calumine. Il s'était passé quelque chose, et Calumine voulait que tout le monde vienne à Carmel immédiatement. Schilling retourna dans la cuisine.

– J'ai entendu, lui dit Pete.

– Laisse un papier pour ta femme Carol.

– Pour lui dire quoi?

– Tu ne te souviens pas de ça non plus? Pour lui dire de nous rejoindre à Carmel. Nous nous sommes mis d'accord pour que ce soit moi qui joue mais elle restera derrière à regarder mon jeu, la façon dont je joue. Tu ne te souviens vraiment pas?

— Non.

Schilling alla prendre son manteau et son chapeau dans la penderie :

— Ça ne lui fait pas très plaisir, évidemment. Bon, il faut y aller. Emporte-toi un sandwich si tu veux.

Dans le hall de l'immeuble, ils tombèrent sur Carol Holt Garden. Elle avait les traits tirés.

— Ah!... Je suppose que vous êtes au courant?

— Au courant de quoi? demanda Schilling.

— Je parle de Luckman. J'ai déjà prévenu la police. Si vous voulez voir, vous n'avez qu'à descendre en bas.

Ils reprirent tous les deux l'ascenseur jusqu'au rez-de-chaussée, et Carol les conduisit jusqu'à sa voiture, qui était garée derrière celle de Pete et de Schilling.

— Je l'ai découvert un peu avant de me poser, expliqua-t-elle, appuyée contre le capot de sa voiture et les mains dans les poches de son manteau. Je revenais de mon ancien appartement où j'avais récupéré quelques affaires.

Pete et Schilling ouvrirent la porte de sa voiture.

— J'ai allumé la lumière, poursuivit Carol, et c'est là que je l'ai vu. On a dû l'y mettre pendant que j'étais dans l'autre appartement, mais il est également possible que ç'ait été fait plus tôt, alors que j'étais encore ici. On ne pouvait pas le voir de la façon dont il se trouvait. J'ai seulement senti quelque chose en cherchant mon porte-monnaie, que je pensais avoir oublié chez mon ex-mari.

A la lueur du plafonnier de la voiture, Pete vit le corps tassé derrière les sièges avant. C'était Luckman, aucun doute là-dessus : même dans la mort, le visage rond de bébé était reconnaissable. Mais ce visage n'était plus rougeaud : il était devenu d'un gris terreux.

— J'ai appelé tout de suite la police. Ils vont arriver d'un instant à l'autre.

En effet, on entendait au loin des sirènes dans le ciel noir qui s'étendait au-dessus d'eux.

CHAPITRE VIII

Face aux membres du groupe Pretty Blue Fox, Bill Calumine déclara :

— Messieurs-dames, Jerome Luckman a été assassiné et chacun d'entre nous est suspect, telle se présente la situation. Je ne peux vous en dire davantage pour l'instant. Naturellement, la partie de ce soir est annulée.

Silvanus Angst se trémoussa comme à son habitude :

— Quel que soit celui qui l'a fait, félicitations!

Et il se mit à rire, s'attendant à ce que les autres l'imitent.

— Tenez-vous tranquille! lui lança Freya d'un ton sec.

En rougissant, Angst protesta :

— Mais j'ai raison, non? C'est la meilleure nouvelle que...

— Je n'appelle pas une bonne nouvelle le fait d'être tous suspectés, le coupa Calumine. J'ignore qui a fait ça, ou même si c'est l'un de nous qui l'a fait, mais je ne suis pas du tout certain que nous en tirions quelque avantage. Nous risquons de rencontrer d'énormes difficultés d'ordre juridique pour récupérer les deux titres californiens qu'il nous a raflés. En tout cas, c'est des conseils d'un avocat dont nous avons besoin.

— Exact, approuva Stuart Marks, bientôt imité par les

autres. Nous devrions prendre un avocat en commun. Un bon.

— Voyons, proposa Walt Remington.

— Nous n'avons pas besoin de voter, objecta Calumine d'un air agacé. Il est évident qu'il nous faut un avocat. La police sera ici incessamment. A présent, je tiens à poser cette question. — Il promena un regard à la ronde. — Si l'un de vous a tué Luckman – et j'insiste sur le mot « si » – veut-il se dénoncer maintenant?

Le silence lui répondit. Personne ne bougeait.

Calumine esquissa un petit sourire :

— Je vois. Naturellement, je ne tiens pas spécialement à ce que l'auteur du crime se dénonce, si tant est qu'il s'agisse de l'un d'entre nous. A présent, si personne n'y voit d'inconvénient, je vais appeler Bert Barth, mon avocat de Los Angeles, et lui demander de venir ici s'il peut.

Personne n'y voyait d'objection, et Calumine composa le numéro sur le vidéophone.

— Qui que soit l'exécuteur des hautes œuvres, souligna Schilling d'une voix tendue, le fait d'avoir mis le corps dans la voiture de Carol Holt Garden est particulièrement écœurant et absolument inexcusable.

— Si je comprends bien, persifla Freya en souriant, nous pouvons excuser le meurtre, mais pas le fait d'avoir placé le corps dans la voiture de Mrs. Garden? Curieuse époque que celle que nous vivons, en vérité!

— Vous savez très bien que j'ai raison, lui lança Schilling.

Freya haussa les épaules. Pendant ce temps, au vidéophone, Calumine attendait qu'on lui passe l'avocat Barth, à qui il venait de demander à parler d'urgence. Il se tourna vers Carol, assise entre Pete et Schilling sur le grand sofa au milieu de la pièce :

— Je pense tout particulièrement à vos intérêts en faisant appel à un avocat, Mrs. Garden. Dans la mesure où il a été retrouvé dans votre voiture...

– Carol n'est pas plus suspecte que n'importe lequel d'entre nous, intervint Pete.

« Du moins, je l'espère, pensa-t-il. Après tout, n'a-t-elle pas immédiatement prévenu la police? »

Allumant une cigarette, Schilling lui dit :

– Ainsi donc je suis arrivé trop tard pour prendre ma revanche sur Lucky Luckman.

– A moins que vous ne l'ayez déjà prise, hasarda Stuart Marks d'un air entendu.

– Ça veut dire quoi? fit Schilling en tournant vers lui un œil soupçonneux.

Mais sur l'écran du vidéophone était déjà apparu le visage effilé de l'avocat Bert Barth, et Barth avait déjà commencé à se lancer dans des explications d'ordre technico-juridique :

– Ils viendront à deux : un Vug, un Terrien. C'est l'habitude en matière de crimes. Je viens dès que possible, mais il me faudra bien une demi-heure au moins. Attendez-vous à avoir affaire à d'excellents télépathes : c'est également la coutume. Mais souvenez-vous d'une chose : les preuves obtenues par l'intermédiaire de la lecture télépathique ne sont pas légales devant un tribunal terrien. C'est une règle solidement établie.

– Mais ces procédés sont une violation de la clause figurant dans la Constitution américaine et qui empêche qu'un citoyen soit obligé de témoigner contre lui-même, fit remarquer Calumine.

– Exact, approuva Barth.

A présent tout le groupe était silencieux, écoutant la conversation entre Calumine et l'avocat.

– Les télépathes de la police peuvent vous scruter et déterminer si vous êtes innocents ou coupables, poursuivit celui-ci, mais un autre moyen de preuve devra obligatoirement être produit devant un tribunal pour être valable. Cela ne les empêchera pas d'utiliser leurs facultés télépathiques à fond, soyez-en certains.

L'Effet Rushmore de l'appartement fit alors retentir son carillon et annonça :

– Deux personnes attendent dehors qu'on veuille bien leur ouvrir.

– De la police? interrogea Stuart Marks.

– Il y a un Titanien et un Terrien, répondit l'Effet Rushmore. – S'adressant aux visiteurs – : Êtes-vous de la police? – Il transmit au groupe – : Ils sont de la police. Puis-je les faire entrer?

– Oui, fais-les monter, dit Bill Calumine après avoir lancé un regard vers son avocat.

Barth poursuivit son bref exposé :

– Ce que vous devez savoir également tous, c'est que, aux termes de la loi, les autorités ont le droit de dissoudre votre groupe le temps que l'enquête sur le crime aboutisse. En principe, une telle mesure est censée avoir un effet dissuasif dans l'éventualité d'un crime futur commis par d'autres groupes de Jeu. En fait, c'est plutôt une mesure de rétorsion destinée à punir toutes les personnes concernées.

Freya était atterrée :

– Dissoudre le groupe? Oh, non!...

– Bien sûr que si, fit Jack Blau avec dépit. C'est la première chose à laquelle j'ai pensé quand j'ai appris la mort de Luckman : je savais qu'ils allaient nous dissoudre.

Il promena un regard plein de hargne dans la pièce, comme s'il cherchait le responsable du crime.

– Ils ne le feront peut-être pas, dit Walt Remington.

On entendit alors frapper à la porte de l'appartement. La police.

– Je reste au vidéophone, proposa Barth. Plutôt que d'arriver en retard chez vous, je serai certainement mieux en mesure de vous conseiller de cette façon.

Freya alla ouvrir la porte. Devant elle se tenait un jeune Terrien, grand et maigre et, à côté de lui, un Vug.

– Je suis Wade Hawthorne, dit le Terrien.

Et il montra une carte qui portait leur identité à tous les deux. Le Vug, lui, apparemment éprouvé par l'ascension jusqu'à l'étage, se tenait dans la posture habituelle des Vugs. Il avait les lettres de son nom piquées directement sur lui : E.B. Black.

Calumine les fit entrer et se présenta. Le Vug s'avança le premier vers le groupe.

— Nous désirerions parler tout d'abord à Mrs. Carol Holt Garden, fut la pensée qu'il émit. Étant donné que le corps a été trouvé dans sa voiture.

— C'est moi, fit Carol en se levant tranquillement.

Les deux policiers se tournèrent vers elle.

— Avons-nous l'autorisation de vous lire télépathiquement? lui demanda Wade Hawthorne.

Elle se tourna vers le vidéophone.

— Dites-leur que oui, fit Bert Barth. — S'adressant aux deux policiers — : Je m'appelle Barth. Je suis l'avocat de ce groupe, Pretty Blue Fox. J'ai conseillé à mes clients de coopérer avec vous du mieux qu'ils le pourront. Ils acceptent de se soumettre à une lecture télépathique, mais ils savent — et vous aussi, naturellement — qu'une preuve obtenue de cette manière ne peut être retenue devant un tribunal.

— C'est exact, dit Hawthorne.

Et il s'avança vers Carol. Le Vug lui emboîta aussitôt silencieusement le pas. Plus personne ne parla pendant un moment.

— Il semble qu'il en soit comme Mrs. Garden nous l'a relaté au téléphone, commenta bientôt le Vug E.B. Black. Elle a découvert le cadavre alors qu'elle était encore en vol et nous a aussitôt avertis. — A l'adresse de son collègue — : Je ne décèle aucune indication selon laquelle Mrs. Garden ait eu la connaissance préalable de la présence du cadavre dans sa voiture. Il n'apparaît pas qu'il y ait eu un quelconque contact entre elle et Luckman avant cette découverte. Est-ce aussi votre avis?

— Oui, répondit Hawthorne en hésitant. Mais... — Il promena son regard autour de lui. — J'ai capté certains éléments auxquels son mari, Mr. Pete Garden, n'est pas étranger. J'aimerais vous examiner ensuite, Mr. Garden.

La gorge nouée, Pete se leva à son tour :

– Puis-je parler un moment en tête à tête avec notre avocat? demanda-t-il à Hawthorne.

– Non, répondit le policier sur un ton affable. Il vous a déjà conseillé sur ce point; je ne vois donc aucune raison de vous autoriser à...

– Je tiens à savoir quelles sont les conséquences pour moi si je refuse de me soumettre à l'examen, le coupa Pete.

Il se dirigea vers le vidéophone et demanda à Barth ce qu'il en pensait.

– Vous risquez de devenir suspect numéro un, évidemment, lui répondit l'avocat, mais vous avez le droit de refuser. Toutefois je ne me risquerai pas à vous le conseiller, car ils ne cesseront pas de vous harceler, et tôt ou tard ils finiront par vous scruter.

– Je déteste qu'on lise dans mon esprit, dit Pete.

Il était conscient que, une fois qu'ils se seraient aperçus de son amnésie, ils auraient la certitude que c'était lui qui avait tué Luckman. Le pire, c'est que c'était peut-être la vérité!

– Quelle est votre décision? lui demanda Hawthorne.

– Vous avez probablement déjà commencé à me scruter, alors...

Barth avait raison : s'il refusait maintenant, ils arriveraient quand même à leurs fins. Il se sentait brusquement envahi par une profonde lassitude. Il s'avança vers les deux policiers et se planta devant eux, les mains dans les poches :

– Allez-y.

Le temps passa. Personne ne parlait.

– J'ai cerné le point qui occupait l'esprit de Mr. Garden, communiqua le Vug à son collègue. Vous aussi?

– Oui, répondit Hawthorne en hochant la tête. – A

Pete – : Vous n'avez plus aucun souvenir de ce que vous avez fait aujourd'hui, n'est-ce pas? Vous avez reconstitué votre journal à partir d'observations faites par l'Effet Rushmore de votre automobile, et concernant en outre des faits *supposés*?

– Vous n'avez qu'à interroger le Rushmore de ma voiture, lui dit Pete.

– Il vous a informé que vous aviez effectué une visite à Berkeley aujourd'hui, poursuivit Hawthorne imperturbablement. Mais vous ne savez pas si c'était pour voir Luckman et, dans cette hypothèse, si vous l'avez vu réellement ou non. Je n'arrive pas à comprendre l'existence de ce blocage dans votre esprit; vous l'êtes-vous imposé vous-même? Et, dans l'affirmative, comment?

– Je suis incapable de vous donner la réponse à ces questions. Comme d'ailleurs vous pouvez vous en rendre compte vous-même en me lisant.

– Quiconque ayant l'intention de commettre un crime, poursuivit Hawthorne sur un ton plus dur, saurait naturellement que des télépathes seraient amenés à intervenir; dans cette perspective, rien ne pourrait lui être plus utile qu'un voile d'amnésie venant oblitérer la période correspondante de ses activités. – A E.B. Black – : Je pense que nous devrions garder provisoirement Mr. Garden.

– Peut-être, répondit le Vug. Mais nous devons encore examiner les autres au préalable. – S'adressant au groupe – : Il vous est enjoint de vous dissoudre en tant qu'organisation pratiquant le Jeu. A partir de cet instant il devient illégal pour quiconque d'entre vous de se regrouper dans le but de jouer au Bluff. Cette mesure sera maintenue jusqu'à ce que le meurtrier de Jerome Luckman soit trouvé.

Les autres se tournèrent alors instinctivement vers l'écran. L'avocat Barth semblait résigné :

– C'est légal, ainsi que je vous l'avais dit.

– Au nom du groupe, intervint Calumine, je proteste contre cette décision.

Hawthorne haussa les épaules d'un air indifférent.

– Je viens de capter quelque chose d'insolite, dit alors le Vug à son compagnon. Examinez tous les autres membres du groupe et dites-moi si vous êtes d'accord.

Un peu contrarié, Hawthorne s'exécuta. Il marcha lentement de l'un à l'autre, avant de revenir près du Vug.

– Oui, dit-il. Mr. Garden n'est pas la seule personne ici présente qui est incapable de se souvenir de ce qu'elle a fait ajourd'hui. En tout, six personnes de ce groupe révèlent des défaillances de mémoire identiques : Mrs. Remington, Mr. Gaines, Mr. Angst, Mrs. Angst, Mrs. Calumine et Mr. Garden. Aucune de ces personnes n'a conservé le souvenir intégral de cette même journée.

Ébahi, Pete put constater en scrutant les visages les uns après les autres que c'était vrai. Ils étaient dans la même situation que lui. Et probablement, comme lui, ils croyaient que cette situation était unique. Aussi aucun d'entre eux n'y avait fait allusion.

– Je constate, commenta Hawthorne, que nous allons avoir quelques difficultés à établir l'identité de l'assassin de Mr. Luckman. Pourtant, je suis sûr que nous y parviendrons ; cela prendra simplement un peu plus de temps...

Et il gratifia le groupe d'un regard peu amène pour accompagner ses paroles.

Tandis que Janice Remington et Freya Gaines préparaient le café dans la cuisine, dans le living les autres étaient toujours aux prises avec les deux policiers.

– Comment Luckman a-t-il été tué ? demanda Pete à Hawthorne.

– Par une aiguille de chaleur, évidemment. Nous avons fait procéder à une autopsie, naturellement, et nous en saurons davantage quand nous aurons les résultats.

– Mais que diable est donc une « aiguille de chaleur » ? interrogea Jack Blau.

– C'est une arme blanche utilisée pendant la guerre, expliqua Hawthorne. En principe elles ont toutes été rendues à la fin de la guerre, mais certains soldats ont conservé les leurs, et nous en retrouvons en usage de temps en temps. Elle utilise l'énergie d'un rayon laser et elle est précise même d'assez loin, à condition qu'aucune structure ne s'interpose devant la cible.

On apporta le café, Hawthorne en accepta une tasse et s'assit ; son collègue Black, le Vug, refusa. Sur l'écran du vidéophone, l'image réduite de leur avocat Barth demanda :

– Mr. Hawthorne, qui avez-vous l'intention de garder à vue ? Les six personnes qui ont une mémoire défectueuse ? J'aimerais le savoir car je vais être obligé d'interrompre cette communication dans très peu de temps : d'autres clients m'attendent.

– Il apparaît probable que nous retiendrons en effet les six personnes et que nous laisserons les autres en liberté. Y voyez-vous une objection quelconque ?

Hawthorne avait posé cette question sur un ton ironique. Mrs. Angst intervint :

– Ils ne vont pas m'arrêter ! Pas sans motif !

– Ils peuvent vous garder à vue – comme n'importe quelle personne – soixante-douze heures au moins, lui expliqua Barth. Pour vérifications. Dans le cas de votre groupe ils peuvent retenir plusieurs motifs d'ordre général. Ne vous y opposez pas, Mrs. Angst. Après tout il y a eu mort d'homme ; c'est une affaire grave.

– Merci pour les conseils, lui dit Bill Calumine, sur un ton qui sembla quelque peu ironique à Pete. J'aimerais vous poser une dernière question : pouvez-vous voir dès maintenant comment faire lever l'interdiction de jouer qui nous a été imposée ?

– Je vais voir ce que je peux faire, répondit l'avocat, mais j'ai besoin d'un peu de temps. Je me souviens qu'il y a eu un cas semblable l'année dernière à Chicago. Le groupe concerné avait porté l'affaire devant les tribunaux, et, si mes souvenirs sont bons, il avait gagné. Je regarderai.

Sur ce, Barth raccrocha.

– Nous avons de la chance d'être défendus, fit Jean Blau en se rapprochant craintivement de son mari.

– Je maintiens qu'il vaut mieux que Luckman soit mort, dit Silvanus Angst. Ce type nous aurait tous ratiboisés. – Adressant un sourire aux deux policiers – : Peut-être que c'est moi qui l'ai tué, puisque je ne me souviens de rien. En tout cas, si c'est moi, je suis bien content de ce que j'ai fait!

Il ne semblait pas avoir peur du tout de la police. Pete l'enviait.

– Mr. Garden, fit Hawthorne, je viens de capter une pensée très intéressante chez vous. Tôt dans la matinée d'aujourd'hui, vous avez été averti par quelqu'un – je ne parviens pas à identifier qui – que vous étiez sur le point d'accomplir un acte de violence ayant un rapport avec Luckman. Je me trompe? – Il se leva et s'approcha de Pete. – Auriez-vous l'obligeance de penser le plus clairement possible à ce sujet, je vous prie.

– C'est une violation de mes droits! protesta Pete.

Il n'avait pas manqué de noter que, depuis que l'avocat n'était plus au vidéophone, l'attitude des deux policiers s'était durcie. Le groupe était à présent à leur merci.

– Pas exactement, répondit Hawthorne. Nous sommes soumis à un certain nombre de règles; le principe consistant à opérer par deux sur une base biraciale a pour but précisément de protéger les droits de ceux que nous soumettons à une enquête. En réalité, ces dispositions sont plutôt une gêne pour nous.

– Êtes-vous d'accord entre vous deux pour suspendre l'activité de notre groupe? interrogea Calumine. – Faisant un mouvement de la tête pour désigner le Vug – : Ou bien est-ce une idée de votre collègue?

– Je participe pleinement à la décision d'interdire Pretty Blue Fox, répondit Hawthorne. En dépit de ce que vos préjugés tenaces peuvent vous souffler.

Pete intervint auprès de Calumine :

– Tu perds ton temps à l'attaquer sur son association avec le Vug.

Il était probable en effet qu'Hawthorne était habitué à ce genre d'insinuations, qu'il devait rencontrer partout où il allait.

S'approchant de Pete, Schilling lui dit en aparté :

– Je n'ai pas tellement aimé l'attitude de ce Bert Barth. Il cède trop facilement. Un bon avocat bien agressif nous défendrait mieux. J'ai le mien au Nouveau-Mexique : Laird Sharp. Je le connais depuis longtemps, et sa manière de procéder est tout à fait à l'opposé de celle de Barth. Et puisqu'ils ont l'intention de te boucler, tu ferais mieux à mon avis de faire appel à lui plutôt qu'à cet avocat de Calumine. Je suis sûr qu'il pourrait te tirer de là, lui.

– L'ennui, objecta Pete, c'est que la loi militaire prédomine encore dans pas mal de cas. Si la police veut nous garder en détention, elle doit le pouvoir.

Le Concordat entre les Terriens et les Titaniens était en effet un accord militaire. Mais Pete se sentait surtout abattu à l'idée qu'une mystérieuse et puissante machination était en train d'agir contre six d'entre eux. Et cette force qui se cachait derrière, et qui était capable de les priver de leur souvenirs, qui sait où elle s'arrêterait?

– Je suis d'accord avec vous, Mr. Garden, lui fit savoir le Vug Black, qui avait lu dans ses pensées. C'est un fait unique en son genre et déconcertant. Nous n'avons rien rencontré de véritablement semblable jusqu'à présent. Nous avons déjà rencontré des individus qui, pour se soustraire à l'examen télépathique, se sont arrangés pour neutraliser certaines de leurs cellules cérébrales au moyen d'électrochocs. Mais cela ne semble pas être le cas ici.

– Comment pouvez-vous en être sûr? dit Stuart Marks. Peut-être ces six personnes se sont-elles fait administrer des électrochocs : n'importe quel psychiatre ou hôpital psychiatrique se livrerait à l'opération. – Lançant un regard hostile à Pete puis au cinq autres membres « amnésiques » – : Regardez ce que vous avez fait! A cause de vous notre groupe a été interdit! Manifestement l'un ou plusieurs d'entre vous ont tué Luckman. Vous auriez mieux fait de penser aux conséquences avant d'agir!

– Nous n'avons pas tué Luckman! protesta Mrs. Angst.

– Vous n'en savez rien, répliqua Stuart Marks, puisque vous ne vous en souvenez pas! Alors n'essayez pas de jouer sur les deux tableaux, soit en vous souvenant que vous ne l'avez pas fait, soit en ne vous souvenant pas que vous l'avez fait!

Bill Calumine prit alors la parole. Le ton de sa voix était de glace :

– Marks, bon sang! Vous n'avez pas le droit de proférer de telles accusations contre vos camarades! Je veux que nous conservions notre cohésion et que nous ne nous laissions pas diviser de cette façon. Si nous commençons à nous disputer et à nous lancer des accusations à la figure les uns des autres, la police pourra...

Il s'interrompit net.

– Pourra trouver l'assassin? compléta Hawthorne calmement. C'est bien ce que nous avons l'intention de faire, vous le savez bien.

Calumine s'efforça de ne pas tenir compte de cette intervention :

– J'insiste donc pour que nous restions unis, ceux dont la mémoire est défaillante et les autres. C'est à la police de formuler des accusations, pas à nous. – A Stuart Marks – : Si vous recommencez, je demanderai un vote pour vous faire expulser du groupe.

– Ce n'est pas légal, protesta Marks. En tout cas, je maintiens qu'un ou plusieurs de ces six-là ont tué Luckman, et je ne vois pas pourquoi nous les protégerions. C'est l'intérêt du groupe, s'il ne veut pas disparaître, de découvrir qui a fait le coup : nous pourrons recommencer à jouer alors.

– Quel que soit celui qui a tué Luckman, intervint Walt Remington, nous en avons tous profité en tout cas; il nous a sauvé la mise à tous. Et je trouve personnellement écœurant qu'un membre du groupe aide la police à le faire prendre.

Il ponctua ses paroles en toisant avec colère Stuart Marks.

– Nous n'aimions pas Luckman, dit Jean Blau, et nous avions peur de lui, mais cela n'autorisait personne à le tuer, soi-disant au nom du groupe. Je suis d'accord avec Stuart : nous devrions aider la police à trouver qui l'a fait.

– Votons, proposa Silvanus Angst.

– Il faut savoir ce que nous voulons, dit Carol. Voulons-nous rester unis ou bien agir chacun pour son compte quitte à nous trahir les uns les autres? Pour ma part, si nous devons voter maintenant, j'estime qu'il est révoltant d'aider...

Hawthorne l'interrompit :

– Vous n'avez pas le choix, Mrs. Garden : vous devez nous aider. C'est la loi; nous pouvons vous y contraindre.

– C'est ce que nous verrons, dit Calumine.

– Je vais contacter mon avocat au Nouveau-Mexique, ajouta Schilling.

Il s'approcha du vidéophone et composa son numéro.

Existe-t-il un moyen de rétablir les souvenirs effacés? demanda Freya à Hawthorne.

– Pas si les cellules cérébrales concernées ont été détruites. Et je suppose que c'est le cas. Il semble en effet peu probable que ces six membres de Pretty Blue Fox aient subi au même moment une perte de mémoire spontanée.

– Ma journée a été très bien reconstituée par l'Effet Rushmore de ma voiture, lui fit remarquer Pete. A aucun moment elle ne m'a déposé à un quelconque hôpital psychiatrique où j'aurais pu recevoir des électrochocs.

– Vous vous êtes arrêtés au Collège Général de San Francisco, lui rappela Hawthorne. Et leur service de psychiatrie possède un matériel d'ETS.

– Et les cinq autres, alors?

– Leur journée n'a pas été reconstituée par le circuit Rushmore, comme la vôtre. Et il subsiste d'importantes omissions dans la vôtre : une bonne partie de votre activité d'aujourd'hui est loin d'être claire.

– J'ai Sharp au vidéophone, annonça Schilling à Pete. Tu veux lui parler? Je lui ai résumé brièvement la situation.

Brusquement le Vug E.B. Black se manifesta :

– Un instant, Mr. Garden. – Il s'entretint télépathiquement avec son collègue pendant un moment avant de s'adresser de nouveau à Pete.

– Mr. Hawthorne et moi avons décidé de ne retenir aucun d'entre vous. Il n'existe aucune preuve *directe* de la participation de l'un quelconque d'entre vous dans ce crime. Mais si nous vous laissons libres, vous devez accepter de porter un mouchard sur vous en permanence. Demandez à votre avocat Mr. Sharp ce qu'il en pense.

– Qu'est-ce encore que ça, un « mouchard »?

– C'est un appareil qui sert à localiser, expliqua Hawthorne. Il nous renseignera à tout moment sur l'endroit où vous êtes.

– Est-il équipé d'un dispositif télépathique? demanda Pete.

– Non. Je le regrette, d'ailleurs.

Sur l'écran du vidéophone, Laird Sharp, jeune homme à l'apparence dynamique, donna son opinion :

– J'ai entendu la proposition et, sans entrer plus loin dans les détails, je suis d'avis de la rejeter, car c'est une violation manifeste des droits de ces personnes.

– Comme vous voudrez, fit Hawthorne. Dans ce cas, nous serons obligés de les garder à vue.

– Je les ferai libérer immédiatement, riposta Sharp. –

A Pete – : Ne les laissez vous agrafer aucun appareil détecteur, et si vous vous apercevez qu'ils y sont quand même parvenus, arrachez-le. J'arrive tout de suite. Il est d'ores et déjà évident que vos droits sont en train d'être violés de façon magistrale.

Avant que l'avocat coupe la communication, ils votèrent tous à main levée pour savoir s'ils étaient d'accord pour le prendre comme conseil à la place de Barth. Une écrasante majorité se déclara en faveur de cette proposition. Sharp s'apprêta donc à venir les rejoindre.

Pete se sentait un peu mieux : il avait l'impression d'avoir désormais à ses côtés quelqu'un capable de le défendre efficacement. Le groupe, quant à lui, sortait lentement de l'état d'abrutissement causé par la stupeur du début.

C'est alors que Freya proposa de faire remplacer Calumine dans ses fonctions de Croupier, au motif qu'il leur avait procuré un avocat bon à rien. Chacun commença à voter, et Pete se montra favorable à cette proposition. Calumine regardait Pete sans comprendre.

– Comment peux-tu voter une motion comme celle-là? lui dit-il. Tu veux donc quelqu'un de plus à poigne? – Sa voix tremblait sous l'effet de la colère qui montait en lui. – Toi qui as personnellement tout à perdre à ce que l'on change!

– Qu'est-ce qui vous fait dire ça? demanda Hawthorne.

– C'est Pete qui a tué Jerome Luckman! répondit Calumine.

Hawthorne fronça les sourcils :

– Comment le savez-vous?

– Il m'a appelé ce matin, très tôt, et il m'a dit qu'il allait le faire. Si vous m'aviez scruté convenablement, vous l'auriez tout de suite décelé; ce n'était pourtant pas enfoui très profondément dans mon esprit.

Pendant un moment Hawthorne resta silencieux, lisant dans l'esprit de Calumine. Puis il se tourna vers les autres membres du groupe :

— Ce qu'il dit est exact. Le souvenir est bien là, dans son esprit. Mais... *il n'y était pas lorsque je l'ai scruté il y a quelques instants!*

Il consulta son collègue Black.

— Il n'y était pas, en effet, acquiesça le Vug. Je l'ai scruté moi aussi. Et pourant il est inscrit très clairement à présent.

Ils se tournèrent tous vers Pete.

CHAPITRE IX

Je ne crois pas que tu aies tué Luckman, Pete, dit Joe Schilling. Je crois que quelqu'un ou quelque chose est en train de manipuler nos esprits. Ce qu'a révélé Calumine n'était pas dans sa tête au début; les deux flics s'en seraient aperçu.

Pete et Schilling se trouvaient tous les deux au Palais de Justice de San Francisco, le premier attendant de passer en jugement.

– Cela n'empêche pas Calumine d'être sincère : il croit vraiment que tu le lui as dit.

A ce moment, il y eut une légère animation dans le couloir et Laird Sharp apparut. Il avait un manteau bleu et tenait un attaché-case à la main.

– J'ai déjà parlé au Procureur, dit-il en arrivant près d'eux. J'ai réussi à faire ramener l'inculpation d'homicide à celle de simple connaissance d'homicide et dissimulation volontaire à la police. J'ai insisté sur le fait que vous êtes Possédant et que vous avez une propriété en Californie. Vous pouvez donc rester libre sous caution. Les formalités vont avoir lieu dans quelques instants.

Pete le remercia. Pour les honoraires de Sharp, Schilling se porta garant. Après l'audience et les formalités de cautionnement, ils allèrent dans un café discuter de la situation.

– Maintenant, je vous pose la question franchement,

dit Sharp, lorsqu'ils furent attablés. Avez-vous tué Jerome Luckman?

– Je ne sais pas, lui répondit Pete.

Et il lui expliqua pourquoi.

Sharp fronça les sourcils :

– Six personnes, vous dites? Sapristi! Autrement dit, n'importe lequel d'entre vous a pu tuer Luckman sans le savoir? ou même tous à la fois? – Il mit un sucre dans son café. – De mon côté, j'ai une mauvaise nouvelle pour vous : La veuve Luckman, Dotty, est en train d'exercer des pressions sur la police pour qu'ils règlent cette affaire. Ce qui signifie qu'ils vont lancer un acte d'accusation sous peu, et ça se passera devant un tribunal militaire... Avec ce fichu Concordat, nous n'avons pas fini d'en voir!

L'avocat ouvrit son attaché-case :

– La police m'a donné une copie du procès-verbal d'enquête. J'ai dû faire jouer quelques relations, mais enfin... – Il sortit un document volumineux qu'il posa sur la table après avoir fait un peu de place. – J'y ai déjà jeté un coup d'œil. Le dénommé E.B. Black a trouvé dans vos souvenirs une rencontre avec une certaine Patricia McClain, laquelle vous a prévenu que vous alliez accomplir un acte violent ayant un rapport avec la mort de Luckman.

– Non, corrigea Pete. Ayant un rapport avec Luckman *et* la mort. Ce n'est pas tout à fait la même chose.

L'avocat cligna des yeux :

– Très juste, Garden.

Et il se replongea dans le document.

– Sharp, intervint Schilling, ils n'ont aucune preuve véritable contre Pete. En dehors de ce souvenir truqué qu'a ressorti Calumine...

– Ils n'ont rien... – Sharp se tourna vers Pete. – Sauf l'amnésie, que vous partagez avec cinq autres membres du groupe. Le problème est qu'ils vont essayer d'obtenir des renseignements par tous les moyens, en partant de l'hypothèse que vous êtes coupable. Et là, Dieu sait ce qu'ils sont capables de trouver! Vous dites que votre voiture vous a déposé à Berkeley à un certain moment de la journée, et justement là où demeurait Luckman... Vous ne savez pas pourquoi ni même si vous avez seulement réussi à le voir. Évidemment, vous pouvez l'avoir tué, Garden, mais nous partirons, nous, de l'hypothèse que vous êtes innocent, pour les besoins de la cause. Y a-t-il quelqu'un que vous soupçonnez vous-même en particulier? Et si oui, pourquoi?

— Non, personne, répondit Pete.

— Bien. Je pense que le mieux serait d'abord d'aller trouver votre amie psi, Pat McClain, pour essayer de savoir ce que vous avez fait aujourd'hui tous les deux et ce qu'elle a vu exactement dans votre esprit. — Il remit son document dans sa serviette et se leva. — Je proposerais même que nous y allions tout de suite : il est dix heures et nous avons une chance de la voir avant qu'elle soit couchée.

— Il y a un problème, dit Pete en se levant à son tour. Elle a un mari... que je ne connais pas...

Sharp réfléchit un instant :

— Peut-être pourra-t-elle venir à San Francisco. Je vais l'appeler. Si elle ne peut pas, voyez-vous un autre endroit où nous pourrions la rencontrer?

— Dans ton appartement, ce n'est pas possible, dit Schilling à Pete. Il y a bien cette maison que tu m'as trouvée dans ta Possession de San Anselmo. C'est à trois kilomètres de San Rafael. Si tu veux, je peux téléphoner à Pat. Elle se souviendra certainement de moi : elle et son mari, Al, m'ont déjà acheté des disques. Je lui donne rendez-vous à mon appartement.

Les deux autres étant d'accord, Schilling alla au fond du restaurant où se trouvait le vidéophone.

Tout en l'attendant, Pete et Sharp continuèrent à converser.

— Brave type, Schilling, dit Sharp. Pensez-vous qu'il ait tué Luckman?

Interloqué, Pete regarda l'avocat avec de grands yeux.

– Ne soyez pas choqué, le rassura Sharp calmement. N'oubliez pas que c'est *vous* qui êtes mon client, Garden ; pour moi, professionnellement, tout le monde en dehors de vous est un suspect possible. Même Schilling, que je connais pourtant depuis quatre-vingt-cinq ans.

Pete ne put dissimuler sa surprise : il n'aurait pas donné à Sharp plus de quarante ou quarante-cinq ans. Sharp sourit en voyant sa réaction :

– Eh oui, je suis un vieux, comme vous : cent quinze ans. – Il resta un moment songeur en contemplant la boîte d'allumettes avec laquelle il jouait. – Donc Schilling pourrait être l'assassin. Il détestait Luckman, après la déconvenue que l'autre lui avait fait subir.

– Mais pourquoi aurait-il attendu si longtemps ?

Sharp releva la tête :

– Schilling est bien venu ici pour rejouer contre Luckman, exact ? Bien qu'étant persuadé de pouvoir le battre cette fois, peut-être a-t-il perdu le contrôle de ses nerfs au dernier moment... s'est-il mis à douter, à se dire que, finalement, il ne serait pas capable de le battre, ou du moins à avoir peur de ne pas pouvoir.

Pete l'écoutait sans rien dire. Sharp poursuivit :

– Sa position devient donc intenable dans cette hypothèse : il s'est engagé à jouer et à battre Luckman, non seulement pour lui, mais aussi pour ses amis. Et il sait qu'il ne pourra pas. Quel meilleur moyen que de...

Il s'interrompit car Schilling revenait.

– Pat vient nous retrouver ici, dit ce dernier. Elle sera là dans un quart d'heure environ. Elle venait juste de se coucher.

Une demi-heure plus tard Patricia McClain – trench-coat, pantalon et souliers à talons plats – entrait dans le restaurant et se dirigeait vers leur table. Elle était pâle et ses yeux paraissaient anormalement agrandis. Elle adressa un bonjour familier à Pete et à Schilling et s'assit en dévisageant Laird Sharp.

– Vous êtes Mr. Sharp, dit-elle à l'avocat. Oui, je suis télépathe et je sais que vous êtes le conseil de Pete.

Pete se demandait comment les dons télépathiques de Patricia étaient susceptibles de l'aider. Par ailleurs il se refusait à admettre la thèse de Sharp concernant Schilling.

Pat se tourna vers lui :

– Je ferai tout ce que je pourrai pour vous aider, Pete. – Sa voix ne trahissait plus les signes d'émotion d'il y a encore quelques heures. – Vous ne vous souvenez absolument pas de ce qui s'est passé entre nous cet après-midi ?

– Non.

– Eh bien, disons que vous et moi nous sommes étonnamment bien entendus pour des gens mariés chacun de leur côté.

– Y avait-il dans l'esprit de Pete à ce moment-là quelque chose concernant Luckman ? interrogea Sharp.

– Oui. Un formidable désir de voir Luckman mort.

– Alors il ne savait pas que Luckman était mort ? dit Schilling.

Pat hocha la tête :

– Il avait terriblement peur. Il avait le sentiment que... – Elle hésita. – Il avait le sentiment que Luckman allait encore battre Schilling, comme la dernière fois. Pete entrait dans une phase de fuite mentale, de repli sur soi-même pour ne pas avoir à affronter la situation concernant Luckman.

– Mais aucune décision de le tuer ? fit Sharp.

– Non, répondit-elle.

– S'il peut être établi que Luckman était déjà mort à une heure et demie, reprit Schilling, cela ne pourrait-il pas disculper Pete ?

– Probablement, répondit Sharp. – A Pat – : Êtes-vous prête à en témoigner devant le tribunal ?

– Oui.

– Malgré votre mari?

Elle observa un temps de réflexion avant de hocher la tête.

– Et laisseriez-vous les télépathes de la police vous examiner? interrogea Sharp.

– Oh, mon Dieu! s'exclama-t-elle avec une mimique de dégoût.

– Pourquoi non? insista Sharp. Vous nous dites bien la vérité, n'est-ce pas?

– O-oui, mais... – Elle fit un geste vague. – Il y a tellement plus en jeu, tellement de problèmes personnels...

Schilling ne put s'empêcher d'ironiser :

– Elle a passé presque toute sa vie à scruter les pensées les plus intimes, en tant que télépathe, et maintenant qu'il s'agit que d'autres télépathes l'examinent...

– Mais vous ne comprenez donc pas! s'écria-t-elle.

– Si, je comprends très bien que vous et Pete avez eu des relations très intimes aujourd'hui, dit Schilling. Et que votre mari ne doit pas savoir, ni la femme de Pete non plus. Bon, eh bien, ce sont des choses qui arrivent, non? Ne trouvez-vous pas qu'il vaut la peine de vous laisser examiner par la police si cela doit sauver la vie de Pete? Ou bien alors, si vous ne dites pas la vérité, ils le sauront très vite.

– Je dis la vérité! s'insurgea Pat, les yeux brillants de colère. Mais... je ne peux pas laisser les policiers me scruter, c'est tout. – Se tournant vers Pete – : Je suis désolée. Peut-être un jour saurez-vous pourquoi. Cela n'a rien à voir avec vous ni avec mon mari. De toute façon nous n'avons rien fait de bien extraordinaire : nous nous sommes retrouvés en ville, nous avons fait une promenade, déjeuné ensemble, et puis vous êtes parti.

– Joe, fit Sharp d'un air entendu, cette jeune femme est manifestement mêlée à quelque chose d'illégal. Si la police l'examine, elle est perdue.

Pat ne répondit rien, mais l'expression de son visage indiquait que l'avocat avait raison.

« Dans quoi peut-elle bien être impliquée? » s'interrogea Pete. C'est curieux, il n'aurait jamais imaginé que ce fût possible : elle semblait plutôt excessivement refermée sur elle-même.

Elle avait capté sa pensée au vol :

— Peut-être ne s'agit-il que d'une attitude de ma part.

— Donc, reprit Sharp en la fixant avec intensité, nous ne pourrons pas disposer de votre témoignage en faveur de Pete, même s'il apporte une preuve directe qu'il n'était pas au courant de la mort de Luckman?

— J'ai entendu dire à la télé que Luckman est supposé avoir été tué plus tard, vers l'heure du dîner, dit-elle. Alors mon témoignage ne serait pas d'une grande utilité de toute façon.

— Tiens, c'est curieux, s'étonna Sharp. J'ai aussi écouté en venant ici, et selon Katz l'heure de la mort de Luckman n'a pas encore été établie.

Il y eut un silence.

— C'est dommage que nous ne puissions pas lire vos pensées, Mrs. McClain, reprit Sharp, comme vous pouvez lire dans les nôtres. Cela pourrait s'avérer fort intéressant!

— Nats Katz raconte n'importe quoi, dit Pat. Il n'est pas journaliste, de toute façon : c'est un chanteur et un animateur avant tout. Il lui arrive très souvent d'être en retard de plusieurs bulletins d'informations. — Elle alluma une cigarette. — Vous n'avez qu'à acheter un bon journal pour y trouver les dernières nouvelles. Le *Chronicle*, par exemple.

— Bref, s'impatienta Sharp, vous ne voulez pas témoigner pour mon client.

De nouveau elle se tourna vers Pete :

— Ne m'en veuillez pas.

Pete ne protesta pas. Il était assez porté à la croire

quand elle disait que l'heure de la mort avait été située vers le soir.

Sharp revint à la charge :

— Dans quelle sorte d'activité extra-légale une jeune et jolie femme pourrait-elle bien être impliquée?

— Oh, laissez tomber! lui dit Pete d'un air agacé.

Sharp haussa les épaules :

— Bon, comme vous voudrez. — Après un temps de réflexion — : Mais j'aurais tout de même une chose à vous demander, Mrs. McClain. Comme vous le savez sûrement déjà, cinq autres membres de Pretty Blue Fox ont été frappés d'amnésie concernant leurs activités de ce jour. — Pat hocha la tête. — Sans aucun doute vont-ils essayer de déterminer ce qu'ils ont fait ou n'ont pas fait de la même manière qu'a employée Pete : en vérifiant auprès de leurs unités Rushmore respectives, et cetera. Seriez-vous prête à nous aider à scruter ces cinq personnes pour savoir ce qu'ils ont appris de nouveau?

— Pourquoi? demanda Schilling.

Sharp hésita un moment :

— J'aimerais savoir si les faits et gestes des six intéressés ne se recoupent pas, par hasard, si leurs trajectoires ne se sont pas croisées à un moment de la journée. Au cours, précisément, de cette période dont ils ne se souviennent ni les uns ni les autres.

Devant l'air interrogateur des trois autres, il enchaîna :

— Il est possible que tous les six aient agi de concert, comme participants d'un plan complexe et à longue portée. Plan qu'ils ont pu élaborer à une certaine époque dans le passé et qu'ils auraient effacé au moyen d'électrochocs.

Schilling fronça les sourcils :

— Mais ils ignoraient jusqu'à son arrivée que Luckman venait ici!

— La mort de Luckman n'est peut-être qu'un épiphénomène d'une stratégie plus globale, expliqua Sharp. Sa présence ici a peut-être faussé la réalisation effective du plan en question. Par la suite, il a été nécessaire de neutraliser mentalement six personnes là où deux ou trois auraient suffi. Deux, en plus du meurtrier lui-même, auraient rendu l'enquête plus difficile, je pense. Mais je peux me tromper : celui qui se cache derrière tout cela est peut-être tout bêtement en train de jouer avec une très grande prudence.

— Une sorte de Super-Joueur de Bluff en quelque sorte?

— Si vous voulez. — A Pat — : A présent, laissez-moi vous poser une autre question, Mrs. McClain. En tant que Psi, avez-vous des contacts avec beaucoup d'autres Psis?

— Quelquefois, répondit Pat.

— Connaissez-vous la portée d'un don psionique? Il existe les télépathes, les prescients, mais n'y a-t-il pas également des talents plus rares : à savoir, une catégorie de Psis dont le pouvoir va jusqu'à altérer le contenu de l'esprit d'autres personnes? Une espèce de psycho-kinésie mentale?

— Non... pas à ma connaissance. Je ne vois en tout cas aucun pouvoir psionique capable d'expliquer l'amnésie des six membres de Pretty Blue Fox, ni l'altération opérée dans l'esprit de Bill Calumine et l'ayant amené à entendre ce que Pete est supposé lui avoir dit. Mais... mes connaissances en cette matière sont limitées...

Sharp releva immédiatement cette dernière phrase :

— De sorte qu'il ne serait pas impossible qu'il existe un Psi doué de tels pouvoirs?

— Mais pourquoi votre Psi, s'il existait, voudrait-il tuer Luckman? Par contre, certains membres de Pretty Blue Fox avaient des raisons de le faire.

— Cela n'expliquerait pas les souvenirs inexistants chez six d'entre eux et les souvenirs modifiés chez un septième. Les membres de Pretty Blue Fox n'ont pas de tels pouvoirs. Il faut remonter aux techniques du lavage de cerveau en usage chez les Soviétiques pour trouver ce genre de procédés.

Un robot vendeur de journaux apparut à la porte du restaurant avec la dernière édition du *Chronicle*. Son Effet Rhusmore annonçait d'une voix chevrotante tous les détails sur le meurtre de Luckman, détails que, précisait-il, on ne trouvait pas dans les autres journaux. Comme le restaurant était vide à l'exception du petit groupe qu'ils formaient, le robot, qui était homotropique, s'avança spontanément vers eux tout en continuant à distiller les titres du *Chronicle*.

Sharp mit une pièce dans la fente de l'appareil, qui lui tendit instantanément un exemplaire du journal et s'en retourna poursuivre sa tournée.

— Vous aviez raison, dit Sharp, qui avait commencé à lire. On situe la mort en fin d'après-midi. Peu de temps avant que Mrs. Garden trouve le cadavre dans sa voiture. Je vous dois toutes mes excuses, Mrs. McClain.

— Peut-être Pat est-elle aussi une presciente, fit remarquer Schilling en souriant. La nouvelle n'était pas encore publiée quand elle nous l'a dit. Elle a prévu que ce serait dans cette édition.

— Très drôle! fit Pat d'un air résigné. On s'étonnera après que les Psis soient cyniques! On se méfie de nous par principe.

Schilling ayant proposé de changer d'endroit pour prendre un verre, la jeune femme déclina l'invitation. En la raccompagnant à sa voiture, Pete lui dit :

— Merci d'être venue.

Elle écrasa sa cigarette avec son pied :

— Pete, même si vous avez tué Luckman, ou si vous avez aidé à le tuer, je... j'aimerais malgré tout faire plus ample connaissance avec vous. Nous avions juste commencé dans cette voie cet après-midi... Je vous aime beaucoup. — Elle lui sourit. — Quel gâchis vous faites, vous autres Joueurs! A-t-on idée de prendre ce maudit Jeu si au sérieux? D'aller jusqu'à tuer un être humain pour ça?

Peut-être ai-je eu de la chance, finalement, d'avoir été obligée de renoncer à jouer... – Elle l'embrassa furtivement. – A bientôt. Je vous vidéophonerai dès que je le pourrai.

Il regarda sa voiture s'envoler rapidement, ses feux de position clignotant encore quelques instants avant de disparaître dans le ciel noir.

« Dans quelle histoire peut-elle bien être embringuée? » s'interrogea-t-il en regagnant le restaurant. « Elle ne me le dira jamais. Peut-être pourrais-je savoir par les enfants. »

Lorsqu'il se rassit à leur table, Schilling dit :

– Vous n'avez pas confiance en elle, c'est dommage. Je pense qu'elle est fondamentalement honnête, mais Dieu sait dans quoi elle est allée se fourrer! Après tout, vous avez peut-être raison de vous méfier...

– Je ne me méfie pas, dit Pete, je suis inquiet.

– Les Psis sont différents de nous, dit Sharp. Il est difficile de dire exactement en quoi – je veux dire indépendamment de leur don. Cette fille... – Il secoua la tête. – J'étais sûr qu'elle mentait. Depuis combien de temps est-elle votre maîtresse, avez-vous dit, Garden?

– Elle n'est pas ma maîtresse, protesta Pete. Du moins, je ne crois pas. C'est malheureux de ne pas se souvenir d'une chose comme celle-là!

De retour à son appartement de San Rafael, Pete trouva Carol debout devant la fenêtre, regardant dehors d'un air absent. Son accueil fut distant.

– Sharp m'a fait libérer sous caution, lui annonça-t-il. Ils n'ont retenu que l'inculpation de...

– Je sais, fit-elle, les bras croisés. Les deux policiers sont venus ici. Hawthorne et Black. Je n'ai pas réussi à voir lequel était le moins coriace des deux.

– Qu'est-ce qu'ils voulaient?

– Fouiller l'appartement. Ils avaient un mandat. Hawthorne m'a parlé de Pat.

– C'est une honte! s'exclama mollement Pete après un silence

– Non, je pense que c'est très bien, au contraire. Au moins nous savons exactement à quoi nous en tenir tous les deux. Tu n'as pas besoin de moi pour le Jeu : Joe Schilling s'en charge à ma place. Et tu n'as pas non plus besoin de moi ici. Conclusion : je retourne dans mon ancien groupe, voilà. – Désignant la chambre, où l'on pouvait voir, sur le lit, deux valises – : Peut-être pourras-tu m'aider à les descendre jusqu'à la voiture?

– J'aimerais que tu restes.

– Pour qu'on se moque de moi?

– Personne ne se moque de toi.

– Penses-tu! Tout Pretty Blue Fox en rit déjà ou en rira. Et ce sera dans les journaux. – Levant les yeux vers lui – : Si je n'avais pas découvert le corps de Luckman, je n'aurais jamais appris au sujet de Pat, et alors... j'aurais essayé – et peut-être réussi – d'être une bonne épouse. Tu peux féliciter celui qui a tué Luckman d'avoir détruit notre mariage!

– Peut-être est-ce pour cela qu'ils l'ont fait.

– Je doute que notre mariage soit une chose aussi importante vis-à-vis du monde. Combien de femmes as-tu déjà eues en tout?

– Dix-huit.

– Moi, j'ai eu quinze maris. Ce qui fait trente-trois combinaisons mâle-femelle. Et jamais de *chance*, comme on dit, dans aucune de ces unions.

– Quand as-tu mordu dans un morceau de papier-chance pour la dernière fois?

Elle esquissa un sourire amer :

– Oh, je fais ça tout le temps. Et pour nous deux, ça ne marcherait pas : c'est trop tôt.

– Pas avec le nouveau modèle allemand. J'ai lu un article là-dessus. Il révèle jusqu'à une grossesse d'une heure seulement.

– Je n'ai pas ce modèle. Je ne savais même pas qu'il existait.

— Je connais un drugstore ouvert toute la nuit, à Berkeley. Allons-y d'un coup de voiture et nous en prendrons un paquet. Rien n'est impossible, et si jamais nous avions de la *chance,* tu ne voudrais plus rompre notre union.

— D'accord. Si je suis enceinte, je reviens habiter ici. Sinon, au revoir.

Tandis qu'ils descendaient avec les deux valises, elle lui demanda :

— Pourquoi veux-tu que je reste?

— Eh bien, parce que...

Il ne savait pas pourquoi.

— Peu importe, lui dit-elle.

Chacun était monté dans sa propre voiture. En la suivant dans le ciel de San Rafael, Pete était en proie à une profonde mélancolie. Il en voulait d'abord à ces maudits flics, qui avaient semé la zizanie dans leur groupe. Mais il s'en voulait surtout à lui-même : même si les deux policiers n'avaient rien dit, Carol l'aurait appris d'une autre façon.

Il plaignait sa femme, qui n'avait pas eu la partie belle depuis qu'elle avait mis le pied chez Pretty Blue Fox : d'abord la venue de Luckman, ensuite Schilling qui la supplante à la table du Jeu, puis le cadavre de Luckman dans sa voiture, et enfin cette histoire avec Patricia. Comment la forcer à rester après ça?

Ils survolèrent la Baie, et bientôt ils atterrissaient sur l'immense parking désert du drugstore. Là, ils montèrent la rampe qui menait au magasin. Pete songeait que, s'il n'avait pas perdu Berkeley, un tas de choses ne se seraient peut-être jamais produites.

L'Effet Rushmore du drugstore les accueillit en leur souhaitant le bonsoir et en leur demandant en quoi il pouvait leur être utile. La voix mécanique provenait d'une centaine de haut-parleurs invisibles répartis dans tout le magasin. En l'occurrence, le dispositif dans son ensemble avait concentré son attention sur Pete et Carol, qui étaient les seuls clients à cette heure-ci.

Carol demanda au drugstore s'il avait le nouveau papier-chance instantané. Le drugstore avait en effet cette « toute dernière découverte de la science allemande », selon ses propres termes.

Par un orifice situé à l'extrémité du comptoir de verre tomba aussitôt un paquet qui vint s'arrêter juste devant eux. Pete le prit; c'était le même prix que l'ancien modèle.

Dehors, ils traversèrent de nouveau le parking, dont l'immensité, ainsi que celle du drugstore, était totalement disproportionnée avec le nombre d'habitants qui subsistaient dans la ville.

Carol prit une bande de papier-chance dans le paquet, retira l'enveloppe protectrice, plaça le papier entre ses dents très blanches et mordit.

– Quelle couleur ça doit prendre? interrogea-t-elle en l'examinant ensuite. C'est comme pour l'ancien?

– Blanc si c'est négatif, vert si c'est positif.

L'éclairage du parking n'étant pas suffisant pour bien voir, Carol alla examiner le papier à la lumière du plafonnier de sa voiture. Levant les yeux vers Pete, elle dit :

– Je suis enceinte! Nous avons eu de la *chance*... – Sa voix tremblait et les larmes affluaient à ses yeux. – C'est inouï! C'est la première fois que cela m'arrive de toute ma vie! Et avec un homme qui a déjà...

Elle se tut, respirant avec difficulté, les yeux regardant fixement dans l'obscurité.

– Il faut fêter ça! dit-il. – Et, comme elle n'avait pas l'air de réagir – : Nous allons l'annoncer au monde entier à la radio!

Elle hocha la tête avec lassitude :

– Oui, c'est vrai, c'est la coutume. Est-ce que les gens ne vont pas être jaloux? Ça alors!...

Pete alluma le transmetteur-radio de la voiture et le régla sur la longueur d'onde « Urgence ».

– Hé! s'écria-t-il. Écoutez la nouvelle! Ici Pete Garden,

de Pretty Blue Fox, à Carmel, Californie. Carol Holt Garden et moi ne sommes mariés que depuis un jour environ, et cette nuit nous nous sommes servis du nouveau modèle allemand de papier-chance...

– Je voudrais être morte, murmura Carol.

– Hein? Allons donc! C'est l'événement le plus important de notre vie! Nous avons fait augmenter la population. Ça compense la mort de Luckman, non? – Il lui prit la main et la serra violemment. – Dites quelque chose dans le micro, Mrs. Garden.

– Je vous souhaite à tous la même chance que j'ai eue cette nuit, fit Carol.

– Je pense bien! hurla Pete dans le micro. A chacun d'entre vous qui m'écoutez!

– Ainsi donc nous restons ensemble, tous les deux, dit Carol doucement.

– Oui, c'est ce que nous avions décidé.

– Et Patricia McClain?

– Je m'en fiche. Rien ne compte plus désormais au monde que toi, moi et le bébé.

Ils décidèrent de ne prendre que sa voiture à lui pour rentrer. Pete y transféra les deux valises et se mit au volant.

– Pete, lui dit-elle, te rends-tu compte de ce que cette nouvelle situation signifie en termes de Jeu? – Elle était devenue toute pâle. – Chaque titre de propriété dans la cagnotte nous apppartient automatiquement. Mais... nous ne pouvons plus jouer pour le moment, donc les titres sont bloqués. Nous allons devoir chercher quelque chose.

– Oui, dit-il, écoutant à moitié car il était occupé à conduire.

– Pete, peut-être pourrais-tu *regagner Berkeley*?

– Impossible. Il y a eu au moins une Partie entre-temps, celle que nous avons jouée hier soir.

– C'est vrai. Alors, il va nous falloir soumettre le cas à la Commission des Règles du Satellite Jay, j'imagine.

Pour Pete, le Jeu était bien le cadet de ses soucis en ce

moment : la perspective d'avoir un enfant, fils ou fille, comptait plus que tout ce qui se rapportait à l'affaire Luckman, à l'interdiction du groupe et autres problèmes actuels.

« La *chance* ! » songeait-il. « A ce stade de ma vie ! A cent cinquante ans, après tant de tentatives, tant d'échecs... »

Une fois de retour à l'appartement, la première chose qu'il fit fut de se diriger vers l'armoire à pharmacie dans la salle de bains.

— Que fais-tu ? lui demanda Carol.

— Je vais aller faire une belle nouba. Je vais me saouler comme ça ne m'est jamais arrivé dans toute ma vie. — Il prit dans l'armoire à pharmacie cinq comprimés de Snoozex, puis, après une hésitation, plusieurs comprimés de méthamphétamine. — Ceci m'aidera. Au revoir !

Il avala les comprimés tous à la fois et se dirigea vers la porte d'entrée. Avant de sortir, il se retourna vers Carol :

— C'est une coutume quand on vient d'apprendre qu'on va avoir un enfant. J'ai lu ça quelque part.

Il la salua d'une manière pompeuse et referma la porte derrière lui. Quelques instants après il s'envolait dans la nuit à la recherche d'un bar. Il ne savait même pas quelle direction il prenait, ni s'il serait capable de revenir, mais cela lui était complètement égal.

— Et youpiiie ! cria-t-il tandis que la voiture prenait de la vitesse.

L'écho lui répercuta son cri et il recommença.

CHAPITRE X

Réveillée en plein sommeil, Freya Gaines chercha le bouton du vidéophone en tâtonnant. Elle finit par le trouver et appuya dessus. Consultant la pendule à côté de son lit, elle constata qu'il était trois heures du matin.

L'image de Carol Holt Garden apparut sur l'écran.

— Freya, avez-vous vu Pete? — La voix de la jeune femme trahissait l'inquiétude. — Il est sorti dans la nuit et il n'est toujours pas rentré. Je n'arrive pas à dormir.

— Non, je ne l'ai pas vu. Je ne sais pas où il est. La police l'a laissé en liberté?

— Oui, sous caution. Vous... n'avez aucune idée de l'endroit où il pourrait être allé? Tous les bars sont fermés à cette heure. Je... Il est sorti pour fêter un événement...

— Lequel, grands dieux?

— Je suis enceinte.

— Je vois, fit Freya, parfaitement réveillée à présent. Ç'a été rapide. Vous devez utiliser ce nouveau modèle de papier-chance qu'ils vendent maintenant.

— Oui. Mais cela m'inquiète que Pete ne soit pas rentré : il est si émotif. Il passe très vite de la dépression à l'exaltation la plus complète...

— Écoutez, ce sont vos problèmes, moi, j'ai les miens, l'interrompit Freya. Félicitations, Carol. J'espère que c'est vraiment un bébé.

Et elle coupa.

« Le salaud ! » songea-t-elle, en proie au dépit et à l'amertume. Elle restait allongée les yeux grands ouverts, contemplant le plafond, serrant les poings, refoulant ses larmes. « Je voudrais le tuer. J'espère qu'il est mort, qu'il ne reviendra jamais !... »

Ne pouvant se calmer, elle s'assit sur le lit. Pete viendrait-il ici ? Que ferait-elle s'il venait ? A côté d'elle, son mari ronflait. Non, elle ne le laisserait pas entrer, elle ne voulait plus le voir.

Mais au fond d'elle-même elle savait qu'il ne viendrait pas ici, qu'elle était bien la dernière personne à laquelle il songerait.

Elle alluma une cigarette et resta à ruminer ses pensées, assise sur son lit, le regard perdu dans le vague.

Le Vug demanda :

— Mr. Garden, quand avez-vous commencé à éprouver cette sensation de désincarnation, comme si le monde autour de vous n'était pas absolument réel ?

— Depuis aussi longtemps que remonte mon souvenir.

— Et quelle a été votre réaction la première fois ?

— L'abattement. J'ai pris des milliers de comprimés d'amitriptyline, qui n'ont eu d'effet que pendant un temps.

— Savez-vous qui je suis ?

Pete réfléchit. Le nom de *Docteur Phelps* lui trottait dans la tête.

— Vous êtes le docteur Eugen Phelps, répondit-il en espérant que cette réponse était la bonne.

— Vous y êtes presque, Mr. Garden. Je suis le docteur E.R. Philipson. Et comment avez-vous fait pour me troùver ? Vous en souvenez-vous ?

— Cette question ! Parce que vous êtes là ! ou plutôt ici.

— Tirez-moi la langue.

– Pourquoi?

– Supposez que vous voulez être insolent.

Pete tira la langue.

– A présent, combien de fois avez-vous essayé de vous suicider?

– Quatre fois. La première, quand j'avais vingt ans; la seconde, quarante. La troisième...

– Inutile d'aller plus loin. Avez-vous été très près de réussir au cours de ces tentatives?

– Oui, très près. Surtout la dernière fois.

– Qu'est-ce qui vous a arrêté?

– Une force supérieure à moi-même.

– Comme c'est amusant! s'esclaffa le Vug.

– Cette force, c'était ma femme; Betty. Betty Jo. Nous nous étions rencontrés au magasin de Joe Schilling. Betty Jo avait des seins comme... Attendez.... A moins que ce ne soit Mary Anne?

– Non, elle ne s'appelait pas Mary Anne : vous êtes en train de parler de la fille de Pat et Allen McClain qui a dix-huit ans et elle n'a jamais été votre femme. Mary Anne McClain, vous la connaissez à peine; tout ce que vous savez d'elle est qu'elle est une auditrice passionnée de Nats Katz, que vous-même ne pouvez pas supporter. Elle et vous n'avez rien en commun.

– Vous êtes un sale menteur!

– Non, je ne suis pas un menteur : je sais simplement regarder la réalité en face, ce que précisément vous avez été incapable de faire. Voilà pourquoi vous êtes ici. Vous êtes impliqué dans un processus d'illusion permanent et complexe d'une ampleur considérable. Vous-même ainsi que la moitié de votre groupe de Jeu. Voulez-vous vous en évader?

– Non. Je veux dire, oui. Oui ou non, quelle importance? – Pete se sentit pris d'un haut-le-cœur. – Puis-je partir à présent? Je crois que j'ai dépensé tout mon argent.

– Il vous reste encore pour vingt-cinq dollars de temps.

– Eh bien, je préférerais récupérer les vingt-cinq dollars.

– Cela soulève un point d'éthique professionnelle, car vous m'avez déjà payé.

– Alors remboursez-moi.

Le Vug soupira :

– Nous voici dans une impasse. Je propose donc de trancher. La question est : ai-je encore pour vingt-cinq dollars d'aide à vous apporter ? Cela dépend de ce que vous désirez. Vous êtes dans une situation difficile qui ne va cesser de s'aggraver. Cela peut vous tuer sous peu, comme cela a tué Mr. Luckman. Prenez tout particulièrement soin de votre femme enceinte : elle est terriblement fragile à cet égard.

– Oui, oui, c'est entendu.

– Votre meilleure chance, Garden, ajouta le Dr Philipson, c'est de vous plier à la volonté des forces du temps. Il y a peu d'espoir que vous puissiez réussir grand-chose, en vérité. Certes, vous appréciez correctement la situation, mais physiquement vous êtes sans ressources. Qui pouvez-vous aller trouver ? E.B. Black ? Mr. Hawthorne ? Vous pouvez toujours essayer : peut-être vous aideront-ils, peut-être pas. Maintenant, quant à la période de temps absente de votre mémoire...

– Eh bien ?

– Vous avez très bien réussi à la reconstituer au moyen de mécanismes de l'Effet Rushmore. Alors ne vous tracassez pas inutilement.

– Mais ai-je tué Luckman, oui ou non ?

Le Vug se mit à rire :

– Vous pensez peut-être que je vais vous le dire ? Vous perdez l'esprit.

– C'est ce que je me demande !... Enfin, peut-être suis-je trop naïf.

Pete commençait à se sentir de plus en plus mal et il lui devenait impossible de poursuivre cette conversation.

– Où sont les toilettes ? demanda-t-il. Du moins, les toilettes pour humains...

Il regarda autour de lui et dut cligner des yeux pour fixer ce qu'il voyait. Les couleurs lui paraissaient bizarres, et lorsqu'il essaya de marcher, il se sentit étonnamment léger. *Trop léger...* Il n'était pas sur la Terre; la pesanteur n'était pas du tout la même.

« *Je suis sur Titan!* » se dit-il.

Il entendit le docteur Philipson lui répondre :

– Deuxième porte à gauche.

– Merci.

Il commença à avancer avec précaution pour ne pas se retrouver en train de flotter en l'air et de rebondir d'un mur à l'autre. D'un seul coup il s'arrêta :

– Et Carol? Écoutez, je renonce à Patricia; rien d'autre n'a plus d'importance pour moi que la mère de mon enfant.

– Rien n'a d'importance tout court, vous voulez dire, dit le docteur Philipson. Je ne fais que commenter votre état d'esprit. Les choses sont rarement ce qu'elles paraissent. « Le lait écrémé se déguise en crème », dit très justement l'humoriste terrien W.S. Gilbert. Je vous souhaite bonne chance et vous suggère de prendre conseil auprès d'E.B. Black : c'est un homme en qui l'on peut avoir confiance. Je ne suis pas sûr d'Hawthorne, par contre. – Élevant la voix pour que Pete entende – : Et fermez la porte de la salle de bains derrière vous pour que je n'entende pas! Ce n'est pas très réjouissant quand un Terrien est malade.

Pete referma la porte. Il se demandait comment il allait pouvoir sortir d'ici, car il fallait à tout prix qu'il s'échappe. Mais comment était-il arrivé sur Titan pour commencer? Combien de temps s'était écoulé? Des jours... des semaines, peut-être.

« Il faut que je rentre chez moi, que je revoie Carol. Ils l'ont peut-être tuée à l'heure qu'il est, comme ils ont tué Luckman. »

« Ils ». Qui ça, « ils »?

On avait dû le lui dire, mais il avait oublié. Tant pis

pour lui s'il n'avait pas su en avoir pour ses cent cinquante dollars.

Il y avait un vasistas dans la salle de bains, mais assez haut. Il déplaça le grand distributeur de serviettes en papier, grimpa dessus et parvint à atteindre le vasistas. Pas moyen de l'ouvrir : il était bloqué par la peinture. Finalement, à force de tirer et de donner de grands coups dessus, il finit par l'ouvrir.

Il y avait juste assez de place pour passer. Il se hissa et se retrouva bientôt assis sur le rebord, de l'autre côté, avec la nuit pour décor. La nuit de Titan. Puis il sauta et eut alors l'occasion de s'entendre tomber avec une lenteur inouïe, comme s'il était une plume, ou plutôt un insecte dont le volume serait complètement disproportionné à la masse. Il se mit à hurler « Youpiiie ! », mais n'entendit aucun son, excepté le bruissement de sa chute.

Enfin il toucha terre et bascula en avant, ressentant une violente douleur dans les pieds et les jambes. Il crut s'être cassé une cheville, mais parvint à se remettre sur ses pieds. Il se trouvait dans une impasse jonchée de poubelles et de gravats. En clopinant il se dirigea vers la rue dans laquelle donnait l'impasse. A sa droite, une enseigne au néon, « Chez Dave ». Un bar. Il était tout simplement sorti par les toilettes d'un bar ! Il s'appuya contre le mur pour laisser un peu passer la douleur aux chevilles.

Un policier-robot, animé par un circuit Rushmore, faisait sa ronde.

— Tout va bien, monsieur ?

— Oui, merci. J'étais en train de satisfaire un besoin tout ce qu'il y a de plus naturel.

Le policier-Rushmore poursuivit sa route.

« Dans quelle ville suis-je ? » s'interrogea-t-il. L'air, humide, sentait la cendre. « Chicago ? Saint-Louis ? Cet air chaud qui sent mauvais, ce n'est pas celui de San Francisco. » Il remonta la rue en titubant, s'éloignant de « Chez Dave », de ce bar où le Vug faisait boire les clients terriens pour leur prendre leur argent. Ce qui abusait, c'est qu'il le faisait avec distinction. Il tâta la poche de son pantalon. Son portefeuille avait disparu! Mais en plongeant la main dans la poche de son veston, il constata qu'il y était et poussa un soupir de soulagement.

« C'est le mélange de stimulants avec ce que j'ai bu, se dit-il. Mais je me sens bien, sauf que je ne sais absolument pas où je suis et que j'ai perdu ma voiture. »

– Voiture! appela-t-il, espérant que le servo-mécanisme de l'Effet Rushmore répondrait à l'appel, ce qui n'était jamais sûr.

Deux lumières. Deux phares. Sa voiture vint se ranger le long du trottoir devant lui.

– Me voici, Mr. Garden.

– Pour l'amour du ciel, fit Pete, qui avait du mal à trouver la poignée de la portière, dis-moi où nous sommes.

– A Pocatello, dans l'Idaho.

– Tu te fiches de moi?

– C'est la vérité, Mr. Garden, je le jure.

– Tu parles drôlement pour un circuit Rushmore, s'étonna Pete.

Il ouvrit la portière et regarda à l'intérieur de la voiture en clignant des yeux à cause de la lumière du plafonnier. Aussitôt il eut un mouvement de recul.

Quelqu'un était assis au volant...

Au bout de quelques instants, la silhouette parla :

– Montez, Mr. Garden.

– Pour quoi faire?

– Pour que je puisse vous conduire où vous voulez aller.

– Je ne veux aller nulle part. Je veux rester ici.

– Pourquoi me regardez-vous de cette façon? Vous ne vous souvenez pas être passé me prendre? Vous vouliez faire toute la ville – plusieurs villes, en fait.

Elle sourit; car il se rendit compte que c'était une femme.

– Mais qui êtes-vous? Je ne vous connais pas.

– Mais si. Nous nous sommes rencontrés dans la boutique de disques de Joe Schilling, au Nouveau Mexique.

– Mary Anne McClain, se rappela-t-il alors. – Il monta dans la voiture. – Qu'est-ce qu'il se passe?

– Vous avez fêté la grossesse de votre femme Carol, lui répondit Mary Anne calmement.

– Mais comment se fait-il que je me retrouve avec vous?

– Vous êtes d'abord passé à l'appartement de Marin County. Ma mère vous a dit que j'étais à la bibliothèque municipale de San Francisco en train d'effectuer une recherche. Vous êtes alors venu me prendre à la bibliothèque et nous sommes allés à Pocatello, parce que dans l'Idaho, selon vous, on accepterait de servir à boire à une jeune fille de dix-huit ans, alors qu'à San Francisco ce n'est pas possible.

– J'avais tort?

– Oui. Alors vous êtes entré seul chez *Dave* et moi je vous ai attendu bien sagement dans la voiture. Jusqu'à maintenant.

– Mmmm... – Pete s'adossa au siège. – Je ne me sens pas bien. J'aimerais rentrer chez moi.

– Je vais vous ramener, Mr. Garden, dit Mary Anne.

La voiture s'était déjà élevée dans les airs. Pete ferma les yeux.

– Et ce Vug? Qu'est-ce que j'avais à voir avec lui?

– Quel Vug?

– Au bar. Un certain docteur quelque chose Philipson...

– Je ne peux pas vous dire, on ne m'a pas laissée entrer. Ou plutôt, si : je suis d'abord entrée, mais on m'a fait ressortir presque tout de suite. En tout cas, je n'ai pas vu de Vug le temps que j'ai été à l'intérieur.

– Je suis un rustre, dit Pete. Vous laisser ici à attendre pendant que moi je suis en train de boire...

– Ça n'a pas d'importance. J'ai eu une conversation intéressante avec l'unité Rushmore. J'ai appris un tas de choses sur vous. N'est-ce pas, voiture?

– Oui, Miss McClain, répondit la voiture.

– Elle m'aime bien, dit Mary Anne. Tous les Effets Rushmore m'aiment bien. – Elle partit d'un petit rire. – Je les charme.

– Je n'en doute pas, fit Pete. Quelle heure est-il?

– Environ quatre heures.

– Du matin? Je n'arrive pas à y croire. Comment se fait-il que le bar soit encore ouvert à cette heure-ci? D'habitude, on ne les laisse pas ouverts si tard.

– Je me suis peut-être trompée en regardant la pendule.

– Non, certainement pas. Il se passe quelque chose d'anormal, quelque chose de vraiment étrange.

Il entendit rire à côté de lui et se retourna. Au volant de la voiture il voyait à présent la masse informe d'un Vug.

– Voiture, fit-il aussitôt, qui est assis au volant en ce moment?

– Mary Anne McClain, Mr. Garden, répondit la voiture.

Mais c'était bien le Vug que Pete voyait.

– Tu en es sûre?

– Absolument.

Le Vug se mit alors à parler :

– Comme je vous l'ai dit, je charme les circuits Rushmore.

– Où allons-nous? interrogea Pete.

– Chez vous. Vous allez retrouver votre femme Carol.

– Et après?

– Au lit.

– Mais qui diable êtes-vous donc?

– A votre avis? Vous le voyez bien. Parlez-en donc à Mr. Hawthorne, ou mieux à E.B. Black : je suis sûr que ça l'amusera beaucoup.

Pete ferma les yeux. Quand il les rouvrit, c'était de nouveau Mary Anne McClain qui était assise à côté de lui.

– Tu avais raison, fit-il en s'adressant à la voiture.

Mais, au fond de lui-même, il n'en était pas tellement convaincu. « Bon sang, que j'aimerais être chez moi à l'heure qu'il est! Que je voudrais ne jamais être sorti ce soir! J'ai peur. Joe Schilling, lui, pourrait peut-être m'aider. »

– Emmenez-moi chez Joe Schilling, demanda-t-il tout haut, Mary Anne ou qui que vous soyez.

– A cette heure de la nuit? Vous êtes fou!

– C'est mon meilleur ami. Sur toute la Terre. Je suis sûr qu'il sera content de me voir. Avec tout ce que j'ai à lui dire!

– Et qu'avez-vous de si important à lui dire? demanda Mary Anne.

Prudemment, il se contenta de répondre :

– Vous le savez bien : à propos de Carol. Le bébé.

– Oh oui, fit Mary Anne. Comme dit Freya : « J'espère que c'est vraiment un bébé. »

– Freya a dit ça? A qui?

– A Carol.

– Comment le savez-vous?

– Vous avez téléphoné à Carol depuis la voiture avant d'entrer dans le bar; vous vouliez vous assurer que tout allait bien. Elle était très inquiète et vous a dit qu'elle avait appelé chez Freya, qui avait prononcé cette phrase.

– Maudite Freya! commenta Pete.

– Je crois en effet que c'est quelqu'un de très dur, du type schizoïde. Nous étudions ça en psycho.

– Vous aimez l'école?

– J'adore ça.

– Croyez-vous pouvoir vous intéresser à un vieil homme de cent cinquante ans?

– Vous n'êtes pas si vieux, Mr. Garden. Vous avez

seulement l'esprit un peu embrouillé en ce moment. Vous vous sentirez mieux quand vous serez de nouveau dans votre appartement.

Elle lui adressa un petit sourire.

— Je suis encore sexuellement capable, dit-il. La preuve : Carol est enceinte. Youpiiie!

— Bravo! Songez : un Terrien de plus dans le monde, n'est-ce pas merveilleux?

— Nous n'employons généralement pas le terme de « Terriens » pour parler de nous. Nous disons « gens ». — Après un silence — : Votre mère est dans le coup, n'est-ce pas? C'est la raison pour laquelle elle ne voulait pas se laisser scruter par la police?

— Oui, répondit Mary Anne.

— Combien sont-ils à être impliqués dans cette affaire?

— Oh, des milliers, fit Mary Anne — ou plutôt le Vug, car, malgré les apparences, il savait que c'était un Vug. Des milliers et des milliers. Il y en avait partout sur la planète.

— Mais tout le monde n'est pas dans le coup puisque vous êtes toujours obligé de vous cacher des autorités. Je crois que je vais en parler à Hawthorne.

Mary Anne s'esclaffa. Pete fouilla dans la boîte à gants.

— Mary Anne a enlevé le revolver, l'informa la voiture. Elle avait peur que, si la police vous arrêtait et le trouvait sur vous, elle vous remette en prison.

— C'est exact, confirma Mary Anne.

— Ce sont vos amis qui ont tué Luckman, fit Pete. Pourquoi?

Elle haussa les épaules :

— J'ai oublié, excusez-moi.

— Qui est le suivant?

— La chose.

— Quelle chose?

Les yeux de Mary Anne étincelèrent :

– La chose qui est en train de se développer dans le ventre de Carol. Pas de chance Mr. Garden : ce n'est pas un bébé.

Il ferma les yeux. Il eut conscience un peu après qu'ils étaient en train de survoler la Baie.

– Et vous allez me laisser chez moi, comme ça, tout simplement?

– Pourquoi pas?

Il ne répondit pas. Il se sentait vraiment très mal. Tous deux restèrent un long moment, sans parler. « Quelle nuit affreuse! » songea-t-il. « Elle aurait dû pourtant être si formidable, après la première *chance* de ma vie! »

Et maintenant la situation était devenue trop critique pour qu'il continue à songer au suicide. Ses problèmes étaient en ce moment des problèmes de perception. De compréhension aussi, après quoi il lui restait à accepter. « Ce qu'il faut que je me dise, c'est qu'*ils ne sont pas tous dans le coup*. E.B. Black n'y est pas, ni le docteur Philipson. Je peux au moins obtenir de l'aide de quelque part. »

– Vous avez raison, fit Mary Anne.

– Vous êtes télépathe?

– Tout ce qu'il y a de plus télépathe.

– Mais votre mère m'a dit que vous ne l'étiez pas.

– Ma mère vous a menti.

– C'est Nats Katz la plaque tournante de tout ceci?

– Oui.

– C'est bien ce que je pensais, dit-il en se laissant aller contre le dossier de son siège, luttant toujours contre son indisposition.

Bientôt la voiture perdit de l'altitude et vint raser la chaussée d'une rue de San Rafael, avant de se ranger le long du trottoir. En levant les yeux, Pete constata qu'il était arrivé devant l'immeuble de son appartement. On pouvait voir de la lumière dans l'appartement : peut-être Carol l'attendait-elle ou alors avait-elle oublié d'éteindre la lumière avant de s'endormir.

– Embrassez-moi avant de descendre, dit Mary Anne.

– Vous embrasser? Vous... voulez que je vous embrasse?

– Oui, fit Mary Anne en se penchant vers lui.

– Je ne peux pas, dit-il.

– Pourquoi?

– A cause de ce que vous êtes, de la... chose que vous êtes.

– Que racontez-vous là? Enfin, qu'avez-vous, Pete? Vous êtes tellement perdu dans vos rêves!

– Vous croyez?

Elle le fixa d'un air sévère :

– Vous avez pris des stimulants ce soir, et ensuite vous avez bu. Vous étiez terriblement excité à propos de Carol, et en même temps vous aviez très peur à cause de la police. Vous avez eu des hallucinations incroyables au cours des deux heures qui viennent de s'écouler. Vous croyiez que ce psychiatre, le docteur Philipson, était un Vug, et puis vous vous êtes mis à croire que *moi aussi* j'étais un Vug. – S'adressant à la voiture – : Suis-je un Vug?

– Non, Mary Anne, répondit le circuit Rushmore de la voiture.

– Vous le voyez bien.

– Je ne peux quand même pas vous embrasser, dit Pete.

Il ouvrit la portière et se retrouva sur le trottoir, ses jambes tremblant sous lui.

– Bonne nuit! lui lança Mary Anne.

Mais déjà Pete faisait mouvement vers la porte de l'immeuble. L'instant d'après, elle se refermait derrière lui. Arrivé à l'étage de son appartement, il trouva Carol qui l'attendait dans le hall. Elle portait une chemise de nuit jaune assez courte.

– Enfin te voilà! Je me faisais un tel mauvais sang.

Puis, comme confuse d'être dans cette tenue, elle rougit légèrement.

– Merci d'avoir attendu, fit-il en passant devant elle.

Il entra et se rendit directement dans la salle de bains pour se passer de l'eau sur le visage et se laver les mains.

Elle lui proposa du café et en prépara pour elle aussi.

– Voudrais-tu me rendre un service? lui dit-il. Appelle le centre de renseignements de Pocatello et demande-leur s'il existe un certain docteur E.R. Philipson dans l'annuaire.

Carol alluma le vidéophone, parla quelques instants avec une série de circuits homéostatiques, puis coupa.

– Oui, il existe bien, dit-elle.

– Je suis allé le consulter, expliqua Pete. Ça m'a coûté cent cinquante dollars. Leurs tarifs sont élevés! Ce que je voudrais savoir, c'est si Philipson est un Terrien.

– Ils ne m'ont pas dit. Tiens, voici son numéro de téléphone.

– Je vais l'appeler.

Et il ralluma le vidéophone.

– A cinq heures et demie du matin?

– Oui, fit-il en composant le numéro. Il attend mon coup de fil.

Un long moment s'écoula, que Pete meubla en fredonnant un petit air. Puis il y eut un déclic et sur l'écran apparut un visage ridé. Mais un visage humain.

– Docteur Philipson?

– Oui, fit l'autre en essayant de deviner qui l'appelait. Ah, c'est vous?

– Vous vous souvenez de moi?

– Bien entendu. Vous êtes l'ami que Joe Schilling m'a envoyé. Je vous ai vu il y a environ une heure.

« Joe Schilling », se dit Pete. « J'ignorais que c'était lui qui m'y avait envoyé. »

– Vous n'êtes pas un Vug, n'est-ce pas? lui demanda-t-il.

– C'est pour cela que vous m'appelez?

– Oui. C'est très important.

– Eh bien, vous le voyez, je ne suis pas un Vug, répondit le docteur Philipson.

Et il raccrocha. Pete coupa à son tour le vidéophone :

– Je crois que je vais aller me coucher. Je suis vanné. – A Carol – : Et toi, comment te sens-tu ?

– Un peu fatiguée. Je suis contente que tu sois revenu. Est-ce que cela t'arrive souvent de faire la noce jusqu'à cinq heures et demie du matin ?

– Non, répondit-il.

« Et je ne recommencerai plus ! » songea-t-il.

Comme il était assis au bord du lit en train de se déshabiller, il trouva quelque chose dans sa chaussure. Une pochette d'allumettes. Il la prit et l'examina à la lumière de la lampe de chevet. A côté de lui, Carol s'était déjà mise au lit et commençait à s'assoupir.

Sur la pochette d'allumettes, écrit de sa propre main, il lut :

NOUS SOMMES TOTALEMENT ENTOURÉS DE VUGS.

« C'était ma découverte de cette nuit », se rappela-t-il. « Cette découverte que j'avais peur d'avoir oubliée. Je me demande quand j'ai bien pu écrire ça. Dans le bar ? Pendant le trajet du retour ? Probablement dès que j'en ai pris conscience : pendant que j'étais en train de parler avec le docteur Philipson. »

– Carol, dit-il, je sais qui a tué Luckman.

– Qui est-ce ? demanda-t-elle en rouvrant les yeux.

– Nous tous, les six du groupe, qui avons perdu la mémoire : Janice Remington, Silvanus Angst et sa femme, Clem Gaines, la femme de Calumine et moi. Nous avons agi sous l'influence directe des Vugs. – Il lui tendit la pochette d'allumettes. – Regarde ce que j'ai écrit ici au cas où ils essaieraient de nouveau de fausser mon esprit.

S'asseyant, Carol prit la pochette et l'examina, en lisant la phrase à voix haute. Aussitôt elle pouffa :

118

– Excuse-moi, mais c'est risible.

Il lui jeta un regard furieux.

– Et c'est pour cela que tu as appelé ce médecin dans l'Idaho? A présent, je comprends. Mais tu as vu toi-même au vidéophone que ce n'était pas un Vug.

– Oui, j'ai vu, reconnut-il de mauvaise grâce.

– Qui d'autre est un Vug selon toi?

– Mary Anne McClain. C'est la pire de tous.

– Ah, je vois, fit Carol en agitant la tête. Voilà avec qui tu étais cette nuit. Je me doutais bien aussi que c'était une femme.

Pete alluma le vidéophone qui se trouvait à côté du lit :

– Je vais appeler Hawthorne et Black, les deux flics. Eux, ils ne sont pas dans le coup. – Il commença à composer le numéro. – Ce n'est pas étonnant que Pat McClain ne voulait pas se laisser examiner mentalement par la police.

– Pete, pas ce soir.

Elle se pencha et coupa le circuit.

– Mais ils peuvent m'avoir cette nuit. N'importe quand!

– Demain. – Elle lui sourit d'un air enjôleur. – S'il te plaît.

– Est-ce que je peux appeler Joe Schilling alors?

– Si tu veux. Je crois surtout que tu n'es pas en état de parler à la police en ce moment; tu as déjà beaucoup trop d'ennuis avec eux.

Il obtint auprès des renseignements le nouveau numéro de vidéophone de Schilling dans le Marin County et l'appela.

Le visage rougeaud et hirsute de Schilling se forma sur l'écran :

– Oui?... Pete?... Ah, Carol m'a appris la bonne nouvelle. C'est formidable, mon vieux!

– Est-ce toi qui m'a envoyé chez un certain docteur Philipson, à Pocatello? lui demanda Pete sans préambule.

119

– Chez qui?

Pete lui répéta le nom. L'ébahissement le plus complet pouvait se lire sur le visage de Schilling.

– C'est bon, j'ai compris, dit Pete. Je ne pense pas effectivement que ce soit toi. Désolé de t'avoir réveillé.

– Attends une minute, lui dit Schilling. Je me souviens qu'il y a deux ans environ nous avons eu une discussion dans ma boutique. C'était au sujet des effets secondaires d'un certain hydrochlorure de méthamphétamine : tu en prenais à ce moment-là, et je t'ai mis en garde contre. Il y avait eu un article dans le *Scientific American*, signé d'un psychiatre de l'Idaho. Il me semble que c'était ce Philipson dont tu me parles. Il disait que la méthamphétamine pouvait servir de catalyseur à un processus psychotique.

– Tu as une meilleure mémoire que moi.

– Toi, tu prétendais qu'en prenant en même temps de la trifluopérazine, un dihydrochlorure quelconque, tu compensais les effets secondaires des amphétamines.

– J'ai pris toute une boîte de méthamphétamine cette nuit. Des comprimés de sept miligrammes cinq.

– Et tu as bu par-dessus?

– Oui.

– Aïe! Tu ne te souviens pas de ce qu'écrivait Philipson dans son article sur le mélange des amphétamines et de l'alcool? Ils se potentialisent réciproquement. Tu as eu une phase psychotique cette nuit?

– Pas d'affilée; j'ai eu une période normale entre. Mais je vais te dire ma révélation de la nuit, je l'ai écrite sur une pochette d'allumettes. Nous sommes entourés de Vugs, Joe. Il y en a partout autour de nous.

Schilling resta un moment silencieux avant de répondre :

– Peut-être que ça va t'étonner, mais je te conseille d'appeler ce flic, Hawthorne.

– C'est ce que j'avais l'intention de faire, dit Pete, mais Carol n'a pas voulu.

— J'aimerais lui parler, dit Schilling.

Carol se redressa de façon à être face à l'écran :

— Je suis là, Joe. Si vous pensez que Pete devrait appeler Hawthorne...

— Carol, je connais votre mari depuis des années. Il fait régulièrement des dépressions suicidaires. Pour parler clairement, c'est un maniaco-dépressif; il souffre périodiquement de psychose affective. Cette nuit, après la nouvelle concernant le bébé, il a connu une de ces phases, et pour une fois je ne peux pas l'en blâmer. Je sais ce qu'on ressent dans ces cas-là : c'est comme si l'on naissait une nouvelle fois. Si je lui conseille d'appeler Hawthorne, c'est pour une bonne raison : Hawthorne a pratiqué les Vugs certainement plus que n'importe quelle autre personne au monde. Moi, je n'y connais rien : peut-être en sommes-nous environnés, je ne sais pas. En tout cas je ne suis pas moi-même en mesure d'en discuter. Surtout à cinq heures et demie du matin... Je suggère que vous suiviez donc mon conseil.

— Très bien, dit Carol.

— Pete, ajouta Schilling, n'oublie pas une chose quand tu parleras à Hawthorne : tout ce que tu lui diras pourra éventuellement être utilisé contre toi par la suite, en justice. Hawthorne n'est pas un ami; alors vas-y prudemment. O.K.?

— O.K., répondit Pete. Mais dis-moi : est-ce que c'était le mélange de la méthamphétamine et de l'alcool, à ton avis?

Schilling éluda la question :

— Qu'est-ce que t'a dit le docteur Philipson?

— Un tas de choses. Il m'a dit, par exemple, que cette situation allait me tuer comme elle avait tué Luckman. Il m'a dit aussi de prendre bien soin de Carol. Et puis il m'a dit enfin... qu'il ne pouvait pas faire grand-chose pour changer le cours des événements.

— Est-ce qu'il avait un comportement hostile?

— Non. Même en dépit du fait qu'il était un Vug.

Pete coupa la communication et attendit un moment avant de former sur le cadran le numéro des urgences de la police. Le standard lui demanda de patienter vingt minutes, le temps de localiser Hawthorne. Pete mit ce temps à profit pour boire plusieurs tasses de café, de sorte qu'il se sentit bientôt les idées plus claires. Enfin l'image de Hawthorne se forma sur l'écran du vidéophone. Le policier avait les traits tirés.

— Hawthorne? Désolé de vous déranger à une pareille heure, mais je suis en mesure de vous révéler qui a tué Luckman.

— Mr. Garden, répondit le policier, nous savons qui a tué Luckman : nous avons obtenu des aveux. C'est pour cela que j'étais au Q.G. de Carmel.

— Qui est-ce? Lequel du groupe?

— Ce n'est personne appartenant à Pretty Blue Fox. Nous avons poussé notre enquête vers la Côte Est, d'où Luckman est parti. Finalement l'un des principaux collaborateurs de Luckman, un certain Sid Mosk, a avoué. Pour l'instant, nous n'avons pas encore réussi à établir le mobile, mais nous nous y employons.

Pete raccrocha et se laissa tomber sur le lit sans rien dire.

« Et maintenant, qu'est-ce que je fais? » s'interrogeat-il.

— Viens te coucher, lui dit Carol en s'enfouissant sous les couvertures.

Pete éteignit la lampe et se coucha.

C'était une erreur...

CHAPITRE XI

Il se réveilla en sursaut et vit, debout près du lit, deux silhouettes, celles d'un homme et d'une femme.

— Taisez-vous, lui dit Pat McClain doucement en montrant Carol.

L'homme à côté d'elle tenait l'aiguille de chaleur pointée dangereusement vers lui. Pete ne l'avait encore jamais vu.

L'homme parla à son tour :

— Si vous nous créez le moindre ennui, nous la tuerons. — Tout en parlant, il orienta l'aiguille vers Carol. — C'est clair?

A la pendule sur la table de chevet il était neuf heures et demie. Un rayon de soleil filtrait dans la chambre.

Pete n'insista pas. Patricia lui dit de se lever et de s'habiller. Comme il était gêné de le faire devant eux, l'homme l'accompagna à la cuisine pendant que Patricia surveillait sa femme, munie de sa propre aiguille de chaleur. Pete s'habilla sous la menace de l'autre aiguille.

— Ainsi donc votre femme a eu de la *chance,* dit l'homme. Félicitations.

Pete lui lança un regard bref :

— Vous êtes le mari de Pat?

— C'est exact. Je suis Allen McClain, et je suis très heureux de faire enfin votre connaissance, Mr. Garden. — Petit sourire. — Pat m'a beaucoup parlé de vous.

Bientôt tous trois se retrouvèrent dans le couloir de l'immeuble, s'apprêtant à prendre l'ascenseur.

— Votre fille est bien rentrée la nuit dernière? interrogea Pete.

— Oui, répondit Patricia. Très tard, néanmoins. Ce que j'ai lu dans son esprit était intéressant, je dois dire. Heureusement qu'elle ne s'est pas endormie tout de suite, ainsi j'ai pu savoir tout ce qu'elle pensait.

— Carol ne se réveillera pas avant une heure, dit Allen McClain. Il n'y a donc aucun danger immédiat qu'elle prévienne qui que ce soit. Il sera presque onze heures à ce moment-là.

— Comment savez-vous qu'elle ne se réveillera pas? fit Pete.

Allen McClain ne répondit pas.

— Vous êtes prescient? insista Pete.

Toujours pas de réponse; Pete ne se trompait certainement pas.

— Et Mr. Garden, lui, n'essaiera pas de s'échapper, reprit McClain en s'adressant à sa femme. C'est ce que démontrent du moins cinq probabilités sur six. Une statistique fiable, je pense.

Il appuya sur le bouton de l'ascenseur.

Pete s'adressa à Patricia :

— Hier vous étiez inquiète pour ma sécurité. Aujourd'hui, vous avez ça... – Il désigna les deux aiguilles de chaleur d'un mouvement de tête. – Pourquoi ce revirement?

— Parce que entre-temps vous êtes sorti avec ma fille, répondit Patricia. J'aurais préféré que vous vous absteniez. Je vous avais pourtant dit qu'elle était trop jeune pour vous, que vous deviez la laisser tranquille.

— En tout cas, fit Pete, je vous confirme si besoin était que je trouve Mary Anne formidablement attirante.

L'ascenseur arriva à l'étage et les portes s'ouvrirent. Devant eux se tenait le policier Wade Hawthorne. Il les regarda d'un air ahuri, puis plongea la main dans la poche de son manteau. Mais déjà Allen McClain lui avait décoché son aiguille de chaleur en pleine tête.

— L'avantage d'être prescient, dit-il, c'est qu'on n'a jamais de mauvaises surprises.

Hawthorne glissa lentement contre la paroi de l'ascenseur et s'effondra par terre. Patricia McClain ordonna à Pete d'entrer dans l'ascenseur. Ils descendirent tous les trois en compagnie du cadavre de Hawthorne.

Pete lança à l'adresse du circuit Rushmore de l'ascenseur :

— Ils sont en train de me kidnapper, et ils ont tué un policier. Demande de l'aide.

— Annulez cette demande, dit Patricia McClain à l'ascenseur. Nous n'avons pas besoin d'aide, merci.

— Entendu, mademoiselle, répondit l'Effet Rushmore, obéissant.

Les portes de l'ascenseur s'ouvrirent et les McClain firent avancer Pete devant eux. Ils traversèrent le couloir et sortirent dans l'impasse sur le côté de l'immeuble.

— Savez-vous pourquoi Hawthorne était dans l'ascenseur, en train de monter à votre étage? dit Patricia à Pete. Je vais vous le dire : il venait vous arrêter.

— Non, dit Pete. Il m'a annoncé au vidéophone la nuit dernière qu'ils avaient arrêté le meurtrier de Luckman. Un homme de la Côte Est.

Les McClain échangèrent un regard sans rien dire.

— Vous avez tué un innocent, fit Pete.

— Hawthorne, un innocent? fit Patricia. Non. J'aurais bien aimé que nous tuions ce E.B. Black en même temps, mais ce sera pour une autre fois.

Ils grimpèrent dans une voiture, probablement celle avec laquelle ils étaient venus.

— Mary Anne mériterait qu'on lui torde le cou, dit McClain en démarrant. A dix-huit ans on se figure qu'on sait tout, qu'on possède la certitude absolue. Et puis, quand on arrive à cent cinquante ans, on s'aperçoit que ce n'est pas le cas.

La voiture s'éleva dans les airs.

— Et encore, on ne sait pas vraiment qu'on ne sait rien, dit Patricia. On en a seulement le vague sentiment.

Elle était assise sur le siège arrière, juste derrière Pete, et tenait toujours l'aiguille de chaleur pointée vers lui.

— Je suis prêt à faire un marché avec vous, dit Pete. Je ferai tout ce que vous voudrez à condition que j'aie la certitude que Carol et le bébé vont bien...

— Vous avez déjà fait ce marché, fit Patricia. Carol et le bébé vont bien, alors ne vous inquiétez pas. Leur faire du mal serait bien la dernière chose que nous voudrions.

— C'est vrai, intervint son mari en hochant la tête. Cela irait à l'encontre de tout ce que nous défendons, pour ainsi dire. – Souriant à Pete – : Quel effet cela fait-il d'avoir de la *chance?*

— Il me semble que vous êtes bien placé pour le savoir, non? Vous avez plus d'enfants que n'importe qui en Californie.

— Oui, mais cela remonte à plus de dix-huit ans maintenant; c'est trop loin. Alors, comme ça, vous avez pris une bonne cuite la nuit dernière? Mary Anne nous a dit que vous étiez pratiquement en état de catalepsie.

Pete ne répondit pas. Regardant en bas, il essayait de déterminer la direction qu'avait prise la voiture. Elle semblait revenir vers l'intérieur des terres, vers la vallée centrale de la Californie et les montagnes de l'autre côté. Ces montagnes complètement désolées où personne n'habitait.

— Parlez-nous un peu du docteur Philipson, dit Patricia. Je lis quelques pensées dans votre esprit, mais elles sont assez confuses. Vous l'avez appelé la nuit dernière après être rentré chez vous?

— Oui.

— Pete a appelé le docteur Philipson pour lui demander s'il était un Vug, expliqua Patricia à son mari.

McClain sourit :

— Et qu'est-ce qu'a répondu l'autre?

— Qu'il n'était pas un Vug. Ensuite Pete a appelé Joe Schilling pour lui parler de ce qu'il lui était arrivé, lui dire que nous étions envahis par les Vugs. Schilling lui a conseillé d'appeler Hawthorne, ce qu'il a fait. Voilà pourquoi Hawthorne est venu ce matin.

— Il y a quelqu'un que vous auriez dû appeler au lieu de Hawthorne, fit McClain à Pete. Votre avocat, Laird Sharp.

— C'est trop tard maintenant, reprit Patricia. Mais il tombera sur Sharp à un moment ou à un autre. N'oubliez pas alors de lui raconter toute l'histoire, Pete, ni de lui expliquer que nous sommes une petite île d'humains perdue dans une mer d'extra-terrestres!

Les McClain se mirent à rire.

— J'ai l'impression que nous sommes en train de lui faire peur, dit McClain.

— Non, dit patricia. Je vois dans sa tête qu'il n'a pas peur, du moins pas comme la nuit dernière. — A Pete – : C'était une épreuve douloureuse, n'est-ce pas, ce retour en compagnie de Mary Anne? Je suis prête à parier que vous ne vous en remettrez jamais. — A son mari – : Ce qu'il avait sous les yeux ne cessait d'alterner. Tantôt il voyait Mary Anne sous les traits d'une jolie jeune fille de dix-huit ans, et tantôt, quand il regardait de nouveau, c'était...

— Oh, la ferme! cria Pete.

— ... la masse amorphe de cytoplasme, poursuivit Patricia, tissant sa toile d'illusion, pour employer une métaphore. Pauvre Pete Garden! Cela dépoétise la vie, n'est-ce pas? D'abord vous n'arriviez pas à trouver un bar qui accepte de servir Mary Anne, et ensuite...

— Je crois qu'il en a assez entendu comme ça pour l'instant, tu ne crois pas? l'interrompit McClain. Cette rivalité entre toi et Mary Anne, ce n'est pas bon pour vous deux. Quel besoin as-tu de te mettre en compétition comme ça avec ta fille?

– C'est bon, je me tais, dit Patricia.

Elle alluma une cigarette. En dessous d'eux défilaient lentement les montagnes. Pete les vit bientôt s'éloigner.

– Il faudrait peut-être l'appeler, dit Patricia à son mari au bout d'un moment.

– D'accord.

Il appuya sur le bouton du transmetteur-radio et lança son message :

– Ici Dark Horse Ferry. J'appelle Sea Green Lamb. Répondez, Sea Green Lamb! Répondez, Dave!

– Ici, Dave Mutreaux, répondit une voix. Je suis au *Dig Inn Motel*. Je vous y attends.

– D'accord, Dave, nous arrivons dans cinq minutes. – Il coupa la communication et dit à sa femme – : Tout va bien, je ne prévois aucune anicroche. – S'adressant à Pete – : A propos, Mary Anne sera là aussi; elle est venue directement avec sa propre voiture. Il y aura encore d'autres personnes, dont une que vous connaissez. Ce sera très intéressant pour vous, je crois. Ce sont tous des Psis. A ce sujet, Mary Anne n'est pas télépathe comme sa mère, malgré ce qu'elle vous a dit; c'était tout à fait irresponsable de sa part. Le comportement de Mary Anne est irresponsable à bien d'autres égards, d'ailleurs. Par exemple, quand elle dit...

– Ça suffit! lui dit Patricia.

McClain haussa les épaules :

– Il le saura dans une demi-heure, de toute façon, je le prévois.

– Je préfère attendre d'être arrivée au *Dig Inn*. – A Pete – : Oh, à propos, vous vous seriez senti beaucoup mieux si vous aviez accepté de l'embrasser, cette nuit, comme elle vous le demandait.

– Pourquoi?

– Vous auriez pu vous rendre compte de ce qu'elle était vraiment. – D'un ton dur et empreint d'amertume – : D'ailleurs, combien d'occasions avez-vous dans votre vie d'embrasser des jeunes filles formidablement attirantes?

– Tu te fais du mal inutilement, lui dit son mari. Quel besoin as-tu...?

– Ce sera pareil avec Jessica quand elle sera plus grande.

– Je sais, fit McClain d'un air sombre. Je n'ai pas besoin de mon don de prescience pour le savoir...

La voiture atterrit sur l'aire de stationnement sableuse de *Dig Inn Motel*. Toujours sous la menace de l'aiguille de chaleur, les McClain firent descendre Pete et le poussèrent devant eux en direction du bâtiment en brique de style espagnol.

Un homme entre deux âges, élancé et bien habillé, s'avança à leur rencontre, la main tendue :

– Bonjour, McClain! Bonjour, Pat! – Jetant un regard à Pete – : Et voici Mr. Garden, l'ancien propriétaire de Berkeley. Vous savez, Mr. Garden, j'ai failli venir à Carmel pour jouer dans votre groupe. Mais, je suis navré d'avoir à le dire, vous m'avez fait peur avec votre EEG. – Il partit d'un petit rire. – Je suis David Mutreaux; je faisais partie autrefois du personnel de Jerome Luckman.

Il tendit la main à Pete, mais celui-ci refusa de la lui serrer.

– C'est vrai, fit Mutreaux d'une voix traînante, vous ne comprenez pas la situation. Je dois avouer que moi aussi je m'embrouille un peu sur ce qui s'est passé et sur ce qui doit se passer maintenant. C'est l'âge, je suppose...

Il les précéda dans l'allée de dalles qui menait à la porte du bureau du motel.

– Mary Anne est arrivée il y a quelques minutes, signala-t-il. Elle est en train de se baigner dans la piscine.

Les mains dans les poches, Patricia s'approcha de la piscine et resta un moment au bord à regarder sa fille.

« Si tu pouvais lire dans mon esprit », songeait-elle, « tu verrais de l'envie. » Puis elle s'éloigna de la piscine et rejoignit le petit groupe.

— Savez-vous, Pete, dit-elle, que vous m'avez rendu un grand service sans le savoir, la première fois que nous nous sommes rencontrés? Vous m'avez aidée à me débarrasser de ma « face cachée », comme dirait Jung... et Joe Schilling. A propos, comment va Joe? Ça m'a fait plaisir de le revoir hier. Il n'a pas été trop furieux que vous le réveilliez à cinq heures et demie du matin?

— Il m'a félicité, au contraire, fit Pete sur un ton bourru. Pour ma *chance*.

— C'est vrai, fit Dave Mutreaux en lui assenant une claque familière dans le dos, il faut que je vous félicite moi aussi. Tous mes vœux pour la grossesse.

— Ma fille a beaucoup aimé la réflexion de votre ex-femme qui espérait que ce serait un bébé, dit Patricia. Je crois que la méchanceté est un trait qu'elle tient de moi. Mais n'en veuillez pas trop à Mary Anne pour ce qu'elle vous a dit cette nuit; la plus grande partie de vos avatars n'était pas de sa faute : tout se passait dans votre esprit. Vous avez été victime d'hallucinations. Joe Schilling avait raison quand il vous a dit que cela venait des amphétamines. Vous avez fait une authentique occlusion psychotique.

Pete lui lança un regard sarcastique :

— J'en doute fort.

Allen McClain leur proposa de rentrer et appela sa fille.

— Fichez-moi la paix! lui répondit-elle.

Il s'agenouilla au bord de la piscine :

— Tu vas me faire le plaisir de venir! Nous avons du travail.

Alors, en guise de réponse, une grosse boule d'eau fusa depuis la piscine et éclata au-dessus de sa tête, l'aspergeant copieusement. Il fit un bond en arrière en jurant.

– Je croyais que tu étais un très grand prescient! lui lança Mary Anne en riant. Que tu ne pouvais jamais être pris par surprise.

Elle grimpa l'échelle de la piscine. Le soleil faisait étinceler son corps ruisselant. Elle ramassa une serviette au passage.

– Salut, Pete Garden! dit-elle en se portant à sa hauteur. J'aime mieux vous voir comme ça que malade comme la nuit dernière. Vous aviez une de ces têtes!

Elle se mit à rire de nouveau, révélant des dents d'une blancheur éclatante.

McClain les rejoignit en s'essuyant la figure et les cheveux :

– Il est onze heures. J'aimerais que vous appeliez Carol pour lui dire que vous allez bien. Mais je prévois que vous n'en ferez rien.

– C'est exact, fit Pete. Je n'en ferai rien.

McClain haussa les épaules :

– Dans ce cas, je ne vois pas bien ce qu'elle peut faire. Appeler la police sans doute? Nous verrons bien. – Tout en marchant vers le bâtiment principal du motel, il poursuivit – : Un détail intéressant concernant les facultés psioniques, c'est que certains neutralisent les autres. Ainsi, par exemple, la psycho-kinésie de ma fille, il m'est impossible de la prévoir, comme vous venez d'en avoir la démonstration.

Patricia demanda à Mutreaux :

– Est-il exact que Sid Mosk a avoué avoir tué Luckman?

– Oui, répondit Mutreaux. Rothman a exercé quelques pressions pour soulager un peu Pretty Blue Fox. La police californienne commençait à fourrer son nez un peu trop loin à notre goût.

– Mais ils finiront bien par savoir que c'est une fausse piste, dit Patricia. Ce Vug, Black, n'aura aucun mal à s'en apercevoir en fouillant l'esprit de Mosk télépathiquement.

131

– Cela n'aura plus d'importance à ce moment-là. Du moins, je l'espère.

A l'intérieur du bureau du motel on pouvait entendre ronfler l'air conditionné; la pièce était plongée dans une semi-obscurité et froide. Pete vit, assises là, un certain nombre de personnes en train de parler, silencieusement. Il eut l'impression, l'espace d'un instant, d'être tombé dans un groupe de Jeu en plein milieu de la matinée. Mais, en fait, il savait très bien que ces gens n'étaient pas des Possédants.

Il s'assit avec lassitude, se demandant ce qu'ils pouvaient bien être en train de se dire. Certains ne disaient rien et regardaient droit devant eux, l'air très préoccupé. Des télépathes, peut-être, communiquant entre eux. Ils semblaient constituer la majorité des personnes présentes. Les autres? Des prescients, peut-être, comme McClain; des psycho-kinésistes, comme Mary Anne. Et le fameux Rothman, probablement.

Mary Anne apparut alors, vêtue d'un T-shirt, d'un short bleu et de sandales; on pouvait voir pointer sa poitrine sous le T-shirt. Elle vint s'asseoir à côté de Pete, en continuant de se frotter vigoureusement les cheveux avec une serviette pour les sécher.

– Quelle belle brochette d'abrutis, vous ne trouvez pas? fit-elle très décontractée. C'est mon père et ma mère qui m'ont dit de venir. – Elle fronça les sourcils. – Tiens, qui est-ce, celui-là?

Un homme venait d'entrer dans la pièce et promenait un regard circulaire sur l'assistance.

– Je ne le connais pas, dit Mary Anne. Probablement un type de la Côte Est, comme ce Mutreaux.

– Vous n'êtes pas un Vug, finalement, constata Pete.

– Non, bien sûr. Je ne vous ai jamais dit que j'en étais un. Ce qui s'est passé, en réalité, Pete, c'est que vous avez été télépathe involontairement. Vous étiez psychotique à cause des pilules mélangées à l'alcool, et vous avez réussi à lire mes pensées marginales, toutes mes angoisses. Ce

132

que l'on appelait autrefois le subconscient. Ma mère ne vous avait pas prévenu? Elle devrait pourtant savoir.

– Si, si, elle m'a prévenu, dit Pete, songeur.

– Et avant moi, vous avez capté aussi les craintes dans le subconscient de ce psychiatre. Nous avons tous peur des Vugs. C'est normal : ils sont nos ennemis; nous n'avons pas gagné la guerre contre eux, et maintenant ils sont ici.

« Je savais bien, la nuit dernière, que vous aviez des hallucinations de nature paranoïaque ayant un rapport avec une conspiration menée par des créatures extra-terrestres. Elles interféraient avec vos facultés perceptives, mais fondamentalement *vous aviez raison* : je pensais vraiment les pensées que vous avez captées, j'éprouvais vraiment les craintes que vous ressentiez vous aussi. Les psychotiques vivent toujours dans ce genre d'univers. L'ennui, c'est que votre phase télépathique soit tombée avec moi. Le résultat, le voici. – Elle indiqua d'un mouvement de tête les gens qui étaient réunis au motel. – A partir de ce moment-là vous étiez devenu dangereux. Alors nous avons dû vous empêcher de prévenir la police.

Il l'observa, essaya de scruter le joli visage délicat. Disait-elle la vérité? Il aurait été incapable de le dire. S'il avait eu, un tout petit moment, quelques facultés télépathiques, c'était bien terminé à présent.

– Vous savez, reprit Mary Anne, tout le monde peut posséder à un moment ou à un autre un don psionique. En cas de maladie grave ou de profonde régression psychi-que... – Elle s'interrompit. – Bref, Pete Garden, dans vos hallucinations provoquées par les amphétamines et l'al-cool, vous avez perçu la réalité à laquelle nous sommes confrontés et que ce groupe est en train d'essayer de résoudre. Vous comprenez?

Elle lui sourit, les yeux brillants. Saisi d'horreur, il s'écarta d'elle. Non, il ne *voulait pas* comprendre.

– De toute façon, il est trop tard à présent, ajouta-t-elle

sur un ton compatissant. Et cette fois vous n'avez pas d'hallucinations, votre perception n'est pas déformée. Vous ne pouvez rien faire d'autre que de regarder la réalité en face. Pauvre Pete Garden! Étiez-vous plus heureux la nuit dernière?

– Non.

– Vous n'allez pas vous tuer à cause de ça, n'est-ce pas? Cela ne servirait à rien. Nous sommes une organisation, Pete, et vous allez vous joindre à nous, même si vous n'êtes pas Psi. L'alternative est simple : ou nous vous prenons avec nous, ou nous vous tuons. Naturellement, personne ne tient à vous tuer. Qu'arriverait-il à Carol? Voudriez-vous l'abandonner aux tracasseries de Freya?

– Non, si je peux l'empêcher.

– La meilleure façon de savoir si quelqu'un est un Vug ou non, c'est d'interroger un circuit Rushmore : ils ne se trompent jamais en principe. Sauf, naturellement, si on les a faussés. Celui de votre voiture vous a dit la vérité hier à mon sujet. – Elle lui adressa un sourire de réconfort. – Les choses ne sont pas si terribles, allez! Ce n'est pas la fin du monde. Nous avons parfois quelques petites difficultés à savoir qui sont nos amis, c'est tout. Eux aussi ont le même problème, et il leur arrive de s'y perdre.

– Qui a tué Luckman? demanda Pete. C'est vous?

– Non. Tuer un homme qui a tant de *chance*, tant d'enfants, est bien la dernière chose que nous ferions. C'est là tout le problème.

– Mais, la nuit dernière, je vous ai demandé si c'étaient vos amis qui l'avaient fait, et vous m'avez répondu... – Il chercha la formule exacte dans son souvenir rendu confus par la succession d'événements. – Oui, vous m'avez dit : « J'ai oublié. » Et vous avez dit aussi que notre bébé, à Carol et à moi, serait le prochain. Vous ne l'avez d'ailleurs pas appelé bébé, mais « chose ».

Mary Anne le considéra un long moment d'un air stupéfait. Son visage était devenu extrêmement pâle.

– Non, dit-elle presque dans un souffle, je n'ai jamais dit ça. Je sais très bien que je ne l'ai pas dit.

– J'en suis sûr, je vous ai entendue, insista-t-il. Si j'ai eu un moment de lucidité, c'est bien celui-là.

– Alors, ils m'ont eue moi aussi, murmura-t-elle d'une voix à peine audible et en continuant à le regarder avec ahurissement.

Carol jeta un coup d'œil dans la cuisine :

– Pete, tu es là?

Il n'était pas là non plus. Elle alla à la fenêtre et vit, dans la rue, leurs deux voitures garées contre le trottoir. En robe de chambre elle sortit sur le palier et se précipita vers l'ascenseur. L'ascenseur saurait, lui, où il était allé et, le cas échéant, en compagnie de qui.

L'ascenseur arriva à l'étage; les portes s'ouvrirent.

Par terre gisait un homme mort. Hawthorne. Elle poussa un hurlement.

– La dame a dit qu'il n'était pas nécessaire de demander de l'aide, déclara l'Effet Rushmore de l'ascenseur comme en s'excusant.

Carol réussit à articuler :

– Quelle dame?

– La dame brune.

Les renseignements n'étaient pas très précis.

– Mr. Garden est parti avec elle?

– Ils sont montés sans lui, mais ils sont revenus avec lui, Mrs. Garden. L'homme – pas Mr. Garden – a tué la personne qui est ici. Mr. Garden a dit alors « Ils m'ont kidnappé et ils ont tué un policier. Demande de l'aide. »

– Et qu'est-ce que vous avez fait?

– La dame brune a dit : « Annulez cette demande. Nous n'avons pas besoin d'aide, merci. » Alors je n'ai rien fait. – L'ascenseur resta silencieux un moment. – Ai-je mal fait?

– Très mal, murmura Carol. Vous auriez dû demander de l'aide comme il vous l'avait dit.

– Puis-je faire quelque chose à présent? demanda l'ascenseur.

– Appelez le Quartier Général de la Police à San Francisco et dites-leur d'envoyer quelqu'un. Vous leur raconterez ce qui s'est passé. Quand même! On kidnappe Mr. Garden et vous ne faites rien!

– Je suis désolé, s'excusa l'ascenseur.

Elle retourna dans l'appartement et alla s'asseoir dans la cuisine. « Ces idiots de circuits Rushmore! Ils ont l'air intelligents comme ça, mais ils ne le sont pas en réalité... Et moi? Ce n'est guère mieux : j'ai dormi pendant qu'ils venaient chercher Pete. Un homme et une femme... Brune... Pat McClain? Comment savoir?... »

Le vidéophone sonna, mais elle n'avait pas l'énergie suffisante pour répondre en ce moment.

Triturant sa barbe, Joe Schilling attendait assis devant son vidéophone. « Pas de réponse », se dit-il, « bizarre! Peut-être dorment-ils encore... »

Mais il n'en était pas du tout convaincu. Il enfila un pardessus et sortit précipitamment. A Max, sa voiture, il ordonna de l'emmener à l'appartement des Garden. Comme à son habitude, Max ronchonna, mais commença néanmoins à se remettre en marche. Mais elle fit le trajet en rasant la chaussée et le plus lentement possible, jusqu'à ce qu'ils atteignent enfin l'appartement de San Rafael, où Max fit encore exprès d'effectuer un arrêt brusque.

Schilling nota en descendant que les voitures de Pete et de Carol étaient là toutes les deux, mais en compagnie de deux voitures de police.

Arrivé à l'étage, il traversa le palier au pas de course. La porte de l'appartement était ouverte. Il entra.

Il fut accueilli par un Vug.

– Où sont Mr. et Mrs. Garden? interrogea-t-il.

Mais il vit alors la jeune femme, assise dans la cuisine près de la table, le teint cireux.

Il reçut ensuite la pensée du Vug :

– Je suis E.B. Black, Mr. Schilling, vous vous souvenez certainement de moi. Ne vous inquiétez pas : je décèle dans vos pensées une innocence totale par rapport à ceci, et je ne vous importunerai donc pas en vous interrogeant.

Levant les yeux, Carol dit à Schilling d'une voix éteinte :

– Hawthorne, le policier, a été assassiné et Pete est parti. D'après l'ascenseur, un homme et une femme sont venus le chercher. Ce sont eux qui ont tué Hawthorne. Je crois que c'est Pat McClain; la police est allée vérifier à son appartement et il n'y avait personne. Leur voiture n'y était pas non plus.

– Mais... vous avez une idée de la raison pour laquelle ils auraient emmené Pete? demanda Schilling.

– Non, je ne sais pas. Je ne suis même pas sûre de leur identité.

Au bout d'un de ses pseudopodes E.B. Black tendit quelque chose à Schilling. C'était une pochette d'allumettes.

– Mr. Garden a écrit cette phrase très intéressante, émit le Vug. « Nous sommes totalement entourés de Vugs. » Ce qui n'est pas exact, comme en témoigne la disparition de Mr. Garden. La nuit dernière Mr. Garden a appelé mon ex-collègue Mr. Hawthorne pour lui dire qu'il savait qui avait tué Mr. Luckman. A ce moment-là nous pensions tenir l'assassin, et toute révélation à ce sujet n'avait plus d'intérêt pour nous. A présent nous nous sommes aperçus de notre erreur. Malheureusement Mr. Garden n'a pas dit qui avait tué Luckman car mon ex-collègue ne l'a pas écouté. – Le Vug resta silencieux un moment. – Mr. Hawthorne a payé très cher cette légèreté...

– Mr. Black, dit Carol, pense que c'est celui qui a tué Luckman qui est venu chercher Pete, et qu'ils ont rencontré Hawthorne en sortant.

— Mais il ne sait pas qui ça peut être, dit Schilling.

— En effet, dit E.B. Black. Mais, en interrogeant Mrs. Garden, j'ai réussi à apprendre un certain nombre de choses. Je sais par exemple qui Mr. Garden a vu la nuit dernière. Tout d'abord un psychiatre, à Pocatello, Idaho, également Mary Anne McClain. Nous avons réussi à la localiser, toutefois : Mr. Garden était ivre et ses idées étaient trop embrouillées. Il a dit à Mrs. Garden que le meurtre de Mr. Luckman avait été commis par six membres de Pretty Blue Fox, les six dont la mémoire a souffert d'une défaillance. Ce qui incluait lui-même. Avez-vous un commentaire à faire sur ce point, Mr. Schilling?

— Non, murmura Schilling.

— Espérons que nous retrouverons Mr. Garden vivant, fit E.B. Black.

Mais, d'après l'intonation de sa pensée, son espoir n'était pas bien grand.

CHAPITRE XII

Patricia McClain capta les pensées de sa fille et s'écria aussitôt :

— Rothman! quelqu'un d'étranger s'est infiltré chez nous! Je viens de le découvrir dans les pensées de Mary Anne.

— Pense-t-elle la vérité? interrogea Rothman d'un air sévère.

Scrutant l'esprit de Pete, Patricia y trouva le souvenir de sa visite au docteur E.R. Philipson accompagnée de cette étrange sensation de légèreté, de gravité fractionnelle lorsqu'il marchait dans le couloir.

— Oui, répondit-elle, Mary a raison. *Il a été sur Titan.* — Elle se tourna vers les deux prescients, Dave Mutreaux et son mari Allen. — Que va-t-il se passer?

— Nous sommes en présence d'une variable, répondit McClain, très pâle. Mais tout est brouillé.

— Votre fille..., fit Mutreaux. Elle va faire quelque chose de particulier... Mais impossible de dire quoi.

— Il faut que je sorte d'ici, leur dit Mary Anne en se levant.

Ses pensées étaient devenues incohérentes sous l'effet de la terreur.

— Je suis sous l'influence des Vugs, dit-elle. Pour ce docteur Philipson, Pete doit avoir raison. Je croyais qu'il avait eu des hallucinations dans le bar, mais ce n'était pas mes craintes qu'il captait, c'était la réalité! – Haletante, elle se dirigea vers la porte. – Il faut que je m'éloigne d'ici : je suis dangereuse pour l'organisation.

Au moment où Mary Anne s'apprêtait à sortir, Patricia dit à son mari :

– L'aiguille de chaleur! Règle-la sur le minimum pour ne pas la blesser.

Comme McClain braquait l'arme en direction de Mary Anne, celle-ci se retourna et vit le danger qui la menaçait. Et c'est alors que l'aiguille de chaleur sauta des mains de McClain, renversa sa trajectoire et alla s'écraser contre le mur.

– Effet Poltergeist, constata McClain. Nous ne pouvons rien contre.

A son tour, l'aiguille de chaleur que tenait Patricia se mit à s'agiter puis s'échappa de sa main.

– Rothman! cria McClain. En tant que plus haute autorité de l'organisation, faites-la cesser!

– Laissez-mon esprit tranquille! lança Mary Anne à Rothman.

Brusquement Pete bondit de sa chaise et s'élança derrière Mary Anne. La jeune fille s'en aperçut.

– Non! cria Patricia à sa fille. Ne fais pas ça!

Rothman, les yeux fermés, concentrait toute son énergie sur Mary Anne. Mais d'un seul coup Pete partit en avant puis s'éleva dans les airs, les membres ballants, ballotté comme un pantin désarticulé. A un moment donné il décrivit une trajectoire en direction du mur de la pièce. Patricia hurla quelque chose à l'adresse de Mary Anne. Le corps de Pete sembla hésiter un court instant puis fonça à nouveau sur le mur et... passa à travers. Il y resta bloqué de telle manière que seuls dépassaient du mur ses bras et ses mains tendus...

– Mary Anne! cria Patricia. Pour l'amour du ciel, sors-le de cette position!

Sur le pas de la porte, Mary Anne s'arrêta, affolée, et constata ce qu'elle avait fait de Pete; elle vit aussi l'expression horrifiée sur le visage de sa mère, de son père et de tous ceux qui étaient présents dans cette pièce. Rothman, concentrant toujours le maximum de son énergie sur elle, essayait de la persuader. Elle s'en aperçut également. Et bientôt Pete se détacha du mur et s'affala sur le sol, intact. Il se releva presque aussitôt et, en tremblant, se tourna vers Mary Anne.

— Je suis désolée, fit la jeune fille en soupirant.

Alors Rothman s'adressa à elle :

— Nous détenons ici la possibilité dominante, Mary Anne, crois-le bien. Même s'ils ont réussi à s'infiltrer. Nous examinerons tous les membres de l'organisation, un par un. Nous commencerons par toi, si tu le veux bien. — A Patricia — : Essayez de savoir s'ils l'ont pénétrée profondément.

— J'essaie, répondit Patricia, mais c'est dans l'esprit de Pete Garden que nous trouverons le plus de choses.

— Il va partir, dirent McClain et Mutreaux presque en même temps. Avec elle, avec Mary Anne.

— Je n'arrive pas à voir ce qui va se passer chez elle, dit Mutreaux. Mais je crois que lui va réussir.

Rothman se leva et s'approcha de Pete :

— Vous voyez notre situation ? Nous menons un combat désespéré contre les Titaniens et nous sommes en train de perdre régulièrement du terrain. Intercédez auprès de Mary Anne McClain pour qu'elle reste ici, de manière que nous puissions regagner ce que nous avons perdu. C'est une question de vie et de mort pour nous.

— Je n'ai aucun pouvoir sur elle, réussit à articuler Pete encore tout pâle et tremblant.

— Personne ne peut rien faire, confirma Patricia, approuvée par son mari.

Rothman se tourna vers Mary Anne :

— Vous autres, psycho-kinésistes, vous êtes vraiment têtus ! On ne peut rien vous dire !

— Venez, Pete, dit Mary Anne. Nous avons encore une longue route à faire, à cause de moi, et à cause de vous aussi : ils vous ont pénétré exactement comme ils l'ont fait pour moi.

Elle avait les traits tirés de désespoir et de fatigue.

– Peut-être ont-ils raison, Mary Anne, lui dit Pete. Peut-être est-ce une erreur de partir. Cela ne va-t-il pas porter tort à votre organisation?

– Ils ne tiennent pas vraiment à moi. Je suis faible; ce qui se passe dans mon esprit le prouve : je ne suis pas capable de résister aux Vugs. Ces maudits Vugs, je les hais!

Des larmes de rage affluèrent à ses yeux.

Dave Mutreaux prit la parole :

– Garden, il y a une chose facile à prévoir : si vous partez d'ici, seul ou avec Mary Anne McClain, votre voiture sera interceptée par la police. Je vois déjà un policier vug qui vient vers vous. Il s'appelle...

Il hésita.

– E.B. Black, acheva McClain. Le collègue de Wade Hawthorne, attaché à leur division Côte-Ouest du Bureau National pour le respect de la loi. L'un des meilleurs éléments qu'ils aient.

– Examinons soigneusement la question, reprit Rothman. A quel moment l'autorité vug a-t-elle noyauté l'organisation? Avant la nuit dernière? Si nous pouvons établir ce point, peut-être cela nous faciliterait-il les choses. Je ne pense pas qu'ils aient pénétré très profondément; moi-même, ils ne m'ont pas encore touché, pas plus que nos télépathes, et nous sommes quatre de cette catégorie dans cette pièce, plus un cinquième qui va venir nous rejoindre. Et nos prescients sont également libres de toute influence, du moins à ce qu'il semble.

– Vous êtes en train de me sonder pour essayer de m'influencer, Rothman, fit Mary Anne. – Elle retourna pourtant docilement s'asseoir à sa place de tout à l'heure. – Je sens votre esprit au travail. – Petit sourire. – C'est rassurant.

Rothman s'adressa à Pete :

142

– Je suis le principal rempart contre les Vugs, Mr. Garden, et il faudra très longtemps avant qu'ils réussissent à me pénétrer. – Son visage basané restait impassible. – C'est en vérité une terrible découverte que nous avons faite ici aujourd'hui, mais notre organisation est capable de la surmonter. Et vous, Mr. Garden? Vous allez avoir besoin de notre aide : pour un individu seul, la situation est différente.

Pete hocha la tête d'un air sombre.

– Nous devons tuer E.B. Black, déclara Patricia.

– Allons, pas de décision hâtive, fit Rothman. N'oubliez pas que nous n'avons jamais tué de Vug. Tuer Hawthorne était déjà beaucoup, mais c'était nécessaire. Dès le moment où nous détruirons un Vug – n'importe lequel – il deviendra évident pour eux non seulement que nous existons, mais quelles sont nos intentions finales. N'êtes-vous pas d'accord?

Il quêta du regard leur approbation à tous.

– Mais, objecta McClain, avec une pointe d'exaspération dans la voix, ils savent déjà qui nous sommes. Comment pourraient-ils nous pénétrer s'ils ne connaissaient pas notre existence?

La télépathe Merle Smith prit alors la parole depuis son siège situé dans un coin de la pièce :

– Rothman, j'ai scruté chaque personne présente dans ce motel et je n'ai trouvé aucune indication que quelqu'un ait été pénétré en dehors de Mary Anne McClain et du non-Psi Garden. Quoique... j'aie relevé une zone d'inertie curieuse dans l'esprit de David Mutreaux, point qui mériterait de faire l'objet d'un examen plus attentif de notre part. Je propose que les autres télépathes ici présents se mettent tout de suite à l'ouvrage.

Patricia McClain concentra immédiatement son attention sur Mutreaux. Elle s'aperçut alors que Merle Smith avait raison : il y avait une anomalie dans l'esprit de Mutreaux, anomalie qu'elle identifia instinctivement comme étant quelque chose de contraire aux intérêts de l'organisation.

— Mutreaux, dit-elle, pourriez-vous orienter vos pensées vers...

Elle ne savait pas quelle terminologie employer. En cent années de lecture mentale, c'était la première fois qu'elle rencontrait un phénomène comme celui-ci. Intriguée, elle passa en revue la couche superficielle des pensées de Mutreaux, puis plongea plus profondément, jusqu'aux syndromes involontaires et refoulés qui avaient été exclus comme faisant partie de son ego, de la conscience du soi.

En ce moment elle se trouvait dans une région d'impulsions ambivalentes, de désirs, d'angoisses, de doutes nébuleux ou avortés, entremêlés de croyances régressives et de fantasmes générateurs des désirs sexuels les plus incontrôlés. Ce n'était pas une région agréable à explorer, mais tout un chacun l'avait en lui, et elle y était habituée à présent. C'était précisément ce qui rendait sa vie si riche de difficultés, cet affrontement avec cette zone hostile de l'esprit humain. Chaque perception et observation que Dave Mutreaux avait refoulée au fin fond de lui-même se trouvait là, impérissable, vivant une sorte de semi-existence, se nourrissant largement de son énergie psychique. Cette partie intime de lui-même s'opposait à tout ce que Mutreaux pensait consciemment, recherchait délibérément dans sa vie.

Par l'intermédiaire de cet examen mental, on en apprenait beaucoup sur tout ce que Mutreaux rejetait délibérément, ou par force, du conscient.

— La zone en question ne s'ouvre pas à l'examen mental, dit Patricia. Êtes-vous en train de vous contrôler, Dave ?

Mutreaux ouvrit des yeux ronds :

— Je ne comprends rien à ce que vous racontez. Tout ce qui est en moi est ouvert à qui me lit, jusqu'à preuve du contraire. Je ne retiens rien du tout.

A présent, Patricia pénétrait dans la région de l'esprit de Mutreaux qui servait de siège à sa prescience, et, ce faisant, elle devint temporairement presciente elle-même. Cela procurait une étrange sensation que de posséder ce don en plus de celui qui était le sien habituellement.

Elle découvrit alors, comme bien rangées dans des boîtes, une série de possibilités temporelles, chacune pourvoyant aux autres et toutes étant reliées de manière à être appréhendables simultanément. C'était très descriptif et curieusement statique. Patricia se reconnut, figée dans une variété d'actions, dont certaines avaient de quoi la faire sursauter – notamment des scènes dans lesquelles elle cédait aux suspicions les plus insensées, d'autres où...

« Ma propre fille!... » songea-t-elle, atterrée. « Est-il possible que je puisse lui faire ça? » La majorité des séquences montraient un *rapprochement* avec Mary Anne, ainsi qu'une guérison de la scission au sein de l'organisation plutôt qu'une aggravation. Et pourtant, celle-ci pouvait se produire...

En outre, elle vit, l'espace fugitif d'un instant, une scène où tous les télépathes de l'organisation concentraient hargneusement leur énergie sur Mutreaux. Mutreaux lui-même devait en être conscient, sans aucun doute : après tout, la scène existait réellement dans son conscient. Mais pourquoi? Qu'allait-il pouvoir faire qui justifie cet acharnement des télépathes? Qu'allaient-ils découvrir?

Les pensées devinrent beaucoup plus confuses d'un seul coup.

– Vous vous dérobez, dit Patricia. – Elle lança un regard aux autres télépathes et commenta – : C'est l'arrivée de Don.

Don était le télépathe qui manquait encore et qui était en route pour le motel, en provenance de Detroit; il allait maintenant arriver d'un moment à l'autre.

– La zone presciente de Mutreaux révèle une séquence dans laquelle Don localisera, à son arrivée ici, la zone suspecte dans son esprit, l'ouvrira et l'explorera. Et...

Patricia hésita, mais les trois autres télépathes avaient déjà saisi sa pensée au vol : « *Et détruira Mutreaux à cause de ça...* »

Mais qu'est-ce qui pouvait expliquer ce phénomène? Il n'y avait rien qui suggérât l'influence vug chez Mutreaux; c'était quelque chose d'autre, quelque chose qui la déroutait complètement.

Était-il sûr que Don agirait ainsi? Non, simplement probable. Et comment Mutreaux réagissait-il, lui, en sachant ce qui l'attendait, en sachant que sa mort était imminente? *Que faisait un prescient en pareilles circonstances?*

« La même chose que n'importe qui d'autre », découvrit-elle : Un prescient fuyait...

Au même moment, Mutreaux se leva et dit d'une voix étouffée :

— Je suis désolé, mais je ne peux pas rester; il faut que je rentre à New York.

L'aisance qu'il affectait en prononçant ces paroles sonnait faux.

— Don est notre meilleur télépathe, dit Rothman d'un air songeur. Je vais vous demander d'attendre qu'il arrive. Notre seul défense contre la pénétration de notre organisation est l'existence de quatre télépathes capables d'explorer un esprit à fond et de nous dire tout ce qui se passe. Rasseyez-vous, je vous prie, Mutreaux.

Mutreaux obéit.

Fermant les yeux, Pete écoutait la conversation qui se déroulait entre Patricia McClain, Mutreaux et Rothman. « Cette organisation clandestine, composée de Psis, se situe entre nous et la civilisation titanienne et la domination qu'elle est censée exercer sur nous », songeait-il comme dans un rêve. Il n'avait toujours pas complètement récupéré de sa nuit et de la façon dont il avait été réveillé ce matin, la mort brutale de Hawthorne venant se greffer par-dessus.

« Je me demande ce que devient Carol. Si seulement je pouvais m'en aller d'ici... » Il revoyait cet épisode au cours duquel Mary Anne, faisant usage de ses dons télékinésiques, l'avait transformé en une vulgaire particule flottante et fait passer à travers le mur de la pièce, avant de le libérer, ce pour des raisons qui lui restaient mystérieuses : elle avait dû changer d'avis au dernier moment.

« J'ai peur de ces gens et de leurs dons... »

Il rouvrit les yeux. Dans la pièce du motel, discutant d'une voix métallique perçante, se trouvaient neuf Vugs. Et un seul humain en dehors de lui-même : Dave Mutreaux...

Mutreaux et lui étaient assis en face des neuf autres. Non, c'était impossible ! Mais il ne bougeait pas ; il se contentait simplement de regarder les neuf Vugs.

L'un des Vugs qui avait la voix de Patricia McClain, s'écria tout excité :

— Rothman ! Je viens de capter une pensée incroyable chez Garden !

— Moi aussi, fit un autre Vug. Garden nous perçoit tous comme des... – hésitation. – Il nous voit, à l'exception de Mutreaux, comme des *Vugs !*

Il y eut un silence.

Le Vug qui parlait avec la voix de Rothman dit :

— Garden, ceci signifie-t-il donc que la pénétration de notre groupe est complète ? Complète à l'exception de David Mutreaux ?

Pete ne répondit rien.

— Comment concevoir pareille chose et rester sain d'esprit ? poursuivit le Vug Rothman. Nous sommes déjà perdus, s'il faut en croire les perceptions de Garden. Nous devons essayer d'examiner la situation rationnellement ; peut-être subsiste-t-il un espoir. Qu'en pensez-vous, Mutreaux ? Si Garden a raison, vous êtes le seul Terrien authentique parmi nous.

— Je n'y comprends rien, répondit Mutreaux. – Désignant Pete – : C'est à lui qu'il faut poser la question, pas à moi.

– Eh bien, Mr. Garden? fit le Vug Rothman. Quelle est votre opinion?

– Répondez, je vous en supplie! lui dit Patricia McClain. Pete, au nom de tout ce que nous possédons de plus sacré au monde...

– Je crois que vous savez à présent ce qu'il y a chez Mutreaux et que vos télépathes sont incapables de déceler. Lui est un être humain, et vous pas; voilà la différence. Et quand votre autre télépathe arrivera...

– Nous détruirons Mutreaux, déclara le Vug Rothman avec gravité.

CHAPITRE XIII

— Je voudrais parler à l'avocat Laird Sharp, demanda Joe Schilling au circuit informationnel homéostatique du vidéophone. Il est quelque part sur la Côte Ouest, c'est tout ce que je sais.

Il était midi passé à présent. Pete n'était pas rentré, et Schilling savait qu'il ne rentrerait pas. Il n'était avec aucun des autres membres du groupe; c'était quelqu'un d'extérieur au groupe qui l'avait emmené.

En admettant que ce fût Pat et Allen McClain, *pourquoi?* Et tuer le policier Hawthorne, quels que fussent les motifs était une erreur.

Entrant dans la chambre de l'appartement, il demanda à Carol comment elle se sentait.

— Bien, répondit-elle.

Elle était assise près de la fenêtre, et regardait distraitement dans la rue. Elle avait mis une robe imprimée aux couleurs chatoyantes.

Le policier E.B. Black s'étant provisoirement absenté, Schilling ferma la porte de la chambre et confia à Carol :

— Je sais quelque chose à propos des McClain que la police ne doit pas savoir.

Carol leva les yeux :

— Qu'est-ce que c'est?

— Patricia McClain est mêlée depuis quelque temps à

des activités illégales dont je ne connais pas bien la nature. Il n'est pas impossible que cela ait un rapport avec le meurtre de Hawthorne. C'est aussi lié au fait qu'elle est une Psi; et son mari également. En fait, cela n'explique pas qu'ils soient allés jusqu'à tuer, surtout un policier. Tout ce qu'ils ont gagné, c'est que le pays soit passé au peigne fin. Faut-il qu'ils soient désespérés! – « Ou fanatiques », ajouta-t-il pour lui-même. – Il n'y a rien que la police haïsse plus que l'assassin d'un flic. C'était stupide de leur part.

« Fanatiques et stupides : une combinaison déplorable! » songea-t-il.

Le vidéophone sonna et annonça :

– Votre avocat, Mr. Schilling. Mr. Laird Sharp.

Schilling alluma aussitôt l'écran.

– Que se passe-t-il? interrogea Sharp.

– Votre client Pete Garden s'est envolé. – Schilling lui conta brièvement les événements. – Et je ne fais pas confiance à la police dans cette affaire; je ne sais pas pourquoi, mais j'ai l'impression qu'ils ne font rien pour aboutir. Peut-être est-ce à cause du Vug, E.B. Black.

Il réalisa en même temps que son aversion instinctive de Terrien à l'égard des Titaniens reprenait le dessus.

Sharp réfléchit un court instant :

– Nous ferions bien d'aller faire un tour à Pocatello. Comment m'avez-vous dit que s'appelait le psychiatre?

.– Philipson.

– Après tout, ce n'est qu'une intuition de ma part, dit Sharp, mais il faut savoir faire confiance à ses intuitions parfois. Je vous retrouve à San Rafael, disons dans dix minutes.

Schilling éteignit le vidécran.

– Où allez-vous? lui demanda Carol en le voyant se diriger vers la porte d'entrée. Vous ne devez pas attendre l'avocat?

– Je vais chercher un revolver.

Il traversa le couloir de l'étage en courant.

« Un seul me suffira », se dit-il. « Sharp a le sien sur lui en permanence. »

Pendant le trajet en direction du nord-est, Schilling livra ses impressions à Sharp :

— La nuit dernière, au vidéophone, Pete m'a dit des choses étranges. D'abord que cette situation allait le tuer, comme elle avait tué Luckman. Qu'il devait aussi prendre bien soin de Carol. Et puis... que le docteur Philipson était un Vug.

— Et alors? dit Sharp. Il y a des Vugs sur toute la planète.

— Sans doute, mais j'ai des informations sur ce Philipson. J'ai lu des articles concernant ses techniques thérapeutiques. Nulle part il n'était fait mention qu'il s'agissait d'un Vug. Il y a quelque chose qui cloche : je ne crois pas que Pete ait vu le docteur Philipson; je pense qu'il a vu quelqu'un — ou quelque chose — d'autre. Un homme de l'importance de Philipson ne serait pas disponible comme ça, en plein milieu de la nuit, comme un vulgaire généraliste. Et puis, où Pete se serait-il procuré les cent cinquante dollars qu'il se souvient avoir payés à Philipson? Je connais bien Pete : il n'a jamais d'argent sur lui. Aucun Possédant, d'ailleurs : ils raisonnent en termes d'actes de propriété, pas d'argent liquide. L'argent, c'est bon pour nous, les non-P.

— A-t-il réellement dit qu'il avait *payé* ce médecin? Il a pu simplement lui signer une reconnaissance pour ce montant.

— Oui, il a bien dit qu'il l'avait payé, et que cela s'est bien passé la nuit dernière. Il a dit également qu'il en avait eu pour son argent. — Schilling réfléchit un instant. — Dans l'état où il était, ivre et sous l'effet des drogues, il est fort possible qu'il ait eu des hallucinations, que ce n'était pas réellement Philipson qui était assis en face de lui, ou encore qu'il n'ait pas été à Pocatello du tout. — Il sortit sa pipe qu'il commença à bourrer. – Non, il y a quelque chose qui ne colle pas dans son récit.

Aux abords de Pocatello, ils virent en dessous d'eux un grand bloc carré d'un blanc étincelant entouré de pelouses et d'arbres et, derrière, un jardin de fleurs. Sharp posa sa voiture sur l'allée de gravier et lui fit parcourir en roulant les derniers mètres qui les séparaient du parking situé sur le côté du bâtiment. L'endroit, tranquille et bien entretenu, semblait désert. La seule voiture visible sur le parking était manifestement celle du docteur Philipson lui-même.

En détaillant l'édifice et le jardin de roses attenant, Schilling estima qu'il devait falloir de gros moyens pour s'offrir un traitement ici. Un jet d'eau homéostatique rotatif arrosait rationnellement les roses, dont le parfum lourd leur parvenait aux narines. Schilling ne put s'empêcher de rester un moment en contemplation devant les énormes massifs, essayant d'identifier les différentes variétés représentées.

Le bruit d'une porte qui s'ouvrait brusquement interrompit cette contemplation. Un homme d'un certain âge, chauve et au visage avenant, les accueillit avec un large sourire :

– Que puis-je pour vous, messieurs?

– Nous cherchons le docteur Philipson, répondit Sharp.

– C'est moi, fit l'homme. Je vois que mes roses vous intéressent. Malheureusement, elles sont victimes du grefus. Le grefus est un parasite qui nous est venu de Mars.

– Nous souhaiterions vous parler, dit Schilling.

– Allez-y.

– Est-ce qu'un certain Pete Garden est venu vous rendre visite la nuit dernière?

– Oui, certainement, répondit le docteur Philipson avec un petit sourire en coin. Et il m'a même vidéophoné plus tard.

152

– Pete Garden a été enlevé, expliqua Schilling. Ses ravisseurs ont également tué un policier, donc on peut supposer qu'ils ne plaisantent pas.

Le sourire s'effaça du visage de Philipson. Il regarda tour à tour Schilling et Sharp :

– Je redoutais vaguement quelque chose de cet ordre. D'abord la mort de Jerome Luckman, et maintenant celle-ci... Mais entrons, si vous le voulez bien.

Il commençait à s'effacer pour les laisser passer quand il changea d'avis au dernier moment :

– Il vaudrait peut-être mieux que nous discutions dans la voiture, pour que personne ne risque de nous entendre. Il y a plusieurs points que j'aimerais examiner avec vous.

Ils revinrent vers le parking et se retrouvèrent tous les trois assis dans la voiture de Philipson. Le médecin commença par leur demander quels étaient les liens qui les unissaient à Pete Garden; Schilling éclaira brièvement sa lanterne.

– Je crains malheureusement que vous ne revoyiez jamais Garden vivant, leur dit-il alors. Vous me voyez désolé de devoir vous le dire. J'ai pourtant essayé de l'avertir du danger qui le menaçait. Je sais trop peu de choses au sujet de Pete Garden; je ne l'avais jamais vu avant la nuit dernière. Je ne saurais non plus tracer un tableau de lui à la faveur de notre entretien car il était ivre, malade et, de plus, complètement terrorisé. Notre rencontre a eu lieu dans un bar en plein centre de Pocatello; j'en ai oublié le nom. Il était accompagné d'une ravissante jeune fille, mais qui n'est pas entrée. Garden se trouvait dans une phase hallucinatoire très avancée et avait réellement besoin d'un traitement très poussé au niveau psychiatrique, traitement que, inutile de vous le dire, je n'étais guère en mesure d'assurer dans un bar et en plein milieu de la nuit.

– Ses craintes concernaient les Vugs, dit Schilling. Pete avait l'impression qu'ils... nous cernaient de toutes parts.

153

– Oui, en effet. Il m'a fait part de ces craintes à moi aussi. A plusieurs reprises et sous des formes diverses. Cela avait quelque chose de poignant. A un moment donné, il a griffonné avec beaucoup de difficulté un message sur une pochette d'allumettes, et il l'a cachée très cérémonieusement dans sa chaussure. « Les Vugs nous traquent », ou quelque chose dans ce genre. – Le médecin les regarda tous les deux plus attentivement. – Que savez-vous sur les problèmes internes actuels de Titan?

Pris au dépourvu, Schilling répondit :

– Fichtre rien!

– La société titanienne est nettement divisée en deux factions. La raison pour laquelle je suis au courant de ce détail est que j'ai actuellement dans ma clinique quatre Titaniens qui occupent des postes élevés, ici sur la Terre. Ils sont en train de suivre un traitement psychiatrique avec moi. Cela peut sembler assez peu orthodoxe, mais j'ai découvert que l'on pouvait travailler très correctement avec eux.

– C'est la raison pour laquelle vous teniez à ce que nous parlions plutôt dans la voiture? fit Sharp.

– Oui. Ici, nous sommes hors de portée de leur faculté télépathique. Politiquement parlant, les quatre qui sont ici sont des modérés; c'est la tendance dominante dans la vie politique titanienne, et ce, depuis de nombreuses années. Mais il y a aussi un parti extrémiste favorable à la guerre dont l'influence, paraît-il, n'a cessé de croître ces derniers temps; encore que personne, y compris les Titaniens eux-mêmes, ne sache exactement quelle force ils représentent. Quoi qu'il en soit, leur politique à l'égard de la Terre est hostile. A mon avis – mais ce n'est qu'un avis personnel – les Titaniens, à l'instigation de leur faction belliqueuse précisément, sont en train de manipuler notre taux de natalité. Grâce à un procédé technologique quelconque – ne me demandez pas lequel – ils sont responsables du maintien de ce taux à un niveau très bas.

Il y eut un silence, qui sembla se prolonger une éternité.

— En ce qui concerne Luckman, poursuivit Philipson, je pense qu'il a été assassiné, directement ou indirectement, par les Titaniens. Mais pas pour la raison que vous croyez. Certes, il est venu en Californie après avoir fait main basse sur toute la Côte Est. Certes encore, il aurait probablement, s'il n'était pas mort, exercé une domination économique sur la Californie, comme il l'avait déjà fait pour New York. Mais ce n'est pas pour cela que les Titaniens l'ont éliminé...

Philipson laissa passer un silence.

— Pourquoi alors? interrogea Sharp impatiemment.

— A cause de sa *chance,* répondit le docteur. A cause de sa fécondité, de son aptitude à avoir des enfants. C'est cela qui menace les Titaniens; ce n'était pas le succès de Luckman au Jeu : ils s'en fichent complètement. Et tout autre humain qui a de la *chance* s'expose à être éliminé de la même façon si le parti de la guerre vient au pouvoir sur Titan. Or quelques humains le savent ou du moins le soupçonnent. Il existe une organisation qui s'est développée en Californie à partir de la famille McClain; peut-être avez-vous entendu parler de Patricia et Allen McClain? Ils ont trois enfants; dès lors leur vie se trouve être en danger. Pete Garden a démontré lui aussi son aptitude à avoir des enfants, ce qui le place automatiquement, ainsi que sa femme Carol, sur la liste noire. C'est de cela que je l'ai averti. Et je lui ai souligné également qu'il était confronté à une situation contre laquelle il ne pouvait pas faire grand-chose, j'en suis convaincu. Et... l'organisation créée autour des McClain est inutile sinon dangereuse. Elle a déjà dû être noyautée par les Titaniens qui se trouvent ici. Leurs facultés télépathiques sont évidemment un énorme avantage pour eux : il est pratiquement impossible de garder quoi que ce soit — notamment l'existence d'une organisation patriotique clandestine — très longtemps secret avec eux.

— Avez-vous des contacts avec les modérés par l'intermédiaire de vos patients vugs?

Philipson hésita, puis :

— Dans une certaine mesure. J'ai été amené, naturellement, à discuter de la situation avec eux dans le cours du traitement.

Schilling se tourna vers Sharp :

— Je crois que nous avons trouvé ce que nous étions venus chercher. Maintenant nous savons où est Pete, qui l'a enlevé et qui a tué Hawthorne : l'Organisation McClain, peu importe son nom exact.

— Docteur, dit Sharp au médecin, votre explication est extrêmement intéressante. Il y a toutefois un autre point intéressant qui n'a pas encore été soulevé.

— Lequel?

— Pete Garden pensait que vous étiez un Vug.

— Oui, je vois. Je peux expliquer ce phénomène, dans une certaine mesure. A un niveau intuitif inconscient, Garden a perçu la situation dangereuse en question. Ses perceptions, néanmoins, étaient désordonnées, constituant un mélange de télépathie involontaire et de projection de soi, auquel s'ajoutaient ses propres angoisses...

— Êtes-vous un Vug? lui demanda Sharp brutalement.

— Bien sûr que non, répondit Philipson un peu agacé.

Sharp interrogea alors l'Effet Rushmore de la voiture dans laquelle ils se trouvaient :

— Le docteur Philipson est-il un Vug?

— Oui, le docteur Philipson est un Vug, répondit le servo-circuit de la voiture.

Et c'était la propre voiture du docteur Philipson qui parlait...

Schilling sortit son revolver qu'il braqua sur le médecin :

— Qu'avez-vous à répondre à cela, docteur?

— Il s'agit manifestement d'un faux témoignage du

circuit, répondit Philipson. Mais j'admets que je ne vous ai pas encore tout dit. En réalité je fais partie de l'organisation de Psis qui s'est constituée autour des McClain.

— Vous êtes un Psi vous aussi? fit Schilling.

— En effet. Et la jeune fille avec laquelle Garden était la nuit dernière en est membre elle aussi : Mary Anne McClain. Nous avons eu le temps de nous entretenir brièvement tous les deux sur la conduite à tenir vis-à-vis de Garden. C'est elle qui a fait en sorte que je voie Garden. A pareille heure de la nuit je suis normalement...

— Quel est le don psionique que vous possédez, vous? l'interrompit Sharp.

Lui aussi pointait maintenant un revolver en direction de Philipson.

Le psychiatre les regarda à tour de rôle :

— Un don assez peu courant. Vous n'en reviendrez pas quand je vous le dirai. Fondamentalement il est lié à celui de Mary Anne, car c'est une forme de psycho-kinésie. Mais il est plus spécifique que le sien, en quelque sorte. Je symbolise l'un des deux termes d'un système d'échanges clandestins entre la Terre et Titan. Des Titaniens viennent ici et, à certaines occasions, des Terriens sont envoyés là-bas. Ce système représente une amélioration par rapport au transport spatial classique parce qu'il n'y a plus de décalage de temps. — Il leur sourit. — Voulez-vous que je vous montre?

— Sapristi! s'exclama Sharp. Tuez-le!

— Vous voyez?

La voix du docteur Philipson leur parvenait encore, mais ils ne pouvaient plus voir celui qui parlait : une sorte de rideau effaceur avait fait disparaître l'image fixe des objets qui les entouraient, les avait transformés en vide. Des millions de minuscules particules rondes, tombant en cascade lumineuse, avaient remplacé la réalité familière des formes substantielles. Pour Schilling, c'était comme une rupture fondamentale de l'acte de perception lui-même. Malgré lui il avait peur.

– Je vais le descendre! lui parvint la voix de Sharp, suivie d'une série de détonations sèches. Est-ce que je l'ai eu, Joe? Est-ce que...

La voix de Sharp diminua et il n'y eut plus bientôt que le silence.

– J'ai peur, Sharp, fit Schilling. Que signifie tout ceci?

Il étendit les mains devant lui, tâtonnant au milieu du torrent de sous-particules pareilles à des atomes qui surgissaient de partout. « Est-ce la substructure de l'univers lui-même? » se demanda-t-il. « Le monde extérieur à l'espace et au temps? »

Il eut alors devant les yeux une grande plaine, sur laquelle se tenaient, à des endroits précis, des Vugs, immobiles. Ou alors était-ce qu'ils bougeaient avec une incroyable lenteur? La vision était angoissante. Les Vugs se déformaient, mais la nature du temps ne variait pas et les Vugs restaient où ils étaient. Éternellement? s'interrogea Schilling. Les Vugs étaient en nombre infini; il ne parvenait pas à distinguer la fin de la surface horizontale, ni même à l'imaginer.

Voici Titan, dit une voix à l'intérieur de sa tête.

Privé de tout poids, Schilling se mit à flotter. Il cherchait désespérément à se stabiliser mais sans savoir comment. « Bon sang, c'est invraisemblable! Je ne devrais pas être ici en train de faire ce que je fais! »

– Au secours! cria-t-il. Sortez-moi d'ici! Où êtes-vous, Sharp? Qu'est-ce qu'il nous arrive?

Personne ne répondit. Alors il se mit à tomber, plus rapidement maintenant. Rien ne l'arrêtait, au sens où on l'entend d'habitude, et pourtant il était toujours au même endroit.

Autour de lui se dessina la concavité d'une salle, d'une vaste enceinte d'une nature mystérieuse. Et, en face de lui, de l'autre côté d'une table, se tenaient des Vugs. Il en

158

compta vingt avant de renoncer : il y avait des Vugs partout devant lui, silencieux et immobiles et pourtant faisant quelque chose. Ils semblaient sans cesse occupés à quelque tâche, mais il était incapable de dire, au premier abord, ce que c'était. Et puis, d'un seul coup, il comprit.

– *Jouez !* fut la pensée émise par les Vugs.

Le tableau de jeu était si énorme qu'il en resta pétrifié. Les bords de ce tableau s'estompèrent et se fondirent dans la substructure de la réalité dans laquelle il était assis. Et pourtant, juste devant lui, il distinguait des cartes, bien nettes et individualisables. Les Vugs attendaient : il était supposé tirer une carte.

C'était son tour...

« Dieu merci », se dit-il, « je suis capable de jouer, je sais comment. Ça n'aurait pas d'importance pour eux si je ne savais pas : ce Jeu se poursuit déjà depuis trop longtemps pour que cela ait de l'importance. Depuis combien de temps ? Comment savoir ? Peut-être que les Vugs eux-mêmes ne le savent pas. Ou ne s'en souviennent pas... »

La carte qu'il tira était un douze.

« Et maintenant », songea-t-il, « le moment crucial du Jeu : celui où je bluffe ou ne bluffe pas, où j'avance mon pion sur le douze ou sur le non-douze. Mais ils peuvent lire dans mes pensées ! Comment puis-je jouer avec eux, dans ces conditions ? Ce n'est pas juste !

Et pourtant il fallait jouer.

« Voilà la situation dans laquelle nous sommes. Et aucun d'entre nous ne peut s'en sortir. Même les grands joueurs de Bluff comme Jerome Luckman peuvent en mourir. Mourir en essayant de gagner. »

– *Nous avons été patients*, lui parvint la pensée d'un Vug, *mais ne nous faites pas attendre plus longtemps.*

Il ne savait pas quoi faire. Et d'abord quel était l'enjeu ? Quel titre avait-il misé ? Il regarda autour de lui mais ne vit rien, aucun pot sur la table. Un jeu de Bluff auquel participent des télépathes pour des enjeux qui n'existent pas... Quelle mascarade! Comment pouvait-il se retirer de ce jeu? Y avait-il seulement un moyen de s'en sortir?

Il comprit que ceci était la version finale, idéale, du Jeu, dont une reproduction avait été réalisée sur la Terre pour permettre aux Terriens de jouer. Et pourtant cela ne l'aidait pas à comprendre, parce qu'il ne savait toujours pas comment en sortir. Il prit son pion et commença à le faire avancer, case par case. Douze cases. Il lut ce qu'il y avait de marqué sur la case : *Ruée vers l'or sur votre terrain! Vous gagnez 50 000 000 de dollars de royalties sur l'exploitation de vos deux mines!*

« Pas besoin de bluffer », se dit Schilling. « Quel coup! La meilleure case qu'on ait jamais vue! Il n'en existe pas de pareille sur la Terre. »

Il plaça son pion sur la case miraculeuse et se rassit. Quelqu'un allait-il demander à voir? L'accuser de bluffer? Il attendit. Il ne percevait aucun mouvement, aucun signe d'animation en provenance de la masse presque indéfinie des Vugs.

« Non? Eh bien, je suis prêt, allez-y! »

– *C'est un bluff!* déclara une voix.

Il ne put discerner quel Vug venait de lui lancer le défi : il semblait que tous s'étaient exprimés à l'unisson. « Leur pouvoir télépathique aurait-il eu un raté? » s'étonna-t-il. « Ou bien leur don a-t-il été mis volontairement en veilleuse pour le temps du Jeu? »

– Vous vous êtes trompé, dit-il en retournant sa carte. Regardez.

Lui-même jeta un coup d'œil sur la carte. Ce n'était plus un douze, mais un onze!...

– *Vous êtes un mauvais bluffeur, Mr. Schilling,* lui fit savoir l'assemblée des Vugs. *Est-ce comme cela que vous jouez d'habitude?*

– Je suis très énervé, dit Schilling. J'ai dû mal lire la carte. – Il était furieux et en même temps terrorisé. – Je suis sûr qu'il se passe quelque chose d'anormal, qu'on a triché quelque part. Et d'abord quel est l'enjeu?

– *Dans ce Jeu-ci, Detroit*, répondirent les Vugs.

– Je ne vois pas le titre de propriété, dit Schilling en laissant traîner son regard sur la table.

– *Regardez bien.*

Au centre de la table il vit ce qui ressemblait à une boule de verre, de la taille d'un presse-papiers. Une structure assez complexe, mais brillante et *vivante* scintillait à l'intérieur de la boule. Il se pencha pour mieux voir. C'était une ville en miniature. Des immeubles, des rues, des maisons, des usines... Detroit!

– *Nous voulons ça ensuite*, firent les Vugs.

Schilling reprit alors son pion et le recula d'une case :

– En fait, c'est sur celle-là que je voulais m'arrêter.

Le Jeu explosa.

– J'ai triché, dit-il. A présent il est impossible de jouer, vous êtes d'accord? J'ai bousillé le Jeu.

Quelque chose le frappa brusquement sur la tête et il sombra instantanément dans l'abîme noir de l'inconscience.

CHAPITRE XIV

La première chose dont Schilling fut conscient ensuite, c'est qu'il se trouvait dans une sorte de désert, mais où il ressentait de nouveau les effets rassurants de la pesanteur terrestre.

Le soleil aveuglant l'empêchait de bien voir, et il mit sa main devant ses yeux pour se protéger.

— Ne vous arrêtez pas! fit une voix.

Il ouvrit les yeux en grand et vit, marchant à côté de lui sur le sable, le docteur Philipson qui lui souriait.

— Continuez à marcher, lui dit le médecin sur un ton aimable, sinon nous allons mourir ici. Et vous ne le voudriez pas, n'est-ce pas?

— Allez-vous m'expliquer? dit Schilling.

Mais il continua à avancer. A côté de lui, Philipson marchait d'un pas facile, à grandes enjambées.

— Vous avez détruit le Jeu, incontestablement, fit-il. Il ne leur est jamais venu à l'esprit que vous tricheriez.

— Ce sont eux qui ont triché les premiers : ils ont changé la valeur de la carte!

— Pour eux c'est normal; c'est même une phase fondamentale dans le Jeu. C'est une technique favorite chez les joueurs de Bluff titaniens que d'exercer leur pouvoir extra-sensoriel sur la carte; une partie est supposée être une lutte entre les deux camps, celui qui a tiré la carte luttant pour maintenir sa valeur constante, vous comprenez? En laissant la valeur de la carte être modifiée, vous avez perdu, mais en déplaçant votre pion pour le mettre en accord avec la nouvelle valeur, vous les avez pris à contre-pied.

— Et l'enjeu, qu'est-il devenu?

— Detroit? — Philipson se mit à rire. — Elle reste un enjeu, non revendiqué simplement. Voyez-vous, les Joueurs titaniens croient au respect des règles; cela vous surprendra peut-être, mais c'est la vérité. A *leurs* règles, certes, mais à des règles néanmoins. A présent j'ignore ce qu'ils vont faire; ils ont attendu très longtemps pour pouvoir jouer contre vous en particulier, mais je suis certain qu'ils ne s'y risqueront plus après ce qui vient de se passer. Cela a dû être psychiquement éprouvant pour eux, et il leur faudra un bon moment pour s'en remettre.

— Quelle faction représentent-ils? Les extrémistes?

— Oh non : les Joueurs titaniens sont tout particulièrement modérés dans leurs opinions politiques.

— Et vous?

— Je reconnais être un extrémiste. C'est la raison pour laquelle je suis ici sur la Terre. — Sous la lumière du soleil, Schilling vit étinceler l'aiguille de chaleur. — Nous y sommes presque, Mr. Schilling. Encore une colline à franchir et vous pourrez l'apercevoir d'ici. C'est construit très bas de façon à attirer le moins possible l'attention.

— Tous les Vugs qui sont sur la Terre sont-ils des extrémistes?

— Non.

— Et E.B. Black?

Philipson ne répondit pas.

— Il ne fait pas partie des vôtres, j'ai compris. — Et comme le psychiatre ne disait toujours rien — : j'aurais dû lui faire confiance quand j'en avais l'occasion.

— Peut-être, se contenta de répondre Philipson.

Devant lui Schilling vit bientôt un bâtiment en brique de style espagnol entouré d'une grille décorative. Le *Dig*

Inn Motel, pouvait-on lire sur l'enseigne au néon, pour le moment éteinte.

– Laird Sharp est ici? interrogea Schilling.

– Sharp est sur Titan, répondit Philipson. Peut-être le ramènerai-je sur la Terre, mais certainement pas tout de suite. – Il fronça les sourcils. – Un cerveau vif, ce Sharp; je dois admettre que je ne l'aime pas beaucoup.

Il sortit un mouchoir de sa poche et épongea la sueur qui ruisselait sur son front. Bientôt ils s'engageaient sur l'allée de dalles qui menait au motel.

– Quant au fait d'avoir triché, ajouta Philipson, cela ne m'a guère plu non plus.

Il semblait tendu et irritable à présent, Schilling se demandait pourquoi.

La porte du bureau du motel était ouverte. Philipson jeta un coup d'œil dans la pièce plongée dans la pénombre.

– Rothman? fit-il d'une voix mal assurée.

Ce fut la silhouette de Patricia McClain qui apparut.

– Désolé d'être en retard, dit Philipson. Mais cet homme et son camarade ont débarqué à l'improviste à la...

– Elle est hors de contrôle, l'interrompit Patricia. Allen n'a rien pu faire. Vous auriez intérêt à vous en aller.

Sans attendre, elle passa précipitamment devant eux, traversa le parking en courant et monta dans l'unique voiture qui s'y trouvait garée. Quelques secondes après elle n'était déjà plus là. Philipson émit un grognement, jura et s'écarta vivement de la porte du motel comme s'il venait de se brûler.

Haut dans le ciel, Schilling distingua un point noir qui devenait de plus en plus petit. Ce point s'éloignait de la Terre à grande allure, et très vite il disparut dans le néant. Schilling avait mal aux yeux à force de regarder dans la lumière. Il se retourna vers Philipson :

– Mon Dieu, était-ce...?

— Regardez, le coupa Philipson.

Avec son aiguille de chaleur, il désignait l'intérieur du bureau. Schilling passa la tête pour regarder. Il lui fallut un moment avant que ses yeux s'accoutument à l'obscurité. Mais alors il vit, gisant sur le sol, les corps désarticulés d'hommes et de femmes, emmêlés les uns aux autres comme des monstres pourvus de membres mulpiples ; on aurait dit qu'on les avait violemment secoués avant de les jeter là, comme des rebuts que l'on aurait ensuite essayé de fusionner en une masse unique. Mary Anne McClain était assise par terre dans un coin, les jambes repliées, le visage enfoui dans ses mains. Pete Garden et un homme d'âge moyen, bien habillé, que Schilling ne connaissait pas, se tenaient debout près d'elle sans rien dire, le visage dépourvu d'expression.

— Rothman ! murmura le docteur Philipson d'une voix étouffée en contemplant l'un des corps qui jonchaient le sol. — S'adressant à Pete — : Quand a-t-elle fait cela ?

— A l'instant, répondit Pete.

— Vous avez de la chance d'être en retard, dit l'autre homme. Si vous aviez été là, elle vous aurait tué vous aussi.

En tremblant, le docteur Philipson dirigea son aiguille de chaleur sur Mary Anne.

— Non, ne faites pas ça, lui dit Pete. C'est ce qu'ils ont tous essayé de faire, à la fin.

— Et Mutreaux ? dit Philipson en désignant l'autre homme. Pourquoi ne l'a-t-elle pas... ?

— Parce que c'est un Terrien, lui répondit Pete. Le seul d'entre vous qui en fût un. Alors elle n'y a pas touché.

— Le plus sûr, fit Mutreaux en conservant un œil sur Mary Anne tassée dans son coin, c'est de bouger le moins possible. Elle n'a pas raté son père non plus. Patricia, elle, a réussi à s'enfuir. Je ne sais pas ce qu'elle est devenue.

— Elle n'y a pas réchappé, elle non plus, dit Philipson.

Nous l'avons vue partir, mais nous ne comprenions pas ce qui se passait alors.

Il jeta son aiguille de chaleur par terre; elle roula et alla s'arrêter contre le mur de l'autre côté de la pièce. Philipson était très pâle :

– Comprend-elle ce qu'elle a fait?

– Oui, elle le sait. Elle mesure maintenant le danger que représente ce don, et elle ne l'utilisera plus désormais.

– A Schilling – : Ils n'arrivaient pas à la maîtriser, seulement partiellement. J'ai assisté à la bagarre; elle a duré plusieurs heures. – Il désigna l'un des corps tout brisés, un homme avec des lunettes et des cheveux blonds.

– Quand leur dernier membre, un certain Don, est arrivé, ils ont cru qu'il pourrait endiguer l'ouragan. Mais Mutreaux s'est mis alors à associer ses propres facultés à celles de Mary Anne. Tout s'est passé très vite : la minute d'avant ils étaient encore tous assis sur leur chaise, et puis elle a commencé à les faire voltiger dans la pièce comme des poupées de chiffon. Ce n'était pas très beau à voir...

– C'est un désastre, dit Philipson en lançant vers Mary Anne un regard chargé de haine. Effet Poltergeist, incontrôlable. Nous le savions, mais pour Patricia et Allen nous l'avons acceptée telle qu'elle était. Il va falloir tout recommencer à présent, repartir à zéro. Bien entendu je n'ai personnellement rien à craindre d'elle : je peux retourner à mon attache d'origine, Titan, quand je le veux. En principe, son pouvoir ne porte pas si loin, et même, si c'est le cas, nous ne pouvons pas y faire grand-chose de toute façon. Je prendrai le risque, je n'ai pas le choix.

– Elle peut vous obliger à rester ici si elle veut, lui dit Mutreaux. Mary Anne!

Dans son coin, la jeune fille leva la tête. Schilling put voir ses larmes sur ses joues.

– Voyez-vous une objection à ce que celui-ci retourne sur Titan? interrogea Mutreaux.

– Je ne sais pas, répondit-elle distraitement.

Ils détiennent Sharp chez eux, leur signala Schilling.

— Dans ce cas, cela change tout, fit Mutreaux. — A Mary Anne — : Ne laissez pas Philipson partir.

— D'accord, murmura-t-elle.

Philipson haussa les épaules.

— C'est bon, nous pouvons facilement nous arranger. Sharp revient ici, et moi, je retourne sur Titan.

Malgré son flegme apparent, Schilling le devinait assez ébranlé.

— Faites-le revenir tout de suite, alors, ordonna Mutreaux.

— Bien sûr. Je ne tiens pas à rester une minute de plus à proximité de cette jeune fille. Mais laissez-moi vous dire que je ne vous envie nullement, vous et votre peuple, de dépendre ainsi d'un pouvoir aussi brutal et aveugle que celui-ci ; sans compter que ce pouvoir peut à tout moment se retourner contre vous. Sharp est revenu de Titan à présent. Il est à ma clinique, dans l'Idaho.

— C'est vérifiable ? demanda Mutreaux à Schilling.

— Vous n'avez qu'à appeler votre voiture, qui est toujours là-bas, lui dit Philipson. Il devrait être à l'intérieur, ou très près, du moins.

En sortant, Schilling trouva une voiture garée là.

— A qui appartiens-tu ? demanda-t-il en ouvrant la portière.

— A Mr. et Mrs. McClain, répondit l'Effet Rushmore.

L'intérieur de la voiture portait les traces de brûlure du soleil. Schilling entra en communication avec sa propre voiture à la clinique du docteur Philipson.

— Qu'est-ce que vous voulez encore ? entendit-il Max grommeler après un moment d'attente.

— Est-ce que Laird Sharp est ici ?

— Qu'est-ce que ça peut vous faire ?

Schilling s'apprêtait déjà à entamer des palabres avec sa voiture quand il vit apparaître le visage de l'avocat.

— Ça va ? lui demanda-t-il.

Sharp hocha la tête :

– Avez-vous vu les Joueurs de Bluff titaniens, Joe ? Combien étaient-ils ? Je n'ai pas réussi à les compter.

– Non seulement je les ai vus, mais j'ai réussi à les voir au Jeu. Alors ils m'ont envoyé ici séance tenante. Prenez Max, ma voiture, et retournez à San Francisco, je vous y retrouverai. – A sa voiture – : Max, tu vas me faire le plaisir d'être coopérative avec Laird Sharp, hein ?

– D'accord ! ronchonna Max. Je serai coopérative !

Schilling retourna dans le motel. Regardant autour de lui, il constata que le docteur Philipson n'était plus là.

– Nous l'avons laissé partir, dit Mutreaux, puisque l'avocat est revenu.

– Ce n'est pas terminé, dit Pete. Philipson est toujours en vie et Hawthorne est mort.

– Mais leur organisation est anéantie, fit remarquer Mutreaux. Il ne reste que Mary Anne et moi. Je n'arrivais pas à le croire quand je l'ai vue détruire Rothman : il était le pivot de l'organisation.

– Que serait-il le plus sage de faire maintenant ? interrogea Schilling. Nous ne pouvons pas les poursuivre jusque sur Titan, n'est-ce pas ?

Il n'avait pas tellement envie d'affronter de nouveau les Joueurs de Titan. Et pourtant...

– Nous devrions faire venir E.B. Black : c'est la seule initiative qui pourrait nous être utile pour le moment. Sinon, nous sommes fichus.

– Nous pouvons faire confiance à Black ? demanda Mutreaux.

– Philipson a eu l'air de nous dire que oui, répondit Schilling. – Après une hésitation – : Oui, je crois que nous devrions tenter le coup.

– Moi aussi, dit Pete.

Mutreaux se rangea à l'avis des deux autres et Pete se tourna vers Mary Anne pour lui demander le sien. La jeune fille était toujours recroquevillée dans son coin.

– Je ne sais pas, répondit-elle. Je ne sais plus qui croire

ou à qui faire confiance. Je ne suis même plus sûre de moi-même.

Finalement ils décidèrent d'appeler le Vug Black, qui devait se trouver avec Carol. Mais, si Black n'était pas sûr, ils savaient tous ce que cela signifiait pour la jeune femme et le bébé. Ils appelèrent donc de la voiture des McClain.

Sur le vidécran se forma l'image d'un Vug qui, pour Schilling du moins, ressemblait à n'importe quel autre Vug. Il ne put s'empêcher de penser que le docteur Philipson était comme ça dans la réalité, et que c'était ainsi qu'il était apparu à Pete. C'était en effet hallucinant.

— Où êtes-vous, Mr. Garden? fut la question qui leur parvint dans le haut-parleur. Qu'attendez-vous des autorités de police de la Côte? Nous sommes prêts à vous envoyer un vaisseau quand et où vous nous direz.

— Nous n'avons pas besoin de vaisseau, répondit Pete, nous rentrons. Comment va Carol?

— Mrs. Garden est très inquiète, mais dans un état physique satisfaisant.

— Nous avons neuf Vugs morts ici, signala Schilling.

— Du Wa Pei Nan? interrogea aussitôt E.B. Black. Le parti extrémiste?

— Oui. L'un d'eux est retourné sur Titan. Il était ici sous l'identité du docteur E.G. Philipson, de Pocatello, Idaho. Vous savez? Le psychiatre bien connu. Nous vous demandons instamment d'intervenir à sa clinique : il pourrait bien y en avoir d'autres retranchés.

E.B. Black promit d'intervenir, avant de demander :

— Les assassins de mon collègue Wade Hawthorne sont-ils parmi les morts?

— Oui.

— C'est un réel soulagement, commenta le Vug. Indiquez-nous votre localisation, et nous allons vous envoyer quelqu'un pour s'occuper de toutes les formalités nécessaires.

Pete lui donna les informations correspondantes et la communication en resta là. Schilling ne savait trop que penser. Avaient-ils fait ce fais partie de l'organisation de Psis qui s'est constituée autour des McClain.

— Vous êtes un Psi vous aussi? fit Schilling.

— En effet. Et la jeune fille avec laquelle Garden était la nuit dernière en est membre elle aussi : Mary Anne McClain. Nous avons eu le temps de nous entretenir brièvement tous les deux sur la conduite à tenir vis-à-vis de Garden. C'est elle qui a fait en sorte que je voie Refaire jouer Pretty Blue Fox.

— Contre qui?

— Les Joueurs titaniens. Il le faut : ils ne nous laisseront pas le choix...

Au cours du trajet de retour vers San Francisco, Mary Anne leur dit, presque à voix basse :

— Je ne sens plus leur contrôle sur moi comme avant. Cela diminue...

— Espérons que c'est réel, dit Mutreaux d'un air las. — S'adressant à Pete — : Je prévois vos efforts pour reconstituer votre groupe. Vous voulez connaître le résultat?

— Oui.

La police va vous donner l'autorisation de recommencer à jouer. Ce soir, vous serez de nouveau un groupe de Joueurs, comme avant. Vous allez vous retrouver à votre appartement de Carmel pour mettre au point votre stratégie. A partir de là, l'avenir se divise en deux éventualités parallèles, dont le point de départ commun est le problème épineux de savoir si votre groupe vous autorisera à incorporer Mary Anne McClain comme nouveau Possédant-Joueur.

— Quelles sont ces deux éventualités?

— Je ne vois pas très clairement celle qui découle de l'hypothèse où Mary Anne serait récusée. Disons simplement qu'elle ne doit pas être satisfaisante. L'autre est encore un peu trouble, parce que Mary Anne est une variable imprévisible dans le cadre d'un schéma causal classique : elle introduit le principe a-causal de la synchronicité. – Mutreaux resta silencieux un moment avant de poursuivre – : Sur la base de ma prévision, je vous conseillerais personnellement de l'intégrer dans votre groupe. *Même si c'est illégal.*

– Je suis d'accord, dit Schilling. Cela contrevient peut-être aux règles du Jeu, qui récuse le moindre Psi, mais il ne faut pas oublier que nos adversaires ne sont pas des humains non-Psis; je sais ce qu'ils valent maintenant. Avec Mary Anne dans notre groupe, le facteur télépathe est équilibré. Autrement, ils possèdent un avantage décisif.

Il avait encore fraîche à l'esprit la modification de la valeur de la carte qu'il avait tirée; il était impossible de gagner dans ces conditions. D'ailleurs, même avec Mary Anne...

– Il serait préférable que moi aussi je sois admis dans votre groupe, reprit Mutreaux, bien que, là encore, il y ait juridiquement une impossibilité. Pretty Blue Fox doit absolument être en mesure de bien saisir la portée des problèmes qui se posent et savoir quels sont les enjeux cette fois. Il ne s'agit plus simplement d'un échange de titres de propriété, d'une compétition ordinaire entre Possédants pour voir quel est le meilleur. Il s'agit d'une véritable guerre contre un ennemi, guerre qui remonte à très loin et qui n'a pratiquement jamais cessé.

– En effet, elle n'avait jamais cessé, affirma Mary Anne. De cela, tous les membres de notre organisation étaient bien conscients, qu'ils soient Vugs ou Terriens : nous étions tous d'accord sur ce point.

– D'après vos prévisions, qu'allons-nous obtenir de E.B. Black et de la police? demanda Pete à Mutreaux.

– Je vois une réunion entre le Commissaire de Zone, U.S. Cummings, et E.B. Black. Mais je n'arrive pas à en voir l'issue. Il y a quelque chose concernant U.S. Cummings qui introduit une autre variable. Je me demande si... U.S. Cummings n'est pas un extrémiste de ce... Comment l'appelle-t-on déjà?

– Le Wa Pei Nan, répondit Schilling. C'est ainsi que l'appelle Black.

Il avait beau retourner ces trois mots dans sa tête, leur signification restait pour lui impénétrable. Aussi impénétrable que l'esprit des Vugs, ce qui semblait malheureusement interdire de prévoir ce qu'ils allaient faire. Même avec l'aide du prescient. Mais Schilling préféra ne pas faire part de ses craintes à ses compagnons. Il songeait déjà à cette partie qu'ils allaient bientôt entamer contre les Titaniens. Le concours de Mutreaux et de Mary Anne McClain serait-il suffisant? On ne peut pas compter sur Mary Anne, avait dit Philipson. Et pourtant il était heureux qu'elle fût avec eux. Sans elle, Pete et lui seraient encore au motel en train de discuter stratégie pour le compte des Titaniens...

– Je serais heureux de vous céder des titres de propriété à tous les deux, dit Pete à Mary Anne et Mutreaux. Mary Anne, je vous laisse San Rafael, et vous, Mutreaux, San Anselmo. J'espère qu'ils seront suffisants pour vous permettre de jouer.

Mais personne ne se sentait suffisamment optimiste pour faire des commentaires.

– Comment bluffez-vous, *contre des télépathes*? interrogea-t-il alors.

C'était, en fait, la question dont tout dépendait. Et aucun d'entre eux n'était en mesure d'y répondre.

« Ils ne pourront pas changer la valeur des cartes que nous tirons », se dit Schilling, « parce que nous avons Mary Anne pour exercer une contre-pression stabilisatrice. Mais... »

– Si nous voulons pouvoir mettre au point une stratégie, dit Pete, nous allons avoir besoin de toute la matière grise que contient Pretty Blue Fox. A nous tous, nous devrions bien arriver à un résultat. Nous n'avons pas le choix en tout cas...

CHAPITRE XV

A dix heures ils se retrouvèrent tous dans l'appartement communautaire de Carmel. Pour la première fois peut-être de sa vie, Silvanus Angst arriva le premier, et sans avoir bu, bien qu'il eût apporté, comme à l'accoutumée, une bouteille de whisky dans un sac en papier. L'ayant posée sur le buffet, il se retourna vers Pete et Carol qui le suivaient :

– Je ne peux pas me résoudre à laisser entrer des Psis ici. Vous proposez quelque chose qui risque à coup sûr de faire interdire le groupe définitivement.

– Attendez au moins que tout le monde soit là, lui dit Bill Calumine sur un ton peu amène. – A Pete et Carol – : Je veux d'abord les voir tous les deux avant de décider : la fille et le prescient. Lui, si je comprends bien, fait partie de l'équipe de Luckman à New York.

Pete nota que, bien que s'étant vu retirer sa fonction de Croupier, Bill Calumine continuait à s'exprimer en responsable du groupe. Il était peut-être mieux qu'il en fût ainsi finalement.

– Oui, répondit-il distraitement.

Il se prépara un whisky, tandis que la pièce continuait à se remplir. Il surprit les chuchotements en provenance d'un peu tous les côtés :

– Et pas seulement un Psi, deux ! disait l'un.

– Oui, mais l'enjeu est de taille : il est patriotique, objectait un autre.

– Mais vous savez bien que le Jeu se termine là où un Psi intervient. On peut les admettre à condition qu'ils cessent d'être Possédants dès que cette affaire de fauteurs de troubles vugs dont parle le *Chronicle* aura été réglée.

– Les... Woo Poo Non, ou je ne sais trop quoi ? Vous avez vu ? D'après le *Chronicle,* ce seraient eux qui seraient responsables de notre taux de natalité très bas.

– Je l'ignore, mais ce policier, E.B. Black, prétend que nous aurions tout avantage, nationalement parlant, à admettre ces deux Psis...

– Et vous le croyez ? Un Vug ?

– C'est un bon Vug, vous n'avez donc pas compris ?

C'était Stuart Marks qui venait de prononcer cette dernière réplique. Il tapa sur l'épaule de Pete :

– Ce n'est pas ce que vous essayiez de nous expliquer ?

– Je ne sais pas, répondit Pete.

De fait, il ne savait plus maintenant. Il se sentait très las et avait plutôt envie qu'on le laisse tranquille. Il attendait l'arrivée de Schilling avec impatience.

Les conversations reprirent bon train dans son dos :

– Moi je dis qu'on les laisse entrer pour cette fois : c'est dans notre propre intérêt. Cette fois nous ne jouons pas les uns contre les autres : nous sommes tous dans le même camp contre ces saletés de Vugs. Et comme ils peuvent lire dans nos esprits, ils gagneront automatiquement si nous ne sommes pas capables de leur opposer une parade efficace. Et cette parade, seuls les deux Psis peuvent nous l'apporter.

– Nous ne pouvons pas jouer contre les Vugs : ils se ficheront de nous. Pensez : ils se sont payé le luxe de faire tuer Jerome Luckman par six d'entre nous ! Imaginez ce que ce sera...

– Quoi qu'il en soit, d'après le *Chronicle,* c'est pour des raisons économiques que les Vugs ont éliminé Luckman et ce policier Hawthorne et enlevé Pete Garden...

— Les journaux exagèrent toujours.

— Je renonce à discuter avec vous.

C'était Jack Blau qui venait de parler cette fois. Il s'approcha de Pete :

— Quand est-ce qu'ils doivent arriver, ces deux Psis ?

— D'un instant à l'autre.

Carol s'approcha à son tour et passa son bras autour de celui de son mari :

— Tout le monde me félicite pour le bébé. Sauf Freya, bien entendu. Crois-tu vraiment que ce sont les Vugs, ou du moins une partie d'entre eux, qui ont maintenu notre taux de natalité aussi bas ?

— Oui.

— Autrement dit, si nous gagnons, il remontera ? — Il hocha la tête. — Et nos villes seront enfin remplies, en dehors des millions de circuits Rushmore qui passent leur temps à dire « oui, monsieur, non, monsieur » ?

— Et si nous perdons, dit Pete, il n'y aura plus de naissances du tout et la race s'éteindra.

Elle lui serra plus fort le bras comme pour se rassurer.

— C'est une grosse responsabilité, commenta Freya Garden Gaines qu'ils n'avaient pas entendue approcher. A vous entendre, en tout cas.

Pete haussa les épaules.

— Alors comme ça, poursuivit Freya, Schilling, Sharp et toi avez été sur Titan ? Un aller-retour instantané ? Curieux !... En tout cas, je peux vous le dire dès maintenant, je voterai contre l'admission des deux Psis.

— Je pense que vous n'avez rien compris, Mrs. Gaines, lui dit Laird Sharp, qui écoutait la conversation à quelques pas d'eux. En tout cas, ceux de votre opinion n'auront pas la majorité, je peux vous l'affirmer.

— Vous allez à l'encontre d'une tradition, dit Freya. On ne met pas aussi facilement au rancart un passé de cent ans.

– Même pas pour sauver l'espèce humaine? fit Sharp.

– Personne n'a vu ces Joueurs titaniens, à part Schilling et vous. Même Pete n'est pas sûr de les avoir vus.

– Rassurez-vous, vous aurez l'occasion de les voir plus tôt que vous ne pensez.

Agacé, Pete sortit de l'appartement pour prendre un peu l'air. La nuit était fraîche. Il était là, son verre à la main, attendant il ne savait trop quoi. Schilling et Mary Anne, sans doute.

Ou peut-être tout autre chose, autre chose de bien plus important à son avis : il attendait que le Jeu commence. Peut-être serait-ce la dernière partie que les Terriens auraient jamais à jouer... Oui, il attendait l'arrivée des Titaniens.

Il songea : « Patricia McClain est morte, mais, en un sens, elle n'a jamais vraiment existé : ce que j'ai vu est un simulacre, un faux. Ce dont j'ai été amoureux, si tant est que ce soit le terme approprié, n'avait en fait aucune réalité; alors comment puis-je dire que je l'ai perdue? »

Mais il fallait ne penser qu'à l'avenir immédiat maintenant. D'après Philipson, les Joueurs titaniens étaient tous des modérés. C'était une ironie du sort que eux, Terriens, aient à se battre non pas contre la frange extrémiste, mais contre le groupe principal lui-même. « Peut-être est-ce mieux ainsi : nous nous mesurerons au noyau même de leur civilisation; aux Vugs comme E.B. Black plutôt que comme E.G. Philipson ceux qui ont bonne réputation, qui jouent selon les règles. »

C'était peut-être ce respect des règles chez l'adversaire qui représentait le seul espoir véritable. « S'ils étaient comme Philipson ou les McClain, nous n'aurions même pas l'occasion de les rencontrer à une table de Jeu : ils nous tueraient purement et simplement comme ils l'ont fait pour Luckman et Hawthorne. »

Une voiture était en train d'atterrir, ses phares illuminant le ciel. Elle se gara derrière les autres voitures et les phares s'éteignirent. La portière s'ouvrit, se referma, et Pete vit une silhouette inconnue s'avancer vers lui. « Qui cela peut-il être ? » se demanda-t-il.

— Salut ! fit l'inconnu. J'ai fait un saut, pour voir : j'ai lu l'article dans le canard. Ça m'a l'air intéressant chez vous. Pas dément : cool, quoi. Non ?

— Qui êtes-vous ? demanda Pete.

L'autre prit un air vexé :

— Comment, vous ne me reconnaissez pas ? Je croyais que tout le monde me reconnaissait. Woody, woody whoow ! J'aimerais m'asseoir à votre table de Jeu, ce soir, coppi, coppi, cop-pain ! Ce doit être extra super.

Il s'approcha, très décontracté, très sûr de lui, et tendit la main :

— Je suis Nats Katz.

— Bien sûr que vous pouvez vous asseoir à notre table de Jeu, Mr. Katz, dit Bill Calumine. C'est un honneur pour nous, au contraire. — Il réclama le silence dans la pièce. — Voici le disc-jokey et pop-star de renommée mondiale, Nats Katz, dont nous regardons tous l'émission à la télévision. Il nous demande la permission de rester avec nous ce soir. Quelqu'un y voit-il une objection ?

Il y eut un silence. Personne ne savait manifestement ce qu'il fallait en penser.

Qu'avait dit Mary Anne à propos de Katz, s'interrogea Pete, quand il lui avait demandé s'il était au centre du complot ? Elle avait répondu que oui et, sur le moment, cela lui avait semblé tout à fait plausible.

— Attendez ! dit-il.

Calumine se tourna vers lui :

— Il n'y a sûrement aucune raison valable de refuser la présence de monsieur ici. Je ne pense pas que tu puisses sérieusement...

— Attendons que Mary Anne soit là, insista Pete, et laissons-la décider.

177

– Elle ne fait même pas partie du groupe, objecta Freya.

De nouveau il y eut un silence.

– S'il entre dans le Jeu, moi j'en sors, fit Pete.

– Quels motifs sérieux avez-vous pour l'empêcher d'y entrer? demanda Stuart Marks.

Tout le monde avait le regard fixé sur Pete.

– Nous sommes dans une situation pire que vous ne semblez l'imaginer, expliqua-t-il. Il y a très peu de chances que nous puissions battre nos adversaires.

– Et alors, je ne vois pas le rapport? s'étonna Stuart Marks.

– Je pense que Katz est de leur côté, fit Pete.

L'instant de surprise passé, Nats Katz éclata de rire. C'était un bel homme, brun, lèvres charnues et sensuelles, yeux intelligents.

– Ça c'est la meilleure de l'année! s'exclama-t-il. On m'a déjà accusé de pas mal de choses, mais celle-là, c'est une exclusivité! Woody whaow! Je suis né à Chicago, Mr. Garden; je suis tout ce qu'il y a de plus terrien, vous pouvez me croire. Whaaaaouw!

Katz ne semblait même pas choqué, seulement surpris. Sa figure ronde perpétuellement en mouvement irradiait une gaieté presque mécanique.

– Vous voulez voir mon acte de naissance? Vous savez copain-copain Garden, je suis très connu partout, whaaah! Si j'étais un Vug, ça se saurait depuis longtemps, j'ai l'impression. Whaow-whaah!

Pete s'aperçut que ses propres mains, qui tenaient le verre de whisky, tremblaient. « Ai-je perdu tout contact avec la réalité? » s'interrogea-t-il. « Peut-être. Peut-être ne me suis-je jamais remis de ma bombe de l'autre soir, de mon petit intermède psychotique. Suis-je bien qualifié pour juger Katz? Devrais-je même être ici, finalement? Peut-être est-ce la fin pour moi... »

Et à voix haute :

– Je vais faire un tour. Je reviendrai un peu plus tard.

Il posa son verre sur le buffet et sortit. Dehors il monta dans sa voiture, claqua la portière et resta un long moment assis sans bouger.

« Peut-être suis-je devenu plus un poids qu'un avantage pour le groupe. Qui sait si ce n'est pas Katz qui peut nous aider au contraire ? »

Il se rendit compte que quelqu'un était en train de l'appeler depuis le porche de l'immeuble. Agacé, il ordonna à sa voiture de démarrer. Elle obéit et bientôt s'éleva au-dessus des toits de Carmel, prenant la direction du Pacifique.

A présent la voiture survolait l'Océan, sans qu'il ait réagi jusque-là.

– Que ferais-tu si je te donnais l'ordre de te laisser tomber maintenant ? demanda-t-il à sa voiture.

Il y eut un silence, puis le circuit Rushmore répondit :

– Appelez le docteur Macy à... – Hésitation, puis il entendit cliqueter le système électronique qui essayait différentes combinaisons. – Je me laisserais tomber comme vous me le demandez.

« Non, je ne devrais pas faire ça, c'est idiot », se dit-il.

Pendant un moment il resta à contempler l'eau en dessous de lui, puis, reprenant le volant, il fit décrire à la voiture un arc très large et remit le cap sur l'intérieur des terres.

« Non, l'océan ce n'est pas un suicide pour moi », se dit-il. « Il vaut mieux que je prenne quelque chose à l'appartement. Du phénobarbital, par exemple. Non, plutôt de l'Emphytal. »

Il survola Carmel dans l'autre sens, direction nord, puis San Francisco Sud et, en quelques minutes, se retrouva au-dessus de Marin County. San Rafael était juste devant lui. Il donna au circuit Rushmore l'ordre d'atterrir devant son appartement. Bientôt la voiture se posa et se rangea le long du trottoir. La portière s'ouvrit automatiquement pour le laisser descendre.

La porte de son appartement n'était pas fermée à clé. Il entra. Les lumières étaient allumées. Dans le living, quelqu'un était assis sur le canapé, les jambes croisées, en train de lire le *Chronicle*.

– Vous avez oublié, dit l'homme en posant son journal, qu'un prescient prévoit chaque possibilité qu'il est amené à connaître par la suite. Et un suicide de votre part serait une nouvelle qui ferait du bruit.

Dave Mutreaux se leva. Les mains dans les poches, il avait l'air parfaitement à son aise ici.

– Le moment serait très mal choisi pour vous tuer, Garden, ajouta-t-il.

– Pourquoi?

– Parce que si vous renoncez à mettre à exécution votre funeste projet, vous êtes en passe de trouver la solution de l'énigme du Jeu, à savoir : comment on bluffe une race de télépathes. Je ne vous donne pas la réponse, réfléchissez-y simplement. Elle existe déjà en puissance. Mais pas si vous vous tuez, naturellement. – Il fit un signe de tête pour désigner l'armoire à pharmacie dans la salle de bains. – J'ai triché un peu pour qu'un avenir possible devienne réel : j'ai raflé tous vos tranquillisants; l'armoire est vide.

Pete se rendit immédiatement dans la salle de bains pour vérifier. Il ne restait pas une seule aspirine; les étagères de l'armoire étaient nues.

– Et tu l'as laissé faire? lança furieusement Pete à l'adresse de l'armoire à pharmacie.

– Il m'a dit que c'était pour votre bien, Mr. Garden, répondit l'armoire. Vous savez dans quel état vous êtes quand vous faites une dépression?

Refermant brutalement la porte de l'armoire, Pete retourna dans le living.

– Vous m'avez eu, Mutreaux, admit-il. Mais sur un plan seulement : le moyen que j'avais prévu pour...

– Vous pouvez trouver un autre moyen, je sais, fit Mutreaux calmement. Mais, émotionnellement parlant, vous inclinez vers le suicide par des moyens oraux : poisons, narcotiques, sédatifs, hypnotiques, et cetera. – Il sourit. – Il y a chez vous une réticence lorsqu'il s'agit d'en utiliser d'autres : par exemple, vous jeter dans le Pacifique.

– Pouvez-vous me dire alors quelle est la solution à mon problème concernant le Jeu? interrogea Pete.

– Non. Vous seul pouvez la trouver.

– Merci, lâcha Pete sur un ton sarcastique.

– Je vais vous donner un indice, cependant. Un indice dont je ne peux pas savoir s'il vous réjouira ou non, dans la mesure où vous ne manifesterez pas votre réaction de manière visible : Patricia McClain n'est pas morte.

Pete le regarda avec des grands yeux.

– Mary Anne ne l'a pas détruite, poursuivit Mutreaux. Elle l'a débarquée quelque part. Ne me demandez pas où, je l'ignore. Mais je prévois la présence de Patricia à San Rafael au cours des prochaines heures. A son appartement.

Pete regardait toujours le prescient d'un air ébahi, sans trouver quoi dire.

– Qu'est-ce que je vous disais? fit Mutreaux. Aucune réaction tangible de votre part. Peut-être êtes-vous ambivalent, après tout. – Une pause, puis – : Patricia ne restera pas longtemps, elle va partir pour Titan. Et pas grâce aux pouvoirs psioniques du docteur Philipson, mais par les voies les plus conventionnelles qui soient : dans un vaisseau interplanétaire.

– Elle est vraiment de leur côté, n'est-ce pas? dit Pete. Il n'y a aucun doute là-dessus?

– Absolument aucun. Mais cela ne vous empêche pas d'aller la retrouver. – Comme Pete s'apprêtait déjà à sortir – : Puis-je vous accompagner?

– Pourquoi?

– Pour l'empêcher de vous tuer.

Pete resta un moment silencieux, puis :

– C'en est à ce point-là?

Mutreaux hocha la tête :

– Vous le savez très bien. Vous les avez vus tuer Hawthorne.

– D'accord, venez avec moi... Merci.

Ce dernier mot avait eu du mal à sortir. Ils partirent ensemble. En arrivant dans la rue, Pete dit :

– Vous savez que Nats Katz, le disc-jokey, a débarqué chez nous à Carmel?

– Oui, il est venu me voir il y a une heure à peu près et nous avons parlé. C'était la première fois que je le rencontrais. C'est à cause de lui que j'ai changé de camp.

Pete se retourna, surpris :

– Changé de camp?

Mais il se retrouvait confronté avec une aiguille de chaleur tenue par la main de Mutreaux...

– La pression exercée sur moi par Katz était trop forte, Pete, expliqua le prescient tranquillement. Je n'ai absolument pas pu y résister. Nats est extraordinairement puissant. Ce n'est d'ailleurs pas pour rien qu'il a été choisi pour être le chef du Wa Pei Nan sur la Terre. – Faisant un geste avec l'aiguille de chaleur – : Mais ne changeons pas notre projet d'aller voir Patricia McClain.

Au bout d'un moment, Pete s'étonna :

– Pourquoi ne pas m'avoir laissé me tuer tout seul? Pourquoi être intervenu?

– Parce que vous allez passer dans notre camp vous aussi, Pete, répondit Mutreaux. Nous pouvons faire un très bon usage de vous. Le Wa Pei Nan n'approuve pas cette solution du problème au moyen du Jeu. Une fois que nous aurons réussi à nous infiltrer dans Pretty Blue Fox grâce à vous, nous ferons annuler la partie prévue. Nous en avons déjà discuté avec la faction modérée de Titan, mais ils sont décidés à jouer. Ils aiment le Jeu et ils estiment que cette controverse qui existe entre nos deux cultures doit être résolue dans un cadre légal. Inutile de

182

vous dire que le Wa Pei Nan n'est pas du tout d'accord.

Tout en parlant, ils continuaient de marcher en direction de l'appartement des McClain, Mutreaux légèrement en retrait par rapport à Pete.

— J'aurais dû m'en douter, fit Pete. J'ai pourtant eu une intuition en voyant arriver Katz...

L'ennemi avait déjà réussi à s'infiltrer dans le groupe et, apparemment, grâce à lui. Il regrettait maintenant de ne pas avoir eu le courage de se précipiter dans la mer avec sa voiture : c'eût été mieux pour tout le monde.

— Au moment où le Jeu commencera, je serai là et vous aussi, Pete, mais nous refuserons de jouer. Et peut-être qu'à ce moment-là Katz aura persuadé les autres également; ma prévision ne va pas jusque-là : les alternatives sont obscures dans mon esprit, pour des raisons que j'ignore.

Lorsqu'ils entrèrent dans l'appartement des McClain, ils trouvèrent Patricia en train d'emballer des affaires dans deux valises. Elle ne s'interrompit même pas pour les accueillir.

— J'ai capté vos pensées quand vous étiez dans le couloir, expliqua-t-elle simplement en fourrant des vêtements dans l'une des valises.

Elle portait une expression de terreur incrustée dans le visage. Visiblement elle ne s'était pas remise de son affrontement désastreux avec Mary Anne. Elle s'affairait en ce moment dans sa chambre comme si elle menait une course contre la montre pour devancer l'expiration d'un délai fatidique mystérieux.

— Où allez-vous? lui demanda Pete. Sur Titan?

— Oui, répondit-elle. Aussi loin que possible de cette fille. Elle ne peut plus rien me faire là-bas, je serai en sécurité.

Ses mains tremblaient en essayant, sans succès, de fermer ses valises.

— Aidez-moi, dit-elle à Mutreaux.

Mutreaux lui ferma ses deux valises.

— Avant que vous partiez, insista Pete, je voudrais vous demander quelque chose. Comment les Titaniens peuvent-ils jouer au Jeu en étant télépathes?

Patricia releva la tête et lui adressa un regard sinistre :

— Croyez-vous vraiment que ce soit important pour vous de savoir? Quand Katz et Philipson en auront fini avec vous?

— Ça m'intéresse pour le moment. Ils jouent au Jeu depuis longtemps, donc il leur a fallu trouver un moyen d'intégrer leur faculté...

— Ils en suspendent l'activité, tout simplement.

Il ne voyait pas bien comment, ni dans quelle mesure.

— Par l'ingestion de drogue, ajouta-t-elle. L'effet est comparable à celui des phénothiazines sur un Terrien. Les phénothiazines que l'on administre à fortes doses aux schizophrènes pour qu'elles deviennent une médication efficace. Elles amoindrissent leurs hallucinations en neutralisant leur sens télépathique involontaire. Les Titaniens possèdent un remède analogue, qui leur permet de respecter les règles du Jeu.

Mutreaux jeta un coup d'œil à sa montre :

— Il devrait être ici d'une minute à l'autre à présent. Vous allez l'attendre, n'est-ce pas?

— Pourquoi? fit Patricia en finissant de rassembler quelques affaires. Je ne veux pas rester ici. Je veux m'en aller avant qu'il arrive encore quelque chose, quelque chose qui ait encore un rapport avec *elle*.

— Nous ne serons pas de trop à trois pour exercer une influence suffisante sur Garden, insista le prescient.

— Vous n'avez qu'à faire venir Nats Katz, dit-elle. Je vous répète que je ne resterai pas une minute de plus ici.

— Mais Katz est à Carmel en ce moment. Et il faut que Garden soit complètement de notre côté quand nous arriverons là-bas.

– Tant pis. Écoutez, Dave, je ne veux plus passer par le genre d'épreuve que nous avons connue au Nevada. D'ailleurs elle ne vous épargnera pas non plus, maintenant que vous êtes avec nous : si j'ai un conseil à vous donner, laissez Philipson se débrouiller avec ça puisqu'il est immunisé contre son pouvoir. Enfin, vous faites ce que vous voulez.

Et elle poursuivit ses préparatifs, tandis que Mutreaux s'asseyait d'un air sinistre, son aiguille de chaleur dans la main, pour attendre l'arrivée du docteur Philipson.

« En *suspendre l'activité* », songeait Pete. « Neutraliser les dons psioniques de chaque côté pendant la partie. Ou alors nous pourrions convenir que nous utilisons les phénothiazines pendant qu'eux utilisent leur propre drogue... Non, ils trouveraient encore le moyen de tricher; nous ne serions jamais sûrs qu'ils ont neutralisé leurs pouvoirs. J'ai l'impression que pour eux les obligations morales prennent fin dès le moment où ils nous affrontent.

– C'est exact, dit Patricia qui avait capté ses pensées. Ils ne se neutraliseront pas pour jouer contre vous, Pete. Et vous ne pouvez pas les y forcer parce que vos règles du Jeu ne prévoient aucune disposition de ce genre; vous ne pouvez invoquer aucune base légale pour exiger cette condition.

– Nous pouvons leur prouver que nous n'autorisons jamais la présence de dons psioniques à la table du Jeu.

– Mais c'est pourtant le contraire que vous êtes en train de faire en laissant entrer ma fille et Mutreaux dans votre groupe. – Elle lui adressa un drôle de sourire, mélange de malice et de résignation. – Dommage pour vous, Pete Garden. Au moins vous aurez essayé...

« Si nous parvenions à anesthésier jusqu'à un certain point les zones extra-sensorielles du cerveau », songea-t-il. « Pas complètement, mais doser les barbituriques pour les mettre suffisamment en veilleuse. Dix milligrammes de phénothiazine, pas plus, devraient marcher... » Son esprit échafaudait de plus en plus vite les thèses possibles : « Et si nous ne regardions pas les cartes que nous tirons? Les Titaniens ne pourraient rien lire dans notre esprit parce que nous ne saurions pas le numéro que nous avons tiré... »

Patricia s'adressa à Mutreaux :

— Il a presque trouvé une solution, Dave. Il oublie seulement qu'il ne va pas jouer du côté terrien.

Elle était en train de remplir un sac d'affaires pour la nuit.

Mais Pete suivait le fil de ses réflexions : « Si nous avions Mutreaux, si nous pouvions le faire revenir dans notre camp, nous pourrions gagner. Parce que je sais comment à présent... »

— Mais à quoi cela va-t-il vous servir de savoir? lui demanda Patricia.

Pete poursuivit à voix haute :

— Nous pourrions limiter sa faculté de prescience jusqu'à un certain point, de façon qu'elle devienne imprévisible.

« Par l'intermédiaire de spansules de phénothiazine », continua-t-il pour lui-même. « Elle agirait sur une certaine période avec une intensité variable. Mutreaux lui-même ne saurait pas s'il est en train de bluffer ou non; il ne connaîtrait pas la précision de sa prévision. Il tirerait une carte et, sans la regarder, avancerait son pion. Si sa faculté de prescience agissait à son maximum à cet instant-là, sa prévision serait très précise; ce ne serait pas un bluff. Mais si, au contraire, la drogue avait un effet plutôt plus grand sur lui... »

— Seulement, objecta Patricia calmement, Dave ne sera pas du même côté de la table que vous, Pete.

— N'empêche que j'ai raison, dit Pete à voix haute. Voilà comment nous pourrions jouer, et gagner, contre les télépathes titaniens.

— En effet, admit Patricia. — A Mutreaux - : Il a

trouvé, Dave. – De nouveau à Pete – : Malheureusement pour vous, Pete, c'est trop tard maintenant. De toute façon, vos amis en verraient de toutes les couleurs pour préparer la médication aux doses idéales! Sans compter que ce serait très hasardeux...

Pete se tourna vers Mutreaux :

– Comment pouvez-vous rester ainsi sans réagir, en sachant que vous nous trahissez? Vous n'êtes pas un citoyen titanien, que je sache : vous êtes un Terrien.

– Les influences psychiques sont effectives, Pete, répondit Mutreaux calmement. Comme n'importe quelle force physique. J'ai prévu ma rencontre avec Nats Katz, j'ai prévu tout ce qui allait se passer, mais je n'y pouvais rien. Ce n'est pas moi qui suis allé le chercher, c'est lui qui m'a amené à lui.

– Pourquoi ne nous avez-vous pas prévenus quand vous étiez encore de notre côté?

– Vous m'auriez tué : j'avais aussi prévu cette éventualité. – Mutreaux haussa les épaules. – Je ne vous en veux pas, d'ailleurs : vous n'aviez pas le choix. Mon passage dans le camp titanien détermine l'issue du Jeu. Le fait d'obtenir votre concours le prouve.

– Il aurait préféré que vous laissiez l'Emphytal dans son armoire à pharmacie, lui dit Patricia. Pauvre Pete! Toujours en état de suicide potentiel, n'est-ce pas? Pour vous, c'est la solution permanente à tout.

Mutreaux commençait à s'impatienter à présent :

– Philipson devrait être arrivé maintenant. Vous êtes sûre qu'il a bien compris? Les modérés ont peut-être fait le blocus de ses services. Légalement ils détiennent le...

– Le docteur Philipson ne se rangerait jamais aux côtés des lâches, vous devez bien le savoir! dit Patricia sur un ton vif qui trahissait une profonde inquiétude.

– En tout cas, je ne vois qu'une chose, c'est qu'il n'est pas ici, dit Mutreaux. *Ce n'est pas normal.*

Il se regardèrent un instant sans rien dire.

– Que voyez-vous? interrogea Patricia.

– Rien, répondit Mutreaux, dont le visage était devenu très pâle.

– *Comment cela se fait-il?*

– Si je pouvais prévoir, je le ferais, croyez-le bien! fit Mutreaux sur un ton agacé.

Il se leva pour aller regarder à la fenêtre. Pendant un instant, oubliant Pete pour voir si personne n'arrivait dehors, il laissa retomber son bras qui tenait l'aiguille de chaleur. Pete bondit.

– Dave! cria Patricia, en laissant tomber les livres qu'elle était en train de porter.

Mutreaux se retourna aussitôt, et une décharge d'aiguille de chaleur passa à quelques centimètres de Pete. Ce dernier en sentit seulement les effets périphériques atténués, l'enveloppe déshydratante qui entourait le rayon proprement dit, ce rayon aussi mince qu'une aiguille mais si meurtrière...

Pete frappa le prescient à la gorge avec les deux coudes et de toutes ses forces. L'aiguille de chaleur roula sur le sol. Patricia McClain se précipita pour la ramasser.

– Pourquoi n'avez-vous pas pu prévoir ça? fit-elle en saisissant l'aiguille frénétiquement.

Sérieusement atteint, Mutreaux s'effondra.

– Je vais vous tuer, Pete! fit Patricia à moitié sanglotante.

Tout en parlant, elle battait en retraite, brandissant l'aiguille de chaleur en tremblant. Ses lèvres frémissaient et les larmes perlaient à ses yeux.

– Je lis dans votre esprit, Pete, et je sais ce que vous ferez si je ne vous tue pas. Vous voulez que Mutreaux revienne dans votre camp pour pouvoir gagner? Mais vous ne l'aurez pas, il est à nous!

Pete se jeta de côté, hors de la trajectoire du rayon, et sa main saisit quelque chose. C'était un livre, qu'il lança en direction de la jeune femme, mais le livre ne fit que tomber à ses pieds sans lui faire de mal.

Haletante, Patricia reculait toujours :

– Dave va se relever... De toute façon, si vous l'avez tué, vous ne l'aurez pas de votre côté pour...

Elle s'interrompit net pour écouter, retenant sa respiration.

– La porte! fit-elle.

La poignée de la porte venait de tourner. Au même instant, l'aiguille de chaleur se releva et le bras de Patricia se recourba lentement, inexorablement, jusqu'à ce que l'arme se retrouve pointée vers son propre visage. La jeune femme la fixait, les yeux écarquillés.

– Non, je t'en supplie! fit-elle. Je t'ai mise au monde... Je t'en supplie!...

Maïs ses doigts, contre sa volonté, appuyèrent sur le bouton et le rayon laser partit. Pete détourna la tête, horrifié.

Lorsqu'il regarda de nouveau, la porte de l'appartement était grande ouverte. Émergeant de l'obscurité du dehors, Mary Anne entra, lentement, les mains enfoncées dans les poches de son long imperméable. Son visage était dépourvu de toute expression.

– Dave Mutreaux est vivant, n'est-ce pas?

– Oui, répondit Pete en évitant de regarder vers le cadavre de Patricia. Nous avons besoin de lui, alors laissez-le tranquille, Mary. Mais... comment avez-vous su pour... ceci?

– Lorsque je suis arrivée à l'appartement de Carmel, avec Joe Schilling, j'ai vu Nats et j'ai tout de suite compris. Je savais que Nats était le grand chef de l'organisation : il était même au-dessus de Rothman.

– Qu'est-ce que vous avez fait là-bas?

Au même moment, Schilling fit son entrée et se porta directement vers Mary Anne. Il lui posa la main sur l'épaule, mais la jeune fille se dégagea et alla se mettre dans un coin, se contentant d'observer.

– Lorsqu'elle est entrée, raconta Schilling, Katz était en train de préparer un whisky. Elle...

Il hésita, mais Mary Anne prit le relais :

– J'ai déplacé le verre qu'il tenait à hauteur de la poitrine. De quelques centimètres seulement.

– Il a le verre dans le corps à présent, enchaîna Schilling. Il lui a sectionné veines et artères au niveau du cœur. Il y a eu pas mal de sang parce que le verre n'a pas pénétré tout entier dans la poitrine.

Tous deux se turent. Par terre, gargouillant, Mutreaux faisait des efforts désespérés pour faire entrer de l'air dans ses poumons. Bien qu'ayant les yeux grands ouverts, il donnait l'impression de ne pas voir.

– Et lui? interrogea Schilling.

– Maintenant que Patricia et Nats Katz sont morts, dit Pete, et que Philipson...

Il comprenait maintenant pourquoi le médecin n'était pas venu.

– Il savait que vous alliez venir, dit-il à Mary Anne. Il a préféré rester sur Titan. Philipson a sauvé sa peau à leurs dépens.

– Je me mets à sa place, en un sens, commenta Schilling.

Pete se pencha sur Mutreaux :

– Ça va aller?

Le prescient hocha la tête sans rien dire.

– Il faut que vous soyez à la table du Jeu. De notre côté. Vous savez pourquoi; vous savez ce que j'ai l'intention de faire.

Mutreaux hocha la tête à nouveau.

– J'en fais mon affaire, intervint Mary Anne en s'approchant. Il a bien trop peur de moi pour faire encore quoi que ce soit pour eux. – A Mutreaux, en lui donnant un petit coup de pied dans les côtes – : N'est-ce pas?

Laborieusement, Mutreaux fit encore « oui » de la tête.

– Vous vous occupez de ma mère? dit Mary Anne à Pete.

– Oui. Allez nous attendre dans la voiture. Nous allons appeler E.B. Black.

Mary Anne le remercia et sortit lentement de l'appartement.

– Avec elle nous allons gagner, n'est-ce pas? fit Schilling.

Pete hocha la tête : avec elle et Mutreaux qui, heureusement, était toujours en vie... et incapable désormais d'agir pour le compte des autorités titaniennes.

– Heureusement que quelqu'un avait laissé la porte de l'appartement ouverte là-bas, à Carmel, dit Schilling. Elle a vu Katz avant que lui puisse la voir. Je crois qu'il comptait sur la faculté presciente de Mutreaux, et qu'il a oublié, ou n'a pas compris, que Mary Anne représentait une variable insaisissable par rapport à cette faculté. Il était aussi un peu protégé par le don de Mutreaux que si celui-ci n'avait pas existé.

« Nous aussi », ne put s'empêcher de penser Pete. Mais, pour l'avenir immédiat, seul le Jeu comptait.

– J'ai confiance en elle, Pete, ajouta Schilling.

– Espérons que tu as raison.

Pete se pencha sur le corps de Patricia McClain. Il réalisa que c'était la mère de Mary Anne et que c'était Mary Anne qui avait fait ça. « Et nous allons dépendre de Mary Anne! Mais Joe a raison : nous n'avons pas le choix. »

CHAPITRE XVI

— Voici le marché que vous êtes tenu d'accepter, dit Pete à Mutreaux. Pendant la partie, Mary Anne sera à côté de vous tout le temps. Si nous perdons, elle vous tuera.

— Je sais, répondit Mutreaux d'un air sombre. Il devenait évident, avec la mort de Patricia, que ma vie allait dépendre de notre victoire. — Il continuait à se masser le cou en buvant du thé chaud. — Et, plus indirectement, vos vies aussi.

— La partie devrait commencer incessamment à présent, dit Mary Anne. Ils devraient arriver sur la Terre dans la demi-heure qui suit.

Elle était assise dans un coin de la cuisine de l'appartement des McClain. Dans le living, on pouvait voir la masse amorphe d'E.B. Black en train de converser avec des membres humains de la police de la Côte Ouest. Il y avait déjà au moins six personnes en train de s'affairer dans la pièce et il en arrivait encore.

Ils devaient partir pour Carmel maintenant. Pete s'était arrangé par vidéophone avec son psychiatre pour que celui-ci leur prépare les spansules de phénothiazine; elles devaient être ensuite envoyées directement du laboratoire de San Francisco à l'appartement de jeu, où Bill Calumine en prendrait réception en sa qualité de chef de groupe qui lui avait été restituée.

– Combien de temps faut-il pour que la phénothiazine commence à agir? interrogea Schilling.

– Dès qu'elle aura été intégrée, répondit Pete. A condition que Mutreaux n'en ait pas pris jusque-là.

Avec l'autorisation d'E.B. Black, tous les quatre partirent donc pour Carmel dans la voiture de Schilling, celle de Pete suivant derrière, vide. Pendant le trajet aucune parole ne fut prononcée par l'un ou par l'autre : Mary Anne regardait par la fenêtre d'un air absent; Mutreaux était affalé sur le siège arrière à côté d'elle, récupérant après son traumatisme; Pete et Schilling avaient pris place sur la banquette avant.

« C'est peut-être la dernière fois que nous faisons ce trajet », songea Pete.

Une fois arrivés devant l'appartement de Carmel, ils virent un groupe qui les attendait dehors dans l'obscurité. Et il y avait chez les membres de ce groupe quelque chose qui les glaça.

Ils étaient quatre, trois hommes et une femme. Sortant une torche électrique de la boîte à gants de sa voiture, qui s'était arrêtée docilement derrière eux le long du trottoir, Pete la braqua sur les quatre inconnus silencieux pour les identifier.

Après un long silence, Schilling murmura simplement :

– Je vois...

– Vous voyez ce qui nous attend? fit Mutreaux.

– Oui, nous avons intérêt à bien jouer, commenta Pete.

Les quatre silhouettes qui les attendaient ainsi étaient les répliques fidèles, version titanienne, d'eux-mêmes!...

D'eux-mêmes, oui. Un Vug Pete Garden, un Vug Joe Schilling, un Vug Dave Mutreaux et, légèrement en retrait par rapport aux autres, un Vug Mary Anne. Cette dernière, toutefois, n'était pas aussi parfaite que les autres. De toute évidence, même sur le plan de la représentation figurative, Mary Anne constituait un problème pour les Titaniens.

Aux quatre simulacres Pete dit :

– Et si nous perdons?

Son sosie, le Vug Pete Garden, répondit, avec la même voix exactement :

– Si vous perdez, Mr. Garden, votre présence ne sera plus indispensable à la table de Jeu, et je vous remplacerai. C'est aussi simple que cela.

– J'appelle ça du cannibalisme, commenta Schilling.

– Non, lui dit le Vug Schilling. Il y a cannibalisme lorsqu'un membre d'une espèce se nourrit d'autres membres de cette même espèce. Nous ne sommes pas de la même espèce que vous.

Et le Vug Schilling ponctua par un sourire qui, pour Pete, était ce même sourire qu'il avait toujours connu chez son ami. L'imitation était parfaite.

« Mais alors », se dit Pete, « les autres membres de Pretty Blue Fox ont aussi leurs simulacres? »

– Absolument, lui répondit le Vug Garden, qui avait lu ses pensées. Je propose que nous commencions la partie tout de suite : il n'y a aucune raison d'attendre davantage.

Sur ce, il fit mouvement vers l'escalier comme quelqu'un connaissant parfaitement les lieux. Cette rigoureuse précision dans le comportement avait pour Pete quelque chose d'affreusement angoissant. Son double se sentait parfaitement à son aise sur la Terre, au milieu des Terriens. Parcouru par un frisson, il regarda les autres simulacres emboîter le pas au premier avec la même aisance. Lui et ses trois compagnons suivirent avec nettement moins d'enthousiasme.

Au-dessus d'eux la porte de l'appartement de jeu de Pretty Blue Fox s'ouvrit et le Vug Garden entra. Il salua ceux qui étaient déjà à l'intérieur. Stuart Marks – ou était-ce son simulacre? – bégaya :

– Je crois que tout le monde est là maintenant.

Il s'avança sur le perron et parut étonné de voir quatre autres exemplaires des mêmes personnes.

– Salut! fit Pete laconiquement.

Ils se faisaient face de chaque côté de la table : les simulacres titaniens d'un côté, Pretty Blue Fox plus Dave Mutreaux et Mary Anne McClain de l'autre.

– Cigare? proposa Schilling à Pete.

– Non, merci, répondit Pete.

De l'autre côté de la table, le Vug Schilling se tourna vers le Vug Garden à côté de lui :

– Cigare?

– Non, merci, répondit le Vug Garden.

Pete demanda à Bill Calumine :

– Le colis est-il arrivé du laboratoire? Nous en avons absolument besoin avant de commencer. J'espère que personne ne voit d'objection sur ce point.

Le Vug Garden commenta :

– C'est une idée remarquable que vous avez eue de limiter l'efficacité de l'appareil sensoriel de votre prescient. Cela tendra à équilibrer nos forces respectives. – Il gratifia les membres de Pretty Blue Fox d'un sourire. – Nous ne voyons aucun inconvénient à attendre l'arrivée de votre médication : une attitude inverse de notre part ne serait pas équitable.

– N'essayez pas de faire passer cette décision pour une faveur que vous nous faites, répliqua Pete d'une voix qui tremblait légèrement sous l'effet de la colère. De toute façon vous n'avez pas le choix : nous ne commencerons pas à jouer tant que nous n'aurons pas reçu notre paquet.

– Oh, je suis désolé! fit alors Calumine. Il est déjà arrivé; il est dans la cuisine.

Aussitôt Pete se leva et se rendit dans la cuisine en compagnie de Mutreaux. Là, sur la table, au milieu de bacs à glaçons, de citrons, de bouteilles et de verres, se trouvait un paquet fermé avec de l'adhésif.

Tandis que Pete défaisait le paquet, Mutreaux lui dit d'un air songeur :

– Si ça ne marche pas, ce qui est arrivé à Patricia et

aux autres membres de l'organisation au Nevada m'arrivera à moi aussi. – Il paraissait pourtant relativement calme. – Malgré tout, je ne sens pas chez ces modérés le mépris évident pour toute légalité dont fait preuve le Wa Pei Nan avec Philipson et ses semblables. – Il regarda Pete sortir une spansule de phénothiazine du flacon. – Si vous connaissez la périodicité des granules qui sont à l'intérieur, les Vugs seront en mesure de...

– Non, je ne la connais pas, dit Pete en remplissant un verre d'eau. Leurs effets sont censés varier en principe d'une action maximum instantanée à une action partielle ou pas d'action du tout. En plus, chaque spansule contenue dans ce flacon est différente des autres.

Il tendit la spansule et le verre d'eau à Mutreaux, lequel avala le comprimé.

– Je peux vous le dire maintenant, dit le prescient. Il y a plusieurs années, j'ai pris un dérivé de la phénothiazine à titre d'expérience. Cela a eu un effet colossal sur ma faculté de prescience. Je crois sincèrement que vous avez trouvé la meilleure solution possible, Pete.

– Vous dites cela parce que vous êtes forcé de jouer avec nous?

– Je ne sais pas. L'avenir le dira; disons que je suis dans une période de transition en ce moment.

Ils retournèrent s'installer à la table du Jeu. Alors le Vug Bill Calumine se leva et annonça :

– Je propose que nous tirions un numéro les premiers.

Sur quoi il fit tourner la roulette avec une vigueur experte.

L'aiguille s'arrêta sur le neuf.

Le vrai Calumine se leva à son tour, en face de son double, et procéda à la même opération. L'aiguille fit mine de s'arrêter sur le douze et hésita entre le douze et le un qui venait après.

– Sentez-vous des efforts psycho-kinésiques de leur part? demanda Pete à Mary Anne.

– Oui, répondit-elle en se concentrant sur l'aiguille. Celle-ci s'arrêta finalement sur le un.

– C'est correct, fit la jeune fille d'une voix à peine audible.

– A vous de commencer alors, dit Pete aux Titaniens en s'efforçant de dissimuler son dépit.

Son simulacre le fixa avec un sourire ironique :

– Nous allons transporter le champ d'interaction de la Terre sur Titan. Nous pensons que vous n'y verrez pas d'inconvénient, Terriens.

– Hé, attendez! intervint Schilling.

Mais trop tard : le processus de transformation avait déjà commencé. La pièce trembla et s'emplit de brume. Les simulacres assis en face des Terriens étaient en train de changer de structure, comme si leur forme physique avait cessé de fonctionner de manière adéquate, comme si, tels des exosquelettes trop vieux et mal formés, ils étaient en passe d'être jetés au rebut.

Le simulacre assis juste en face de Pete fut agité d'un seul coup de convulsions affreuses; sa tête se balança et ses yeux devinrent vitreux, vidés de toute lumière, recouverts d'une membrane destructible. Et, tandis qu'il continuait à être secoué de tremblements, une longue déchirure apparut sur tout le côté de son corps. Le même processus était en cours chez les autres simulacres.

Le simulacre Garden émit alors des vibrations, puis de la déchirure quelque chose émergea lentement. C'était l'organisme protoplasmique qui était contenu à l'intérieur. N'ayant plus besoin de son enveloppe artificielle, le Vug se révélait sous sa forme authentique.

De chaque enveloppe humaine désormais inutile émergea un Vug, puis, une par une, comme poussées par un vent impalpable, ces enveloppes se flétrirent comme de la peau sèche et commencèrent à s'envoler en lambeaux; des particules passèrent au-dessus de la table du Jeu, et Pete, horrifié, les chassa vivement avec la main.

Ainsi les Joueurs titaniens avaient fini par se montrer

sous leur véritable forme. La partie venait de commencer sérieusement, et l'apparence humaine qu'avaient revêtue les Titaniens ne leur était plus nécessaire parce que le Jeu ne se déroulait plus sur la Terre.

Pete et ses compagnons étaient sur Titan...

D'une voix aussi calme que possible, Pete annonça :

— Toutes nos annonces seront faites par Dave Mutreaux. En revanche nous tirerons une carte chacun notre tour et accomplirons les autres formalités du Jeu.

En face d'eux, les Vugs donnèrent l'impression d'émettre des rires mentaux chargés d'ironie. Pete s'en étonna. C'était comme si, maintenant qu'ils s'étaient débarrassés de leur forme humaine, la communication entre les deux races en avait été du même coup altérée.

— Joe, dit-il à Schilling, si Calumine est d'accord, j'aimerais que ce soit toi qui avances nos pions.

— D'accord.

Des filets de fumée grise, froide et humide, descendirent sur la table, et les Vugs en face d'eux furent à moitié cachés comme par un voile irrégulier. Même physiquement les Titaniens faisaient retraite, comme s'ils désiraient maintenir aussi peu de contacts que possible avec leurs adversaires terriens. Et cela ne semblait pas être une réaction d'animosité mais un repli spontané sur soi.

« Peut-être », songea Pete, « étions-nous voués à cette rencontre depuis le début. Peut-être est-ce le résultat prévu d'avance de la coexistence initiale de nos deux cultures. » Il ne s'en sentait que plus déterminé à gagner cette partie décisive.

— Tirez une carte, firent les Vugs.

Leurs émissions mentales semblaient se fondre en une seule comme s'il n'y avait dans la réalité qu'un seul Vug contre lequel jouait le groupe Pretty Blue Fox. Un unique organisme énorme, inerte, jouant contre eux, opérant avec une lenteur infinie mais terriblement déterminé. Et avisé. Pete le détestait et en avait peur à la fois.

Mary Anne s'écria :

198

— Ils sont en train de faire agir leur pouvoir sur le sabot!

— C'est bon, dit Pete. Restez aussi vigilante que possible.

« Avons-nous déjà perdu? » s'interrogea-t-il avec lassitude. C'était l'impression qu'il avait; on aurait dit qu'ils jouaient déjà depuis un temps infini. Et pourtant ils venaient à peine de commencer.

Bill Calumine tira une carte.

— Ne la regarde pas! lui dit Pete.

— Je sais! fit Calumine, agacé.

Il passa la carte à Mutreaux sans l'avoir lue.

A moitié plongé dans la pénombre, Mutreaux resta un moment avec la carte posée devant lui, le visage crispé sous l'effort de concentration.

— Sept cases, annonça-t-il.

Sur un signal de Calumine, Schilling avança leur pion de sept cases. Dans la case sur laquelle il s'arrêta on pouvait lire : *Hausse du prix de l'essence. Payez à la compagnie distributrice la somme de 50 $.*

Relevant la tête, Schilling interrogea du regard les Vugs en face de lui. Mais personne ne broncha. Les Titaniens laissaient passer; pour eux ce n'était pas un bluff.

D'un seul coup Mutreaux se tourna vers Pete :

— Nous avons perdu! Enfin, nous allons perdre... Je le prévois avec certitude : c'est dans toutes les probabilités qui se présentent.

Pete le fixa d'un air atterré.

— Mais votre faculté, lui fit remarquer Schilling, avez-vous oublié qu'elle est considérablement amoindrie en ce moment? C'est tout à fait nouveau pour vous, vous n'êtes pas habitué...

Mutreaux secouait obstinément la tête :

— Mais justement : elle n'a pas l'air amoindrie du tout!...

199

– Désirez-vous vous retirer du Jeu? interrogèrent les Vugs en face d'eux.

– Non, répondit Pete, approuvé d'un mouvement de tête par Calumine qui était blanc comme un linge.

« Qu'est-ce qu'il se passe? » se demanda Pete. « *Mutreaux nous a-t-il trahis* malgré la menace de Mary Anne? »

– J'ai parlé tout haut, dit Mutreaux en désignant son vis-à-vis vug, parce qu'ils lisent dans mon esprit de toutes façon.

C'était la vérité. « Sommes-nous déjà fichus? » se dit Pete, qui essayait désespérément de contrôler la panique qui s'était emparé de lui.

– Allons, continuons, fit Schilling.

Lui n'avait pas l'air du tout de s'inquiéter. Mais Pete savait que ce n'était qu'une apparence car l'apanage des grands Joueurs était de savoir dissimuler leurs réactions. Schilling n'était pas homme à capituler sans avoir épuisé toutes ses ressources. Et tout le groupe devait aller jusqu'au bout lui aussi, parce qu'il n'avait pas le choix.

– Si nous gagnons, dit Pete à son vis-à-vis vug, nous prendrons le contrôle de Titan. Vous avez donc autant à perdre que nous.

Le Vug se redressa avec un frémissement imperceptible et répliqua :

– Jouez!

– C'est votre tour de tirer une carte, lui rappela Schilling.

Vexé d'avoir été pris en défaut, le Vug tira une carte. Après avoir marqué un temps d'arrêt, il avança sa pièce sur le tableau d'une, deux, trois... neuf cases en tout. La légende de la case en question était : *Un planétoïde riche en trésors archéologiques a été découvert par vos éclaireurs. Vous gagnez 70 000 $.*

Était-ce un bluff? Pete se tourna vers Schilling et, avec Bill Calumine, ils se consultèrent. Les autres membres du groupe également se rapprochèrent pour discuter entre eux.

– Je demanderais à voir, personnellement, dit Schilling.

Pretty Blue Fox tout entier fut appelé à voter sur cette proposition. La majorité se prononça en faveur de la solution du défi au bluff; mais une majorité très serrée.

– Bluff! lança alors Schilling tout haut.

La carte du Vug fut instantanément retournée : c'était bien un neuf!...

– C'est correct, fit Mary Anne d'une voix étouffée. Je n'ai senti aucune force psycho-kinésique s'exercer sur la carte.

– Préparez votre paiement, dit le Vug.

Et il se mit à rire, ou, du moins, Pete eut l'impression qu'il riait.

En tout état de cause c'était une défaite brutale et ultra-rapide pour Pretty Blue Fox. Le camp titanien venait de gagner soixante-dix mille dollars correspondant à la case sur laquelle ils avaient atterri, et soixante-dix mille dollars supplémentaires en raison du défi au bluff inopportun; soit cent quarante mille dollars en tout. Abasourdi, Pete se laissa aller sur sa chaise en s'efforçant de ne pas trop montrer son désarroi, ne serait-ce que pour ses camarades.

– Je vous conseille de nouveau d'abandonner, commenta le Vug.

– Non, fit Schilling.

– C'est un désastre, murmura Calumine en comptant l'argent et en le remettant à leur adversaire.

– Je me suis remis de coups tout aussi graves que celui-ci, lui fit remarquer Schilling.

– Mais pas du dernier, face à Luckman, répliqua Calumine. Seulement, cette fois c'est pour nous que vous perdez!

Schilling ne répondit rien, mais il avait blêmi.

– Continuons, dit Pete.

– Nous n'aurions jamais dû faire entrer cet oiseau de malheur dans le groupe, maugréa Calumine. Comme croupier, je...

– Mais vous n'êtes plus notre croupier, lui fit observer Mrs. Angst.

– Jouez, bon sang! s'impatienta Stuart Marks.

Une autre carte fut tirée et passée à Mutreaux sans avoir été lue au préalable. Comme tout à l'heure il la garda un moment devant lui puis déplaça la pièce de onze cases. Légende : *Votre chat découvre un album de timbres de très grande valeur dans le grenier. Vous gagnez 3 000 $.*

– Bluff! fit le Vug.

Après être resté immobile un instant, Mutreaux retourna la carte : c'était bien un onze. Le Vug avait perdu et devait payer. Certes, ce n'était pas une somme importante, mais cela prouvait au moins que le Vug aussi pouvait se tromper.

L'action de la phénothiazine était efficace. Le groupe conservait ses chances.

A son tour, le Vug prit une carte, l'examina et sa pièce se déplaça de neuf cases. *Erreur dans le remboursement d'un ancien impôt. Redressement fixé par l'Administration à 80 000 $.*

Le Vug fut agité d'un tremblement, et un faible gémissement sembla s'échapper de lui.

Pete savait que ce pouvait être un bluff, naturellement. Si c'en était un et que Pretty Blue Fox ne l'appelle pas, le Vug, au lieu de perdre cette somme indiquée sur la case, l'encaissait au contraire. Tout ce qu'il avait à faire alors était de retourner sa carte et de montrer qu'il n'avait pas tiré un neuf. De nouveau les membres de Pretty Blue Fox votèrent. Cette fois on décida de ne pas dire bluff.

– Ça va, nous laissons, dit Schilling au Vug.

A contrecœur et avec une lenteur insupportable, le Vug sortit de son tas d'argent quatre-vingt mille dollars pour la banque. Ce n'était pas un bluff; Pete poussa un soupir de soulagement. Le Vug avait à présent perdu plus de la moitié de ce qu'il avait gagné au coup précédent. Ce n'était donc pas un joueur infaillible.

Et, bien que n'étant pas humain, il avait du mal à cacher son dépit comme n'importe quel humain. Car lui aussi était capable de sentiments. Pete en était presque désolé pour lui.

— Ne gaspillez donc pas votre énergie à me plaindre! lui dit le Vug avec aigreur. N'oubliez pas que j'ai toujours l'avantage sur vous, Terriens.

— Pour l'instant, lui fit remarquer Pete. Mais vous avez entamé un processus de déclin. Le processus de la défaite.

Pretty Blue Fox tira une autre carte, laquelle fut, selon la même procédure que précédemment, passée à Mutreaux. Cette fois le prescient observa un temps de réflexion qui parut interminable.

— Annoncez-la! lui lança Calumine, qui n'en pouvait plus d'attendre.

— Trois.

La pièce des Terriens fut avancée de trois cases, et Pete lut : *Un glissement de terrain menace les fondations de votre maison. Tarif de l'entreprise de bâtiment : 14 000 $.*

Le Vug ne réagit d'abord pas. Puis, d'un seul coup, il déclara :

— Je... laisse.

Mutreaux lança un coup d'œil vers Pete et retourna sa carte.

Ce n'était pas un trois, c'était un quatre...

Le groupe avait gagné – et non perdu – quatorze mille dollars. Le Vug aurait dû dire bluff.

— Il est véritablement étonnant, dit le Vug, que le fait de mutiler votre faculté vous permette finalement de gagner, que ce soit un avantage pour vous.

Rageusement, il tira une carte et, quelques instants après, fit avancer son pion de sept cases. *Le facteur a été victime d'un accident dans l'allée de votre jardin. Les frais du procès en réparation vous reviennent à 300 000 $.*

Pete en frémit : c'était une somme tellement pharami-neuse que l'issue du Jeu devait en dépendre. Il observa anxieusement le Vug, comme chaque membre de Pretty Blue Fox devait être en train de le faire, pour essayer de déceler quelque indication. Bluffait-il ou non? « Si nous avions ne serait-ce qu'un seul télépathe! » songea-t-il amèrement.

Mais, même s'ils en avaient eu un finalement, les Vugs se seraient certainement arrangés pour mettre au point un système de neutralisation, comme eux-mêmes l'avaient fait. On jouait depuis bien trop longtemps au Jeu dans les deux camps pour être aussi naïfs.

« Si nous perdons », se dit Pete, « je me tuerai plutôt que de tomber aux mains des Titaniens. » En même temps il plongea la main dans sa poche et constata qu'il s'y trouvait encore deux comprimés de méthamphétamine : un souvenir sans doute de cette nuit mémorable où il avait appris sa *chance*. Il ne se rappelait même plus quand c'était : hier, avant-hier? Il avait l'impression que cela s'était passé il y a des mois. Dans un autre monde...

Mais, au fait, la méthamphétamine l'avait transformé pour l'occasion en télépathe! Un télépathe moyen, sans doute, mais les effets sur le cerveau étaient précisément l'inverse de ceux de la phénothiazine. Mais oui, *bien sûr*!...

A la hâte, et sans eau, il réussit à avaler les deux comprimés de méthamphétamine.

— Attendez! dit-il. Écoutez, je veux prendre la décision pour ce coup. Attendez encore quelques instants.

Il fallait en effet au moins dix minutes à la métham-phétamine pour agir.

Le Vug intervint :

— Quelqu'un triche de votre côté! Un membre de votre groupe vient d'ingérer des stimulants.

Aussitôt Schilling objecta :

— Vous avez accepté au début les phénothiazines; donc vous avez accepté par là même le principe de l'usage des stupéfiants dans le Jeu.

– Mais je ne suis pas prêt à affronter une faculté télépathique émanant de votre camp! protesta le Vug. J'ai scruté votre groupe au début et je n'y ai décelé aucune présence de phénomène télépathique; ni même la perspective d'y avoir recours.

– Il me semble que c'est là une grave erreur de votre part, commenta Schilling.

Et il se tourna vers Pete, sur qui tous les regards étaient rivés à présent. Pete serrait les poings comme s'il faisait un effort pour accélérer les premiers effets de la drogue. Cinq minutes passèrent ainsi, tendues à l'extrême. Personne ne parlait; le seul bruit que l'on entendait était celui émis par Schilling tirant sur son cigare.

– Pete, dit Calumine, nous ne pouvons pas attendre plus longtemps, c'est trop insupportable.

Schilling, le visage en sueur, approuva :

– Annonce ta décision, même si c'est la mauvaise.

A ce moment-là Mary Anne s'écria :

– Pete, attention! Le Vug est en train d'essayer de modifier la valeur de la carte!

– Alors c'est un bluff, annonça Pete sans hésiter. Forcément, sinon le Vug aurait laissé la valeur de la carte telle quelle est. – Au Vug – : *Nous disons bluff.*

Le Vug ne bougea pas. Puis, enfin, il retourna sa carte.

C'est un six. Donc un bluff...

– Il s'est trahi tout seul, commenta Pete, qui tremblait encore d'émotion. Les amphétamines n'y ont été pour rien : c'était un bluff de ma part, et les Vugs, qui lisaient dans mon esprit, s'y sont laissé prendre. Sans alcool, les amphétamines ne pouvaient absolument pas provoquer des effets de télépathie chez moi, et j'en avais absorbé de toute façon en quantité insuffisante.

Le Vug, qui avait pris une couleur gris ardoise, dut se résigner à verser les trois cent mille dollars à Pretty Blue Fox. A présent, le groupe était bien près de remporter la Partie, et les Vugs le savaient aussi.

— S'il n'avait pas perdu son sang-froid, murmura Schilling, dont les doigts tremblaient en rallumant son cigare, il aurait eu cinquante pour cent de chances. D'abord trop de cupidité, ensuite de panique : une mauvaise association au Jeu ; c'est comme ça que je me suis fait balayer par Luckman.

Le Vug reprit la parole :

— Tout bien considéré, il me semble que j'ai perdu cette Partie contre vous, Terriens.

— Vous ne voulez pas continuer ? dit Schilling en le fixant d'un air inquisiteur.

— Si, fit le Vug, je vais continuer...

Au même moment tout explosa à la figure de Pete. Le tableau du Jeu se désintégra complètement. Il ressentit une douleur atroce et comprit en même temps ce qui s'était passé. Le Vug avait abandonné la partie, et dans son dépit il cherchait à les détruire avec lui. Il continuait à jouer, mais dans une autre dimension.

Et ils étaient ici avec lui, sur Titan. Sur sa planète à lui, pas sur la leur. Ils n'avaient pas de chance à cet égard. Non, pas de chance, vraiment...

CHAPITRE XVII

La voix de Mary Anne lui parvint, douce et fraîche :

— Il est en train d'essayer de manipuler la réalité, Pete, en utilisant la faculté dont il s'est servi pour nous amener sur Titan. Je vais essayer de faire ce que je peux.

Il hocha la tête, mais il ne pouvait pas la voir : il gisait dans les ténèbres, dans une mare noire qui ne correspondait pas à la présence de matière autour de lui, mais à son absence. « Où sont les autres ? » s'interrogea-t-il. Peut-être éparpillés un peu partout ; sur des millions de kilomètres d'espace vide, sans signification. Et... sur des millénaires...

On n'entendait que le silence.

— Mary ! fit-il.

Pas de réponse.

— Mary ! cria-t-il désespérément en tâtonnant dans les ténèbres. Êtes-vous partie vous aussi ?

Il écouta, mais toujours le silence.

Puis il entendit quelque chose, ou plutôt *sentit* quelque chose. Dans le noir une entité vivante venait dans sa direction. Le prolongement sensoriel d'une entité, une manifestation extérieure de volonté, qui le cherchait.

Quelque chose de plus ancien encore que les Vugs contre lesquels il avait joué.

A son avis, c'était quelque chose qui vivait ici, entre les planètes. Entre les couches de réalité qui correspondaient à leur expérience, à eux Terriens et aux Vugs. « Allez-vous-en! » dit-il, et il essaya de repousser la chose.

– Joe Schilling! cria-t-il. Aide-moi!

– *Je* suis Joe Schilling, répondit la créature en se rapprochant de plus en plus près et de plus en plus vite, se déroulant, s'étendant voracement. La cupidité et la peur : une mauvaise association, en vérité...

– Je sais que vous n'êtes pas Schilling, dit Pete, en proie à une terreur panique.

Il donna des coups de poing, essaya de se dégager.

La créature insistait :

– Mais la cupidité seule, ce n'est pas si mal : c'est la force motivante fondamentale de son propre système, psychologiquement parlant.

Pete ferma les yeux :

– Dieu du ciel, c'est Schilling. Qu'est-ce que les Vugs lui ont fait?

Qu'est-ce que les Vugs leur avaient fait, à Schilling et à lui? Ou était-ce seulement qu'ils voulaient leur montrer quelque chose?

Il se baissa, trouva où était son pied, enleva sa chaussure et en assena un bon coup sur la créature Schilling.

– Hmmmm, fit la créature. Il va falloir que je réfléchisse à ça.

Et elle se retira. Haletant, Pete attendait qu'elle revienne. Car il savait qu'elle reviendrait.

Joe Schilling se débattait dans le vide immense. Il roula, eut l'impression de tomber, se rattrapa, s'étouffa avec la fumée de son cigare, fit des efforts désespérés pour retrouver son souffle.

– Pete! cria-t-il.

Il écouta. Il n'existait plus de direction, ni de haut ni de bas; plus d'ici. Plus de sens de ce qui était lui et pas lui. Aucune séparation entre le moi et le non-moi. Le silence.

– Pete Garden, répéta-t-il.

Cette fois il sentit quelque chose, mais sans l'entendre vraiment.

– C'est toi? interrogea-t-il.

– Oui, c'est moi, lui répondit-on.

C'était Pete. Et pourtant ce n'était pas lui.

– Que se passe-t-il? fit Schilling. Qu'est-ce qu'on est en train de nous faire? On veut nous égarer complètement, c'est ça? Mais nous retrouverons notre chemin. Après tout, nous avons remporté le Jeu, n'est-ce pas? Et pourtant nous étions persuadés que nous n'y arriverions jamais.

Il écouta.

– Approche-toi plus près, lui fit Pete.

– Non. Je ne sais pas pourquoi, mais je n'ai pas confiance. De toute façon, comment puis-je m'approcher plus près? Je n'arrête pas d'aller dans tous les sens. Toi aussi?

– Approche-toi plus près, répéta la voix sur un ton monocorde.

– Allez-vous-en! fit-il.

Pétrifié, il écouta. La chose était toujours là.

Dans le noir, Freya Gaines songeait : « Il nous a trompés; nous avons gagné, mais nous n'avons rien obtenu. Maudits Titaniens, nous n'aurions jamais dû leur faire confiance! Ni écouter Pete. Je le déteste : c'est de sa faute, à lui et à Schilling. Je voudrais les tuer, tous les deux! »

Elle étendit les mains devant elle, fouillant les ténèbres. « Je voudrais tuer quelqu'un, tout de suite. *J'ai besoin de tuer*! »

Mary Anne dit à Pete :

– Il nous a dépouillés de tout ce qui nous servait à appréhender la réalité. C'est *nous* qu'il a changés, j'en suis sûre. M'entendez-vous?

Elle tendit l'oreille pour écouter. Mais seul le silence lui répondit.

« Il nous a atomisés », songea-t-elle. « Comme si nous nous trouvions chacun dans un état de psychose extrême, isolés les uns des autres et privés de tous les attributs habituels qui nous permettent de percevoir le temps et l'espace... Cela ne paraît pas possible, et pourtant... Peut-être est-ce cela, la réalité fondamentale, sous les couches conscientes du psychisme; peut-être est-ce comme cela que nous sommes réellement. C'est ce qu'ils sont en train de nous montrer : ils nous tuent en nous dévoilant la vérité sur nous-mêmes. Grâce à leur pouvoir télépathique et à leur faculté de façonner et refaçonner les esprits pour leur inculquer ce qu'ils veulent... » Elle ne voulait pas y penser.

Alors, en dessous d'elle, elle vit quelque chose qui vivait.

Des créatures inconnues, rabougries, rendues affreusement difformes par l'effet de forces colossales, écrasées, comprimées. Elle regarda mieux, à la lumière déclinante d'un énorme soleil qui éclaira un instant la scène avant d'être englouti par les ténèbres.

Faiblement lumineuses, tels des organismes habitant de vastes profondeurs, les créatures continuaient à vivre tant bien que mal. Mais le spectacle n'était guère réjouissant.

Elle les reconnut : « C'est *nous.* Nous, les Terriens, tels que les Vugs nous voient. Près du soleil, soumis à des forces gravitationnelles considérables. » Elle ferma les yeux.

« Je comprends. Ce n'est pas étonnant qu'ils veuillent nous combattre : pour eux, nous sommes une race très vieille sur le déclin, une race qui a fait son temps et qui doit maintenant céder la place. »

Une créature luminescente se déplaçait en état d'apesanteur là-haut, au-delà de la ligne des forces gravitationnelles et des créatures en train de mourir. Sur une petite lune, loin du grand soleil mort.

« Vous voulez nous montrer comment la réalité vous

apparaît, mais nous avons la même vision de notre côté. »
S'adressant à la présence luminescente qui était maintenant tout près d'elle : « Comprenez-vous cela ? Que notre vision de la réalité soit aussi vraie ? La vôtre ne peut pas remplacer la nôtre. Ou alors est-ce cela que vous voulez à tout prix ? »

Elle attendait la réponse, serrant les paupières de peur.

– Idéalement parlant, lui parvint une pensée, les deux visions peuvent coïncider. Toutefois, en pratique, cela ne marche pas.

Ouvrant les yeux, elle vit devant elle une masse protoplasmique gélatineuse, ridicule, avec son nom cousu devant au fil rouge : E.B. Black... Ébahie, elle regarda autour d'elle.

– Il subsiste des difficultés, poursuivit la pensée. Difficultés que nous n'avons pas encore résolues nous-mêmes. D'où les contradictions à l'intérieur de notre propre culture. J'ai convaincu les Joueurs auxquels votre groupe s'est mesuré : vous êtes ici sur la Terre, dans l'appartement de votre famille à San Rafael, où je poursuis toujours mon enquête criminelle.

En effet, la lumière et la pesanteur faisaient à nouveau sentir leurs effets. Mary Anne s'assit, l'air méfiant.

– Je viens de voir... commença-t-elle.

– Vous venez de voir ce qui nous obsède et dont nous ne pouvons nous débarrasser. – Le Vug se rapprocha d'elle comme pour mieux se faire comprendre. – Nous sommes conscients que c'est une vision partielle et qu'elle vous semble injuste, à vous Terriens, parce que vous avez de votre côté une vision inversement identique et tout aussi contraignante de nous. Toutefois, nous continuons à percevoir la réalité comme vous venez de la voir. Il aurait été injuste de vous laisser plus longtemps dans ce cadre de référence.

– Nous avons gagné au Jeu, dit Mary Anne. Contre vous.

– Nos concitoyens en sont conscients. Nous condamnons les manœuvres frauduleuses de nos Joueurs désemparés. Logiquement, du fait de votre victoire, vous deviez pouvoir retourner sur la Terre; toute autre alternative était inconcevable. Sauf pour nos extrémistes, naturellement.

– Et vos Joueurs?

– Ils ne seront pas punis. Ils sont trop haut placés dans notre société. – Son ton se durcit. – Estimez-vous heureuse d'être ici simplement, Miss McClain.

– Et les autres membres de notre groupe, où sont-ils? A Carmel?

– Ils ont été disséminés, répondit E.B. Black sur le ton de l'agacement.

Mary Anne n'aurait su dire s'il était en colère après elle, après les autres membres du groupe ou après ses semblables.

– Vous les reverrez, Miss McClain. A présent, j'aimerais retourner à mes investigations, si vous le permettez...

Il s'avança vers elle et elle eut instinctivement un mouvement de recul. Elle ne voulait pas avoir le moindre contact physique avec lui; E.B. Black lui rappelait trop l'autre, celui contre lequel le groupe avait joué. Avait joué, gagné, mais avait été frustré de sa victoire.

– Non, pas frustré, objecta E.B. Black. Votre victoire a été provisoirement mise en souffrance, disons. Elle vous appartient toujours de droit, et vous en jouirez bientôt. En temps utile...

Il y avait une légère nuance sadique dans le ton du Vug. E.B. Black n'avait pas l'air particulièrement affecté par la situation chaotique dans laquelle se trouvait Pretty Blue Fox, c'était le moins qu'on pût dire.

– Puis-je aller à Carmel? demanda Mary Anne.

– Bien sûr. Vous pouvez même aller où vous voudrez, Miss McClain. Mais je vous préviens tout de suite que Joe Schilling n'est pas à Carmel; vous devrez le chercher ailleurs.

– Je finirai bien par les trouver, lui et Pete Garden, dit-elle.

Elle était résolue à ce que le groupe se retrouve au complet, comme il l'était encore quelques instants avant. Quelques instants qui représentaient une telle distance...

Elle sortit de l'appartement sans se retourner.

Une voix plaintive mais tenace s'acharnait sur Joe Schilling. Il essayait de fuir, mais elle le poursuivait.

– Hmmm, Mr. Schilling, disait cette voix d'une manière à peine articulée, vous avez une minute, je vous prie? – Elle se rapprochait sans arrêt, jusqu'à être sur lui, à l'étouffer. – Ça ne vous prendra que très peu de temps, d'accord?

Comme il ne répondait rien, la voix reprit :

– Bien, je vais vous dire ce que j'aimerais, tant que vous êtes en visite chez nous, ce qui est un très grand honneur pour nous, vous savez.

– Allez-vous-en! cria Schilling.

Et il essayait de repousser la chose, mais c'était comme si ses mains n'attrapaient que des toiles d'araignée, des toiles d'araignée gluantes et déchirées.

La voix geignarde poursuivit :

– Euh... Es et moi voudrions vous demander quelque chose... Auriez-vous par hasard ce disque d'Erna Berger dans *la Flûte Enchantée,* vous voyez ce que je veux dire?

La respiration oppressée, Schilling articula :

– La Reine de l'Aria?...

– Oui, c'est cela!

Inexorablement la voix devenait de plus en plus insistante, envahissante, dévorante. Elle ne le laisserait plus tranquille désormais.

Alors une autre voix vint se joindre à la première, et toutes deux se mirent à fredonner en chœur un air que Schilling reconnut tout de suite.

– Oui, j'ai le disque, dit-il.

– Formidable! firent les deux voix en même temps.

Des fragments de lumière grise commencèrent à apparaître devant lui. Il réussit à se remettre sur ses pieds. « Serais-je dans ma boutique du Nouveau-Mexique? » se demanda-t-il. « Non, je n'ai pas l'impression. Où les Vugs ont-ils bien pu me faire atterrir? »

Il se trouvait dans le living d'un appartement qu'il ne connaissait pas, faisant face à un canapé rouge et blanc sur lequel étaient assises deux silhouettes qui, elles, lui étaient familières : un homme et une femme, petits et trapus, qui le regardaient avec insistance.

– Vous n'auriez pas le disque sur vous par hasard? interrogea Es Sibley de sa voix rauque.

A côté d'elle, Les Sibley ne pouvait visiblement pas rester en place; il se leva et se mit à marcher dans la pièce. Dans un coin, le phonographe jouait à pleine puissance. Mais, pour la première fois de sa vie, Schilling aurait voulu ne pas pouvoir entendre un air de musique : celui-ci lui écorchait les oreilles, l'assourdissait, lui faisait horriblement mal à la tête. Il se détourna en se bouchant les oreilles avec ses mains.

– Non, répondit-il. Il est à mon magasin.

– Vous allez bien, Mr. Schilling? demanda Es Sibley, inquiète.

Il fit « oui » de la tête. Il se demandait où pouvait être le reste du groupe; avaient-ils été tous dispersés, lancés comme des feuilles mortes au-dessus des plaines de la Terre? Probablement; les Titaniens ne pouvaient pas renoncer aussi facilement. Mais du moins le groupe était-il de retour sur la Terre, et le Jeu était terminé.

– Dites-moi, fit-il en prenant soin de bien détacher chaque mot, ma voiture est-elle dehors?

– Non, répondit Les Sibley. Nous vous avons pris dans la nôtre et vous avons amené ici à Portland, vous ne vous souvenez pas? – Il se tourna vers sa femme qui était en train de se trémousser à côté de lui. – Il ne se rappelle pas comment il est arrivé ici!

Et tous deux se mirent à rire bêtement.

— Il faut que j'appelle Max, dit Schilling, et que je m'en aille, je suis désolé. — Il se leva en titubant. — Au revoir.

— Mais... le disque d'Erna Berger! protesta Es Sibley, déçue.

— Je vous l'enverrai par la poste.

Pas à pas, il se dirigea vers la porte du living. Il fallait qu'il appelle Max.

— Vous pouvez vidéophoner d'ici, si vous voulez, lui dit Les Sibley en le guidant vers la salle à manger où se trouvait l'appareil. Et rester encore un peu avec nous...

— Non, dit Schilling en allumant le vidéophone.

Il composa le numéro de sa voiture et, lorsqu'il entendit la voix de Max, lui demanda de venir le chercher à l'adresse qu'il lui indiqua. Naturellement, pour la forme, Max commença par lui dire de se débrouiller par ses propres moyens.

Schilling retourna dans le living, s'assit dans le fauteuil où il était précédemment et chercha vainement un cigare dans sa poche. La musique qui lui emplissait les oreilles lui paraissait encore plus insupportable qu'avant. Il resta dans cette position, les mains croisées, à attendre. Mais, au fur et à mesure que passaient les minutes, il se sentait un peu mieux. Et un peu plus conscient de ce qu'il leur était arrivé, de la façon dont ils s'en étaient sortis.

Au milieu du petit bois d'eucalyptus, Pete Garden savait où il était, où les Vugs l'avaient relâché : à Berkeley, son ancienne Possession qu'il avait perdue face à Walt Remington, qui lui-même l'avait vendue à *Pendleton Associates*, qui à leur tour l'avait cédée à Luckman, lequel était mort à présent.

Sur un banc parmi les arbres, juste en face de lui, était assise, immobile, silencieuse, une jeune femme. Sa femme.

— Carol, tu vas bien? lui demanda-t-il.

Elle hocha la tête d'un air songeur :

– Oui, Pete. Je suis ici depuis longtemps, à ruminer un tas de choses dans ma tête. Tu sais, nous avons eu beaucoup de chance d'avoir Mary Anne McClain avec nous.

Il se leva et alla s'asseoir à côté d'elle presque timidement. Il était heureux, plus qu'il n'aurait su le dire, de la revoir.

– Tu imagines, poursuivit-elle, ce qu'elle aurait pu nous faire si elle avait été du mauvais côté? Elle aurait tout simplement pu m'arracher le bébé du ventre, tu réalises?

Non, il n'avait pas réalisé, mais maintenant son cœur était de nouveau envahi par la peur.

– N'aie pas peur, Pete, dit Carol, elle ne le fera pas. – Elle lui sourit. – Mary Anne n'est un danger pour aucun de nous; en un sens, elle est même plus raisonnable que nous. Et plus mûre aussi. J'ai eu beaucoup de temps pour réfléchir à cette question; j'ai même l'impression qu'il s'est écoulé des années.

Il passa sa main autour de son épaule et l'embrassa.

– J'espère que tu pourras regagner Berkeley, poursuivit-elle. C'est en principe Dotty Luckman qui en est propriétaire en ce moment, mais tu ne devrais pas avoir de mal à la battre : ce n'est pas une bonne joueuse.

– Dotty Luckman peut même se passer de Berkeley : elle possède déjà pratiquement toute la Côte Atlantique, que lui a laissée son mari.

– Crois-tu que nous pourrons garder Mary Anne dans le groupe? interrogea-t-elle.

– Non.

– C'est dommage. – Carol regarda autour d'elle. – C'est joli Berkeley. Je comprends que tu aies été si malheureux de l'avoir perdu. Luckman ne s'y intéressait, lui, que comme base pour le Jeu.

Elle resta silencieuse un moment, puis :

– Pete, je me demande si le taux de natalité va

redevenir normal maintenant. Puisque nous les avons battus.

— Nous n'aurons plus que nos yeux pour pleurer s'il ne redevient pas normal.

— Si, je suis sûre qu'il va le redevenir, que je suis la première de plein d'autres femmes. Je ne sais pas si c'est de la prescience de ma part, mais j'en suis certaine. Comment appellerons-nous notre enfant?

— Ça dépend si c'est un garçon ou une fille.

Elle sourit :

— Peut-être que ce sera les deux. A combien remonte la dernière naissance de jumeaux?

Il connaissait la réponse par cœur :

— Il y a quarante-deux ans. A Cleveland. Les parents étaient Mr. et Mrs. Toby Perata.

— Nous pourrions être les prochains.

— C'est peu probable.

— Mais nous avons gagné, lui rappela Carol d'une voix douce. Tu te souviens?

— Oui, je me souviens, fit-il en serrant sa femme contre lui.

Titubant dans l'obscurité sur ce qui semblait être un trottoir, Dave Mutreaux atteignit la rue principale de Fernley, la petite ville du Kansas où il se trouvait. Il vit des lumières devant lui; alors, poussant un soupir de soulagement, il pressa le pas.

Ce dont il avait besoin, c'était d'une voiture, peu importe que ce ne soit pas forcément la sienne, car il se demandait où elle pouvait bien être et quand il la récupérerait. Il remonta la grand-rue jusqu'à ce qu'il tombe sur une agence homéostatique de location de voitures. Il en prit une et alla se garer plus loin le long du trottoir.

Alors, prenant son courage à deux mains, il interrogea l'Effet Rushmore de la voiture :

— Dis-moi, suis-je un Vug ou un Terrien?

217

– Vous êtes Mr. David Mutreaux, de Kansas City, répondit la voiture. Vous êtes un Terrien, Mr. Mutreaux. Cela répond-il à votre question ?

Mutreaux poussa un profond soupir de soulagement :

– Oui, merci, cela répond tout à fait à ma question.

Puis il décolla et prit la direction de la Côte Ouest et, plus précisément, de Carmel, en Californie.

« Maintenant je peux retourner avec eux en toute sécurité », se dit-il. « Je me suis libéré de la tutelle des Vugs. Le docteur Philipson est sur Titan, Nats Katz a été détruit par Mary Anne McClain et l'organisation a été anéantie. Je n'ai plus rien à craindre. En fait, j'ai largement contribué à la victoire du Jeu. »

Il voyait déjà la petite réception qui allait s'ensuivre. Tous les membres de Pretty Blue Fox seraient là, revenus un par un des différents endroits de la Terre où les Titaniens les avaient sommairement déposés. Pour fêter la reconstitution du groupe, on ouvrirait une bonne bouteille de whisky...

Là, en train de piloter sa voiture vers la Californie, il avait déjà le goût de ce whisky dans la bouche, il entendait le son des voix, les voyait tous réunis. Pour fêter leur victoire. Tous étaient là. Enfin, *presque* tous. Cela lui suffisait.

Marchant avec difficultés sur le sable, traversant le désert du Nevada, Freya Garden Gaines savait qu'il lui faudrait encore pas mal de temps pour arriver à l'appartement de Carmel.

Après tout, quelle importance pour elle ? Qu'avait-elle encore à espérer ? Telles étaient les questions qu'elle avait eu l'occasion de se poser tandis qu'elle était encore plongée dans les régions intermédiaires où les Joueurs titaniens les avaient tous jetés... Elle n'avait plus rien à perdre, elle avait déjà tout perdu. Elle n'intéresserait plus jamais Pete maintenant qu'il avait trouvé Carol pour lui donner un gosse.

Elle trouva dans sa poche une bande de papier-chance; elle la décacheta, mordit dedans et l'examina à la lumière de son briquet; puis elle la froissa et la jeta rageusement. « Rien, naturellement. Ce sera toujours pareil pour moi. C'est à cause de Pete : ce qu'il a réussi avec Carol Holt, il pouvait aussi bien le réussir avec moi! Ce n'est pourtant pas faute d'avoir essayé; mais il ne voulait pas que ça réussisse, c'est tout. »

Elle s'arrêta brusquement en voyant deux lumières devant elle. Qu'est-ce que cela pouvait bien être?

Une voiture descendait au-dessus du désert, ses feux de signalisation clignotant. Puis elle se posa. La portière s'ouvrit.

— Mrs. Gaines! lança une voix sur un ton enjoué.

Faisant un effort pour mieux voir, Freya s'avança en direction de la voiture.

Au volant se tenait un homme chauve d'un certain âge, au visage avenant.

— Je suis heureux de vous avoir trouvée, dit-il. Montez, je vais vous sortir de ce sinistre désert. Où voulez-vous aller exactement? – Petit rire. – Carmel?

— Non, répondit Freya, pas Carmel.

« Plus jamais Carmel », songea-t-elle.

— Où alors? Que diriez-vous de Pocatello, Idaho?

— Pourquoi Pocatello?

Mais elle monta cependant dans la voiture : cela valait mieux de toute façon que de continuer à errer seule dans ce désert. Après tout, il lui arriverait ce qu'il lui arriverait...

En démarrant, l'homme lui dit, très tranquillement :

— Je suis le docteur E.G. Philipson.

Elle le regarda d'un air ahuri.

— Vous voulez descendre? fit-il. Je peux très bien vous redéposer où je vous ai trouvée, si vous le voulez.

— N-non, dit Freya dans un murmure.

Elle resta un moment à le dévisager, en proie à une multitude de pensées contradictoires.

– Mrs. Gaines, reprit le docteur Philipson, *voudriez-vous travailler pour nous, pour changer?*

Il accompagna sa question d'un sourire totalement dépourvu de chaleur ou d'humour. Un sourire glaçant.

– C'est une proposition intéressante, répondit Freya au bout d'un moment. Mais il faut que j'y réfléchisse; je ne peux pas décider comme ça.

« Une proposition très intéressante, vraiment », songea-t-elle.

– Prenez votre temps, dit le docteur Philipson. Nous sommes patients. Vous aurez tout le temps que vous voudrez.

Freya lui retourna son sourire.

En fredonnant discrètement, le docteur Philipson prit résolument la direction de l'Idaho, et la voiture se propulsa à travers le ciel noir de la Terre.

Achevé d'imprimer en juin 1990
sur les presses de l'Imprimerie Bussière
à Saint-Amand (Cher)

PRESSES POCKET - 8, rue Garancière - 75285 Paris
Tél. : 46-34-12-80

— N° d'imp. 1426. —
Dépôt légal : juin 1990.
Imprimé en France

Lisez-le en Presses Pocket

RENDEZ-VOUS
AILLEURS

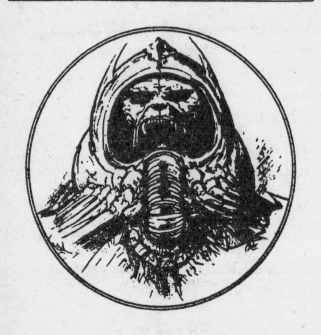

PHILIP K. DICK
EST DE RETOUR!!!

Planète impossible (la), (Grand Temple), 5051

Non, madame, je ne peux pas vous vendre un billet pour la Terre. Cet endroit n'existe pas.

Guérisseur de cathédrales (le), 5083

Un bricoleur en pleine dérive, répondant à une mystérieuse offre d'emploi, part pour l'espace et rencontre un être apparemment tout-puissant qui lui propose une tâche impossible. Relèvera-t-il le défi ?

Glissements de temps sur Mars, 5218

« Une tentative pour me dégager du *Maître du haut château* et accéder à un degré de qualité et de complexité supérieur. » (Dick).

Temps désarticulé (le), 5275

Une petite ville truquée où un homme gagne encore et toujours le même concours. Les détails de la vie quotidienne se modifient sournoisement. Il est temps de partir à la recherche de la réalité.

Dédales démesurés (les), 5289

Sur une planète inconnue, Mercer marchait à la mort, cerné par ses ennemis. Sur la Terre, des millions d'empathes partageaient son calvaire en direct.

Joueurs de Titan (les), 5363

Sur la Terre en ruine, les hommes se passionnent pour un jeu de hasard compliqué. Pendant ce temps, les Titaniens, inventeurs du jeu, gouvernent tranquillement la planète en s'abritant derrière les visions hallucinatoires de leurs sujets. Quelques révoltés entreprennent de libérer le monde au prix d'une confrontation mentale impitoyable.

**Bon sang, mais c'est bien sûr :
le dernier, vous venez de le lire !**

La planète impossible

Philip K. Dick (1928-1982) se distingue de tous les autres auteurs de S.F. par une qualité de merveilleux et d'horreur impossibles à oublier quand on l'a lu ne serait-ce qu'une fois. D'autres décrivent leurs rêves ; ce qui n'est qu'à lui, c'est le réalisme glacé, la précision surnaturelle de certaines scènes, qui se dressent devant nous comme des fantasmes des ténèbres amenés à la lumière scintillante d'un bloc chirurgical. Ce que tant d'écrivains chuchotent, Dick le hurle, il l'assène avec toute la brutalité du cauchemar dans un style à l'emporte-pièce où flotte la présence intime de l'angoisse. Comment distinguer le réel et l'imaginaire ? l'authentique et le factice ? l'ami et l'ennemi ? Le lecteur – comme le héros de l'histoire – hésite entre le désir de se réfugier dans l'illusion, la peur d'être contrôlé, la haine pour les détenteurs secrets de la toute-puissance. Rien n'est plus trompeur que l'impression de réalité : les paysages se décomposent, les corps se disloquent, les fragments éparpillés du monde dessinent un labyrinthe qui débouche sur le vide. Des livres comme *Le Guérisseur de cathédrales* ou *Glissements de temps sur Mars* sont des plongées dans la psychose de chaque jour.

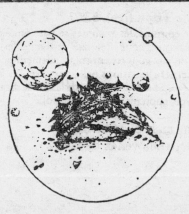

Les Galaxies
de la Science-fiction

HERBERT
La maison des mères

Les Planètes
de la Science-Fantasy

McCAFFREY
Le dragon blanc

Les Univers
de la Fantasy

MOORCOCK
La quête de Tanelorn

Les Abîmes
de la Dark Fantasy

LOVECRAFT
La trace de Cthulhu